尖叫的深坑

The Shrieking Pit

［澳］亚瑟·里斯——著

吴宝康——译

上海文艺出版社

上海故事会文化传媒有限公司

编委会

总策划　夏一鸣

主　编　黄禄善

副主编　高　健

编辑成员（按姓氏拼音为序）

蔡美凤　高　健　胡　捷

黄禄善　吴　艳　夏一鸣　杨怡君

名家导读

/吴宝康

吴宝康，华东师范大学外国文学博士，上海海关学院外语系退休教授。英国皇家特许语言家学会中国分会专家委员会委员，上海对外经贸大学澳大利亚研究中心校外研究员，上海市翻译家协会会员，上海市外文学会会员。澳大利亚墨尔本乐卓博大学访问学者和澳大利亚悉尼大学访问学者。

《尖叫的深坑》系澳大利亚早期作家亚瑟·里斯的推理科幻名篇，与费格斯·休姆的《戴王冠的头颅》、詹姆斯·沃尔什的《虚渺入侵者》、盖伊·布斯比的《争夺财富》、凯瑟琳·斯宾塞的《未来一周》、艾尔·考克斯的《走出沉寂》一道，被誉为"澳大利亚六大科幻经典"。2020年，澳大利亚品牌科幻小说杂志《奥雷利斯》还推出了由上述六个作家的六部长篇小说组成的小说集《经典科幻小说全集》。值得注意的是，尽管这六部长篇被誉为科幻经典，但包容的科幻元素量不同。有的含量较多，展示了浓郁的超自然气氛；有的含量较少，仅仅构成了故事的起因和开端。然而，无论属于哪种情况，均无一例外地与某个骇人听闻的罪案以及侦探一类人物的破案解谜相互交融，由此被许多读者称为"推理科幻"。

　　亚瑟·里斯于1872年出生于澳大利亚的圣基尔达，成年后，先是在《世纪报》当记者，后又加盟《新西兰先驱报》。1910年左右，他去了英国，其间，开始涉足侦探小说创作，与另一位澳大利亚记者合著《汉普斯特德之谜》和《唐斯之谜》。这两部小说在美国问世后，均引起了轰动，小说中克鲁探长的人物刻画之精妙，给"评论者造成了一种印象，觉得作者曾经是英国警局的探长而不是澳大利亚记者"。在这之后，亚瑟·里斯一发不可收拾，又独自创作、出版了二十一部书，其中大部分是成系列的侦探小说，如"格兰特·科尔文系列""科尔文·格雷系列""卢卡夫总探长系列"。无需说，这些小说也都是畅销书，不仅在英国和澳大利亚，而且在美国，都深得读者青睐。英国著名侦探小说家多萝茜·塞耶斯在自己主编的《经典侦探、悬疑和恐怖短篇小说集》一书的"引言"高度评价了亚瑟·里斯创作推理小说的能力。

　　《尖叫的深坑》是亚瑟·里斯的第三部侦探小说，出版于1919年，是他的代表作。故事发生在英国北部沿海偏僻小村落。人迹罕至的客栈发生了一起命案，一位客人被谋财害命，尸体被抛进村庄附近山丘的一个深坑，为此，坑内经常传出可怕的"鬼魂叫声"。警方接报后进行现场勘探，在询问客栈的人员后，依据收集到的间接证据和证词，认定凶手是一个年轻房客，并且证据确凿。这个年轻房客被捕后以及后来在法庭上的始终沉默不语，更被认为是默认自己有罪的表示。据此，该年轻房客被判处绞刑。其后，旅居英国的美国名侦探科尔文凭借其渊博的专业知识，自始至终对此案心存怀疑，认定此案并非表面上看起来那么简单，而是一桩复杂离奇的谜案。最后，他出于内心的责任感和良知，再次出手调查，历经艰辛，思考再三，反复研判，终于破解了这桩谜案，抓到了真凶，拯救了年轻人的生命。

作为一部引人入胜的侦探小说，《尖叫的深坑》叙事风格十分独特。小说刻画出了性格分明各具特色的人物。科尔文侦探凭借其博物多闻的知识、细致入微的观察、严丝合缝的推理、抽丝剥茧的分析，一贯追求探明真相，以确保正义的实施。这充分体现在他与神经专家亨利爵士对年轻人彭瑞斯究竟是弹震症受害者还是癫痫患者的看法差异上，更表现在他与盖洛威警司对案情分析的结果分歧上。亨利爵士作为神经专科的专家，在伦敦的上流社会里声名鹊起，几乎到了家喻户晓的地步，难免性格自负，只凭片刻观察便下诊断结论，结果却在法庭上败在一个默默无闻的伦敦拘留监狱医务官霍伯里医生的手里。而盖洛威警司则心高气傲，主观臆断，仅凭间接证据，不加细察，便用想象的理由进行貌似合理的推论，并且置几个重要疑点不顾，一概视而不见，一味固执己见，很有点不撞南墙不回头的意味，差点酿成大错，幸好他后来能知错即改，所以最终还是放下了警司的架子，配合科尔文侦探一起成功破案。客栈老板班森精明狡黠，有利必图，所以，他因这个弱点而遭要挟，见利忘义，编造谎言，嫁祸于人，诬陷无辜。耳聋侍者查尔斯更是奸诈狡猾，饶有心机，手法残忍，却能深藏不露，借

3

助其耳聋且右臂残疾为掩护，并与班森一起，有意无意地渲染夸大当地古老传说中的深坑白夫人尖叫带来厄运之事，成功地转移了人们的视线，从而躲避了他人的怀疑。唯一天真得近似迂腐的人物是彭瑞斯，他出身名门贵族，性格孤僻，却不乏骑士精神，战争爆发后从军上了前线，奋勇杀敌，荣获英勇士兵称号，却因饱受弹震症之苦，不得已而退役，虽然心有不甘，却也无可奈何。不料他无端涉案，身陷囹圄，但即便如此，他因其堂吉诃德式的愚蠢勇气和道德观，为保守其隐秘，保持沉默，不吐半字，即使命悬一线，仍不改初衷。若非科尔文侦探及时出手，鼎力相助，故事结果必定是真凶溜之大吉、安然无恙，而无辜者蒙冤含屈、命丧黄泉。当然，其他次要人物也并非不重要，少女佩吉的诚挚恳求，促使科尔文侦探出手重新调查；而郡警察局局长克罗梅林的英明决断，敢于承担全部责任，有力地支持了科尔文侦探的圆满破案。

小说的情节设计巧妙，从谜案的发生、警方的介入调查、证据和证词的收集，直到嫌犯的被捕送审、法庭上控辩双方的交锋激辩、陪审团的有罪裁决、法官的最终判刑等，一切都显得合情合理，依法合规，并且证据确凿，毋庸置疑，貌似正义得到了伸张、恶行受到了惩罚。然而，随着科尔文侦探的再次深入调查，居然峰回路转、柳暗花明，他先前所存的疑点一个一个地得到了破解，使得原本扑朔迷离的案情真正变得清晰明朗起来，真相逐渐浮出水面，于是，案情的大逆转势在必行。

值得一提的是作者对小说背景的描写。故事发生在英国北部的诺福克郡沿海地区，那里有着一望无际的沼泽和大片的湿地，由于不适合耕种，那片土地上只见沼泽肆虐，侵袭土壤，时而狂风尽吹，时而暴雨如注，人类活动大受钳制。人类不敌大自然，只能一再退缩，留下一片荒芜凄凉之地，称为穷山恶水毫不为过。而在仅剩的几处人类居住地，生活艰辛不说，传统的各种鬼魂传说又给居民以沉重的精神压力。小说中尖叫深坑的白夫人即是一例。据说，每当白夫人外出时，凡见到其面容者，必遭暴毙的命运，于是在听到了发自深坑里的白夫人的尖叫声后，村民莫不胆战心惊，恐怖笼罩着整个村庄。小说中孤寂荒芜的广袤地区，变幻莫测的恶劣天气，加上神秘恐怖的传说和阴沉诡异的客栈建筑内部结构，所有这些自然与超自然的现象在作者的笔下被描绘得活灵活现，读来宛如亲眼看见一般，为发生在雨夜的谋杀案平添了几分诡谲，烘托了案子的环境气氛。

当然，阅读欣赏的重点自然是科尔文侦探是如何充分运用其专业才智，凭借细致的观察，从常人忽视的蛛丝马迹中发现疑点，进行缜密的逻辑推理，厘清错综复杂的谜案，最终加以破解的具体过程。欲知科尔文侦探是如何做到更胜警方一筹的，读者大可开卷一读为快，在享受阅读乐趣的同时，领略逻辑思维的无穷魅力。

Contents

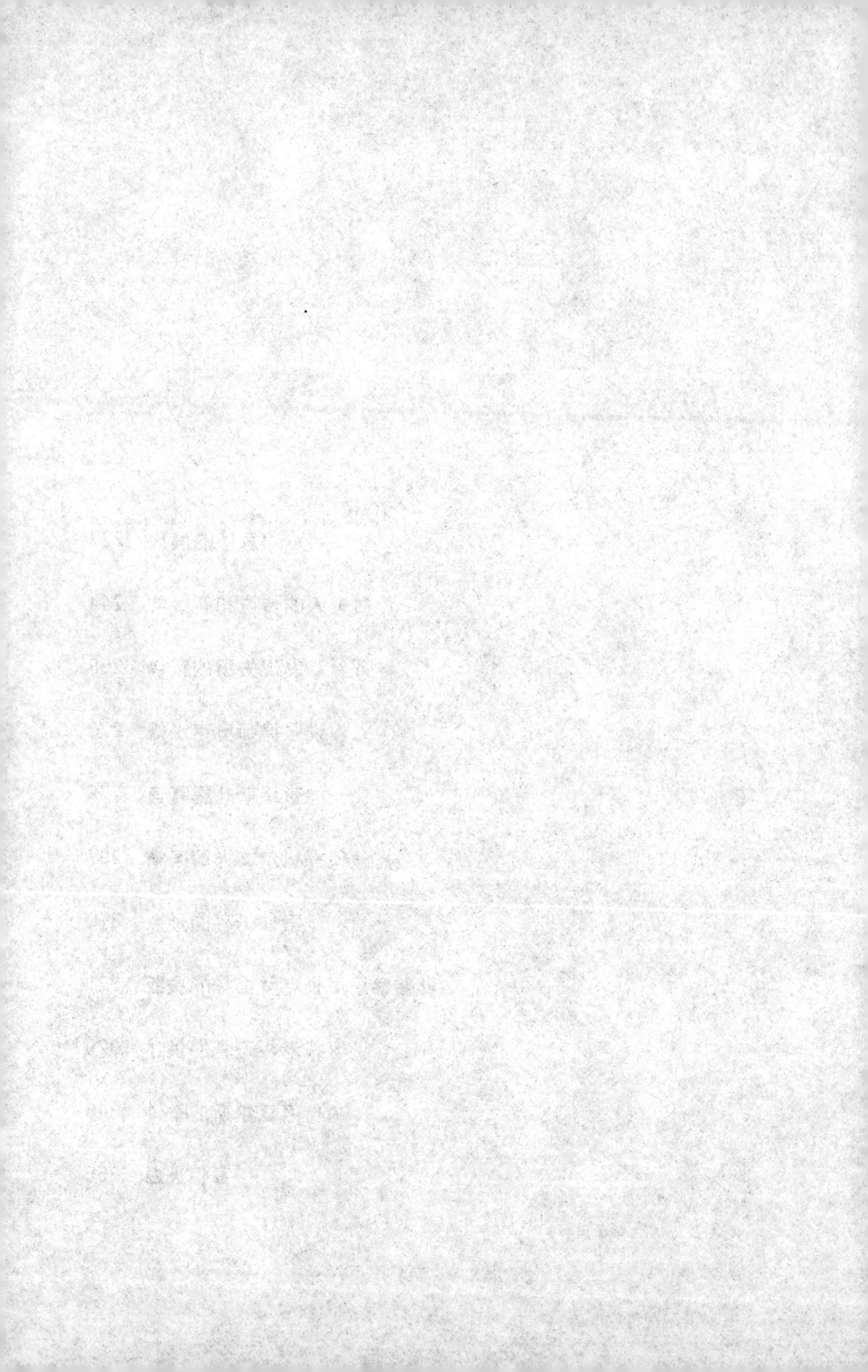

餐厅风波

那个年轻人独自坐在呈半围状的大厅侧部，对着凹壁的餐桌吃早餐，其行为之怪异科尔文从未见过。他过于专注地看着此人，以致自己的早餐都凉了。他不耐烦地挥手赶走了侍者。那个侍者态度诡谲，冒冒失失地把一张菜单塞到他的面前，意在让他收回分散的注意。

就其外貌而言，坐在凹壁餐桌的年轻人很英俊，有着一双清澈的蓝眼睛，晒黑的皮肤，结实的身材，这象征着他是追求常识、冷水锻炼以及户外运动的产物，完全是英国人式的类型，假如不是显著的理智类型的话。他看上去令人愉快，毫无疑问有着良好的出身和教养。这个年轻人，也是你在这家时髦的海滨格兰德大酒店里的住客同伴。

他每天早晨在酒店领班的陪同下，穿行群岛般铺着雪白桌布的餐桌之间，走向他的位置，习惯性地向你礼貌地点头招呼。他两手颤抖，脸色发红，视而不见地经过你的餐桌去吃早餐，你很可能会觉得他仍在酒精的影响之下，以你英国式的作风，你会严厉责备他，倒不是因为他毫无节制的道德堕落，而是因为他的糟糕品味，这种品味促使他在如此状态下出现在公共场合。这年轻人落座之后，行为格外放肆，拿起餐刀插进面前的餐桌，你很可能会加深你先前的结论，承认只能用毒品或者痴呆的假设才能解释如此显著的反常行为。

所有这些事都由这个坐在凹壁餐桌的年轻人所干，地点是德灵顿的格兰德大酒店早餐厅，时间是 1916 年 10 月的一个早晨。科尔文只是半个英国人，并且有着独创性思维，所以他并未将这些怪异行为归咎于酗酒、吗啡，或者发疯。科尔文自以为自己对这些疾病的外部表征非常熟悉，不至于误以为这个坐在远处餐桌的典型年轻健壮男子是这类疾病的受害者。他自己的印象是，这是一个弹震症的病例。的确，除了晒黑的皮肤和笔挺的身姿这两个可疑的证据之外，并无其他迹象能说明他曾是个士兵：在他灰色的诺福克夹克衫上既无服兵役的翻领，也无军团徽章。但他那个阶层的英国人一旦退役后就不太可能佩戴以上任何一种标志。不过几乎可以肯定的是，他一定在战时服役过，而且就像成千上万个同样杰出的年轻人一样，他非常有可能被弹震症击倒。用任何其他的结论来解释他这样的年轻人的奇特状态似乎难以相符，也令人生厌。

"那肯定是弹震症了，而且是个糟糕的案例，很可能已经治愈，被送来此地康复，"科尔文思索着说道，"我会注意观察他。"

科尔文又开始进餐时突然想到，有些其他住客也许会被这年轻人的举动吓坏了，于是他环视了一下早餐厅，看看是否还会有人注意到这个年轻人。

在这个宽敞的早餐厅里有大约三十个住客，这个早餐厅足以容纳五倍的人数呢，这是个陈设豪华的可爱地方，大量的白色支柱支撑着一个画有壁画的大花板，无数个开向北海的飘窗为餐厅带来了光线，在十月的明亮阳光中，闪烁着明媚的光彩。这三十来个人就是格兰德大酒店的全部住客了，因为在1916年，度假者喜欢某些更为安全的旅游胜地，而不是诺福克这个地区的海岸，此地恰好处于敌方飞艇袭击伦敦的必经之路。

两个夜晚之前，齐柏林飞艇在德灵顿海滨扔下了几颗炸弹，大多数酒店住客便乘坐第二天上午的火车离开了，根本不听格兰德大酒店老板的保证：此次事件纯属意外，只是一个德国兵的疏忽而已，不太可能会再次发生。神经紧张的住客走了，把格兰德大酒店、弯弯曲曲的长长海滨区、延绵数英里的黄色沙滩、高耸的绿色海岬、东英格兰最好的高尔夫球场，还有格兰德大酒店的广告里宣传的各种其他乐趣等都留给了少数的住客。剩下的这些住客神经坚强，懒散惯了，相信宿命，或者毫不在乎齐柏林飞艇的威胁。

这三十来个住客分散在早餐厅里，三三两两，小群聚集，相隔甚远，只有一个例外，都过于专注郑重其事的英国习俗，美好的一天以丰盛的早餐开始，以致无人抬头注意那个坐在凹壁餐桌的年轻人的举止。他们大多数都具备战时度假者的特征：男人们显然都过了服兵役的年龄，一般身着诺福克粗花呢衣服，或者高尔夫球装；有两个年轻军官坐在靠窗的位置；而且，由于毫不在乎齐柏林飞艇的人不限于坚毅的男性，丰满端庄或者男士般行走姿势的几位女士、两个妩媚动人的少女以及一个年轻快乐的战争寡妇，也在影响着大家的情绪。

例外的是一个高大肥胖的先生，头上已经少许谢顶了，亮棕色胡须，一副金丝边眼镜危机四伏地架在高耸的鼻子上，举止庄重。他独自在离科尔文不远的餐桌旁进食早餐，而科尔文注意到他不断地瞥一眼那年轻人独坐的凹壁餐桌。科尔文向他看去，他们的目光相遇了，肥胖的先生便朝凹壁餐桌点了点头，有点装腔作势，表示他一直在关注那人的奇异行为。片刻之后，他起身走到安放着科尔文餐桌的支柱旁。

"请问我可否在此坐下？"他温文尔雅地问道，"恐怕我们马上会有麻烦了，"他补充了一句，放低了声音，同时朝远处凹壁餐桌点了点头说，"我们也许得行动迅速点。好像已经有人注意到什么了。我们可以从这根支柱背后观察他而不被他看到。"

科尔文回以点头，立刻就领悟到对方的言下之意，便朝来访者推过去一把椅子，那人就坐了下来，又重新开始观察凹壁餐桌的年轻人。科尔文朝他的伙伴投去了一瞥，一切尽收眼底。戴着眼镜的高个男子看上去过于人道，不会是律师；过于睿智，不会是教师；穿着过于讲究，不像个普通的医务人员。科尔文，善于从外部形象迅速地判断他人，注意到了他文雅却有点爱炫耀的脸庞，那种权威的职业性举止，那双圆胖的手，手型很好，整个人身上散发出一种富足安康的气势，这些表现就把他置于更为赚钱的医务行业里一个成功执业者的位置——他很可能是高档的哈利街上的专科医生。

科尔文继续仔细打量凹壁餐桌上的年轻人，他和他的伙伴一起默默地专心研究了他一番。但那年轻人，眼下比较安静，心绪不稳地透过打开的窗户，凝视着北海的海面，他面前放着一盘鳎目鱼，尚未品尝，一个面部毫无表情的侍者为他倒好了咖啡，仿佛一个年轻人把餐刀插在餐桌上的场景在格兰德大酒店里只是一件常见之事，都是每一天中的日常所为。侍者倒好了咖啡之后就悄无声息地离开了，那年轻人神情冷淡地尝了一口，推开了，又恢复到先前凝视窗外的样子了。

"他看上去已经受够了，"科尔文转向他的伙伴说道，"你觉得他发生了什么事，弹震症？"

"我不想就凭那么仓促的观察就去尝试说出确定的看法，"对方回答，语气干巴巴的，一副极度专业的谨慎样子，"但我其实想说，我不认为这是个弹震症的病例。假如我怀疑得没错，第一次发作是另一次发作的前兆，可能会是一次更糟糕的发作。哈！开始了。看看他的拇指，这是个危险的信号！"

科尔文再次望过去。那年轻人依然坐着，姿势没变，他凝视着远海。他的左手放在面前的餐桌上，僵硬地伸着，拇指呈直角竖起，奇特地快速晃动着。

"这次发作也许会像前面的发作那样过去，但如果他看向周围的人，稍有动静，我们必须立刻就抓紧他。"科尔文的伙伴轻声说着。

他刚说完，那年轻人就把头从打开的窗户转开了，那双蓝眼睛茫然地盯着离他最近的餐桌，那里有个上了年纪的牧师，一个高尔夫球友，以及他们的妻子们，正在一起吃早餐。年轻人敏捷地站了起来，开始向那个餐桌走去。

科尔文密切地观察着这个年轻人的每个举动，在当时或后来，他都无法确定，此人是否在考虑要袭击旁边餐桌上的住客，或者仅仅是想离开餐厅。牧师的餐桌直对着凹壁，和两扇玻璃转门成一条线，这两扇门是餐厅的唯一出口。但科尔文的伙伴并未等待着试看此事的进程，在年轻人做出第一个举动时他就一跃而起，也没顾得上看看科尔文是否跟着他，奔过餐厅，一把攥住了这年轻人，而后者离牧师的餐桌还有几英尺远呢。年轻人拼命挣扎了一会儿，随后突然瘫痪，倒在那人的手臂上不动了。科尔文及时走到那里，只见他那肥胖的伙伴把年轻人放在地毯上，俯身解开了他的衣领。

年轻人躺在地上，显然是失去了知觉，发出鼾声，脸部抽搐，两眼紧闭。过了几分钟，他睁开了眼睛，冷漠地看了看周围恐惧的人，虚弱地想坐起来。科尔文的伙伴正俯身感觉他的心跳，扶他坐了起来，随后，看了一眼聚拢的人脸，声音尖锐地叫道："他需要空气。请往后退一点。"

"当然，亨利爵士。"那是一个身穿格子高尔夫球衫的矮胖男子在说话，"但女士们急于知道是否发生了什么严重的事。"

"不，不。他马上就会没事的。只是倒了下去，给他更多的空气。喂，你！"他指着一个张着大嘴的侍者，"快去办公室，查出这位先生的房间号码。"

那侍者匆忙离开，迅速地和酒店老板一起回来了。那老板是个矮个子男子，下身穿格子条纹裤子，上身穿了一件大衣，秃头，眼神焦急但又无奈，明显已做了最坏的打算。他就像一个已经受到倒霉事重压的人，正在绷紧肌肉去承受那最后一根稻草。当他走近凹壁餐桌附近的人群时，他舒展了一下疲惫的脸色，变为关切的神色，对扶着地上年轻人的男子说话，声音力图显得同情。

"我想我最好自己过来，亨利爵士。我从安托万那里听不明白您想要什么，或者发生了什么事。安托万就说有人躺在餐厅地上快死了——"

"根本不是！"那位被称为亨利爵士的先生厉声说道，稍微换了个姿势，以便让年轻人倚靠在他的肩膀上，"你脑袋上没长眼睛吗，威尔士德恩？你自己看不出来这位先生只是突然昏晕过去了？"

"我很高兴听到这个消息，亨利爵士。"酒店老板回答。但他的脸上毫无明显的喜悦神色。他的格兰德大酒店因一次齐柏林飞艇空袭而吓走了几乎所有住客，对于有这样经历的人来说，一位昏晕的住客和一位垂死的住客，两者之间的差异几乎可以忽略不计。

"这位先生是谁？他的房间号是多少？"亨利爵士继续问道，"他最好安静地躺在他的床上。"

"他的名字叫罗纳德，房间号码是三十二，就在二楼，亨利爵士。"

"很好。我会立即把他送去。"

"需要我帮忙吗，亨利爵士？大概他需要抬上去。一个侍者可以抬他的脚，或者也许最好是两个。"

"毫无必要。过一会儿他就能走路了，稍微搀扶一下就行了。啊，那好多了！"亨利爵士对格兰德大酒店老板说话时，态度生硬，而在他对地上的病人说话时则不知不觉软化为对病人的最好关怀。那病人原先坐着，现在试图挣扎着站立起来。"你觉得你能站立起来了，嗯？好啊，这对你有好处。就这样做！"亨利爵士扶着年轻人站起来了，并用自己的手臂支撑着他，"好，接下来是让他回到自己的房间里去。不，不，不是你，威尔士德恩，你个子太矮了。几分钟前和我坐在一起的那位先生呢？啊，谢谢。"此刻科尔文走上前去，扶起了病人的另一只手臂，"好，我们扶着他轻轻地上楼去吧。"

年轻人就这么让自己被人带走，毫无抗拒。他行走着，或者说，磕磕绊绊地走着，夹在两个向导中间，就像一个人在梦游一般。科尔文注意到他的眼睛半开半闭，他的头垂下来，随着他被带着行走，晃来晃去。一个侍者拉住打开的玻璃门，这门通向休息室。一个浑身战栗的女仆，慌忙地被从楼上叫下来，跌跌撞撞地爬上铺着地毯的宽大楼梯，沿着走廊引路去年轻人的房间。

专科医生亨利爵士和侦探科尔文的病情讨论

亨利爵士在门口打发走了女仆，和科尔文一起把年轻人抬上了床。他躺在床上就像个昏迷之人，呼吸沉重，脸色发红，眼睛几乎闭上了。亨利爵士拉起了百叶窗，借着外来的光线仔细端详着他，靠近听着他的心跳，借助口袋里掏出来的某种小工具，翻起了他的上眼皮，检查了一番他的瞳孔。

"他现在没事了，"他解开了病人的衣服，让病人更舒服一点，然后说道，"他过五分钟左右醒来，不久就会全好了。但他这个病例有某种特别的特征，在我的行医经历里第一次碰到，确实吓坏我了。当然，这个年轻人不应该一个人独自待着。应该把他的朋友找来。你了解他吗？他是一个人住在这个酒店里吗？我是昨夜才来的。"

"我觉得他是独自住在这家酒店的。他已经在这里住了两个多星期了，我从来没见过他对任何人说话，尽管我们每天早晨互相点头致意。他主要的娱乐活动似乎是独自沿着长长的海岸散步。他有每天出去的习惯，直到晚餐时间过半才回来。也许酒店老板认识他的朋友吧。"

"能否麻烦你下楼问问？我不想离开他，但应该给他的朋友们立刻发个电报，请他们过来照料他。"

"当然可以。我在楼下时会发电报的。"

但科尔文一会儿就回来了，说酒店老板对这位住客一无所知。他过去从来没有住过这家酒店，他是从伦敦打了长途电话来预订房间的。他到达后在酒店的登记表上填写了詹姆斯·罗纳德的名字，但私人地址和公司地址一概没填。他看上去就是位绅士，所以老板不敢请他注意那些空白的栏目。

"又是一个旅馆忽视《王国保卫法案》各项要求的例子！"亨利爵士叫了起来，"真的，太棘手了。我几乎不知道在此情况下该怎么办。从一个医务人员的角度来说，我认为他不应该独自一人，但如果他恢复了理智，命令我们离开他的房间，我们该怎么办？你能提什么建议吗？"他朝伙伴投去了敏锐的目光。

"您认为他正在遭受某种疾苦，但我对此不清楚，否则我就能更好地回答您了。在我的印象里，他患上了糟糕的弹震症，但您的说法暗示某种更糟糕的疾病。鉴于您是专业人员，我可以问问您觉得他的疾病性质是什么吗？"

亨利爵士又向说话者投去了犀利的目光。他第一次注意到对方脸上显露出来的警觉和智慧。那张脸英俊而又坚强，一双灰色眼睛炯炯有神，鼻子又长又讨人喜欢，胡须刮得很干净，嘴巴透出幽默感来，这个男子值得信任和依赖。

"我几乎不知道该怎么办，"一阵长长的沉默之后，亨利爵士说道，他显然认真考虑了如何智慧地同意他伙伴的要求，"这位先生没有向我请教过专业知识，因为我匆忙之中没有完全地诊断过他的病情，在他不知道的情况下，将我的诊断告诉一个完全的陌生人，我觉得这很不恰当。而在另一方面，也有理由有必要让别人知道，如果我们要在他虚弱的时候去帮助他的话。也许，先生，如果您告诉了我尊姓大名的话——"

"当然可以：我的名字是科尔文——格兰特·科尔文。"

"您就是那个著名美国侦探？"

"承蒙夸奖。"

"您谦虚了。谁没听说过您，还有您解决犯罪的手段？大西洋两岸有许多人都把您视为公众的恩人。但我颇感吃惊。您与我想象中的科尔文根本不同。”

“为什么这么说？”

“一方面，您说话不像个美国人。”

“您忘记了，我在此时间足够长，长到能学习语音。此外，我还是半个英国人呢。”

亨利爵士心情愉快地笑了。

“这是个公正的回答，科尔文先生。当然，您是科尔文本身就已改变了问题。我毫不迟疑地相信您。我是亨利·德伍德爵士，无疑您听说过我了。自然，我得谨慎一点。”

科尔文重新满怀兴致地看着他的伙伴。谁没有听说过亨利·德伍德爵士呢？他是个神经专科医生，他的医术在英国最高贵的女士中家喻户晓，而且，顺便提一句，他因此获得了爵士身份。有些职业诋毁者暗示说亨利爵士是靠着一位出身名门的富裕妻子所提供的梯子才爬上哈利街的上层，从而获取丰厚的报酬，而不是依靠他自己的资历，但“英国最佳关怀病人方式”的称号以及他对女性气质弱点的深刻了解除外。他的仰慕者人数众多，宣称亨利·德伍德爵士是伦敦唯一真正了解如何治疗当代人复杂神经系统疾病的医生。这些想法在科尔文的心里一闪而过，他喃喃地说，在他们面前，如此著名的专科医生对此病例的看法自然是远比他自己的看法重要。

"谬赞了。"亨利爵士说得仿佛他完全配得上这些赞美之词，"依我之见，这个年轻人的症状指向癫痫，而他在楼下的行为则由于突然发作，现在他正在慢慢地恢复。"

"癫痫！严重还是轻微？"

"在我看来，是比较轻的那种。"

"但他的表现是否符合轻微癫痫的症状，亨利爵士？我以为在这个疾病的轻微发作时，病人只是遭受短暂失去意识，没有抽搐，大体上来说，在失去意识后，仅几秒钟就能重新控制自己了。"

"呀，看来您对这种疾病有所了解。那就简单了。一到探讨某种如癫痫那样伴有并发症的神经系统疾病时，外行人就茫然不知了。您对轻度癫痫的定义或多或少是对的。但这只是简单的表现形式，没有并发症。而在这个病例中，依我所见，伴有并发症。我得说这个年轻人这次突然发作是混合着一个称为癫痫性狂怒的癫痫病。"

"恐怕您说的超出我的理解了，亨利爵士。什么是癫痫性狂怒？"

"这个术语适用于病人有时在突然发作时表现出来的暴力情况。一般来说，这种表现是极端的暴力，通常比狂怒状态更强。"

"我记得，在癫痫病记录中有些病例针对最靠近的和最亲近的人发起最凶猛的暴行。这就是您所说的癫痫性狂怒？"

"是的，但那类攻击一般针对陌生人，极少针对热爱之人，尽管也

14

曾有过这种病例。"

"我开始理解了。我们早餐时，您的专业眼光就已诊断出这个年轻人的症状，他的神经性颤抖、他的兴奋度，还有对待餐刀的过分行为，这些都是癫痫性狂怒的先兆症状，发作时病人容易出现危险的暴力行为，是吗？"

"完全正确。轻微的症状预示着小发作，但把餐刀插在餐桌上则强烈地表现出癫痫性狂怒的并发症。为此，我走到您的餐桌来，万一发生麻烦事，可以得到您的协助。"

"您担心他会袭击某个住客？"

"是的，在那种情况下，癫痫极其危险，假如手里有武器的话，还会行凶杀人。曾有一些病例，病人在狂怒中谋杀了被害者。"

"完全意识不到自己的行为？"

"在当时或者事后，都毫无意识。病人从一次发作康复以后，他的心里通常对此茫然无知，但偶尔他也会有烦恼困惑的感觉，感到有什么事发生在他身上了，就如一个人从噩梦中醒来，但他回忆不起那个梦了。这个年轻人可能醒来后会忘记在楼下发生的事，或者他可能会有不太明确的警觉，然后问一大堆问题。在这两种情况下，就需要一点时间，从半个小时到几个小时不等，然后他的心智又开始变得正常起来。"

"您认为他从餐桌旁站起来时，他意图袭击离他最近的餐桌上的住客，也就是那位老年牧师和他那群人吗？"

"我认为极其可能，他原本会袭击他附近的第一个人，所以我想阻止他。"

"但他那时没有从餐桌上拿起餐刀。"

"亲爱的先生，"亨利爵士的声音里传递出恰当的专业优越感，"您说得好像您认为癫痫性狂怒症患者是个理性的人一样。他根本就不是。只要发作还在持续，他就是个无法控制的疯子，一点也不会为他的行为负责的。"

"但是，假如他能想到袭击他人，他就肯定能想到为此目的拿起餐刀，尤其是他先前手里就有过餐刀了，对吗？"科尔文逼问道，"我无意用我的看法来反对您的看法，亨利爵士，但这个年轻人病症的某些方面并未完全与我自己经历过的那些癫痫症状相符合。作为犯罪学者，我曾就癫痫和其他神经疾病对罪犯性性格的影响做过一些研究。比如说，这个年轻人从餐桌旁一跃而起时，并没有发出癫痫似的叫喊。而假如那只是一次小发作的话，他又为什么那么长时间还没恢复意识呢？"

"所谓的癫痫性叫喊并非每次都会出现，而癫痫小发作有时只是高度发作的中途暂息而已，"亨利爵士回复道，"我说过这个病例呈现出

16

几个非同寻常的特征，但是，依我之见，结合癫痫性狂怒来看，并无任何与癫痫症状不相符合之处。只有一个症状除了癫痫发作之外，在任何昏晕中都极少出现。"专科医生指了指年轻人褐色胡须下的一点泡沫。

科尔文俯身用他的手帕擦了擦他的嘴唇。他这么做时，年轻人的眼睛睁开了。他阴沉地凝视了科尔文一会儿，然后从床上坐了起来。

"你是谁？"他大声说。

"很好，罗纳德先生，"专科医生以他对病人最为舒适的口吻说道，"放轻松。你病了，但你现在差不多恢复了。我来给你把一下脉吧，哈，确实很好！我们马上就可以让你自己行走了。"

这个年轻人跳下了床，证实了后一句预言不假，随后敏锐地注视着这两位来客。现在无论如何，在他注视的目光里不缺理性和理解力了。

"发生了什么事？我怎么会在这里？"

"你晕倒了，是我们把你送回房间的。"没等亨利爵士说话，科尔文巧妙地插话说道。

"太感谢你们了。我现在想起来了。我下楼时感到有点萎靡不振，但我觉得会过去的。我不记得更多了。希望我在别人面前没出太多的洋相，像个女孩似的走开了。你们把我拖上楼肯定费了不少劲吧，谢谢你们费心了。"他微微一笑，然后拿出一个烟盒。

"你现在感觉如何？"亨利·德伍德爵士严肃地问道，没看递上来的烟盒。

"有点像是被马踢到了脑袋，但很快会好的。事实上，我去那里时晒到点太阳，"他挥手含糊地朝东方指了指，"有时，这会给我带来点麻烦。但我很快就会好的。很抱歉给你们带来了这么多的麻烦。"

他以随和的礼貌方式做出了这个解释，伴着些许不以为然的微笑，这就很好地表达了一个教养良好之人对于麻烦了陌生人的歉意。这很难让人将他的自制力与他先前在楼下的过分举动视为同一个人所为。但对科尔文来说，他的镇静是装出来的，那是一个敏感之人在对陌生人暴露了其自身的弱点之后所做的掩饰，因为他拿着香烟的手指微微颤抖着，并且在他那深蓝色的眼睛深处有着烦恼的阴影。科尔文赞赏年轻人的勇气，他真希望自己在相似的情况下也能如此表现，他感到而且意识到他和亨利·德伍德爵士现在能提供的最佳服务便是让此人独处。

但亨利爵士远非以相同的角度来看待事情。作为一个医生，他在别人的房间里比在自己的家里更自在，有谣传说，德伍德夫人对于丈夫作为时尚高贵女士的医生所享有的特权深感嫉妒，所以她习惯于每晚都要在家里对他谆谆教导，要他牢记婚姻的真谛。亨利爵士安然地坐在椅子上，调整了一下眼镜，使之更安稳地架在鼻梁上，注视着站在壁炉台前的年轻人，带着一副温和的职业性微笑，想起尚未收到出诊的诊金，稍感失落。

"你已经恢复得很好了，但你需要照料，"他说道，"我是亨利·德伍德爵士，作为一个专业人士，我认为你最好有人陪伴，如果有某人了解你病情的话。对于你的——哦——疾病，你不应该听凭陌生人的摆布，这是明智的。我建议，强烈建议，你与朋友们联系一下。假如你给我地址的话，我将非常乐意为你效劳。同时——直到他们到达之前——我的建议是你要休息。"

年轻人的眼里闪过了厌烦的神色。他明显地反感专科医生的建议，的确，他的目光清楚地表明他将此视为某种不必要的无礼之举。所以他冷淡地回答道："非常感谢，亨利爵士，但我觉得我能照料自己。"

"那可是你疾病非同寻常的特征。"专科医生说。他脑袋神谕似的摇了摇，颇有言外之意。

"如你所说的，你把我的病想象成什么了？"年轻人简略地问道。

科尔文很想知道，亨利爵士习惯于和时尚高贵的女士们自由自在地讨论她们的病情，这位名医是否会有勇气去告诉一个陌生人，说他是个癫痫患者。此事还没验证，也许是运气使然，恰恰在此刻有人猛敲了一下房门。开门之后，走进一个女仆，她似乎终结了矫言虚饰和玩弄小聪明。

"对不起，亨利爵士，"那少女说道，侧眼瞥了一下站在壁炉台前的高个英俊年轻人，"如果您立刻去德伍德夫人的房间，她将不胜感激。"

　　对亨利·德伍德爵士来说，此话说得太好了，于是这位医生顷刻间成了丈夫。"告诉德伍德夫人，我立刻就到，"他说道，"请原谅，"他补充了一句，对他的病人匆忙地躬了一下身体，"也许，假如你希望的话，你可能会之后来见我。"

　　"多谢了，亨利爵士，但无此必要。"他庄重地对专科医生躬了一下身体，但热情地微笑着，向科尔文伸出了他的手，而后者准备跟随亨利爵士走出房间。"我希望再次见到您。"他说。

　　但是，科尔文在高尔夫球场上度过了一天之后，那天夜晚他走进餐厅进餐时，那年轻人的座位空着。晚餐之后，科尔文去酒店办公室询问罗纳德先生是否依然身体不适。让他吃惊的是，那人已在发病之后一小时左右就离开了格兰德大酒店。

初闻谋杀案

第二天，午餐完毕，大多数酒店住客们聚集在休息室里，一些人围着老式的壁炉坐着，木柴在壁炉里"呼呼"地燃烧着，不时发出"噼噼啪啪"的声响，另一些人从休息室里一直荡到酒店出入口，再折回，两眼望着幽暗险恶的天色。

夜晚，天气有了凶猛的转变，英伦诸岛的居民对此早已熟悉。一场暴风雨呼啸着刮过北海，扑面而来，大约十一点半时，大雨已停，但风势未减，直刮了一整夜，裹挟着来自北极的猛烈雨夹雪，还有第一波刺骨冰冷的冬季寒潮。

住酒店的女士们昨天还穿着轻薄的夏日裙衫，行走在海滨人行道上，如今却裹着皮毛，围坐在壁炉旁，瑟瑟发抖。小群小群的男士们则踱来踱去，谈论着天气和战争。高尔夫爱好者们站在一旁，按照他们的习惯，争论着不顾恶劣天气打上一局的可能性。老牧师准备冒险一试，如果他能找到一个伙伴同去。他借助着一把倒置的雨伞，开始向围绕一圈的专注住客们展示如何在最为猛烈的大风中绕行英国最开阔的球场，前提是使用铜头高尔夫球棍，而不是一般的发球棍。

"我不明白今天你怎么可能用这两种球棍击球，"一个表示怀疑的人说道，"打开始的四个球洞，你能顶风击球，可当你在悬崖上拐了个弯，打第五个球洞时，风就在你背后吹着，大风的威力非常有可能会把你的球刮出半英里远，掉进海里去。这里的球场被视为英国最开阔的球场。"

"亲爱的先生，你肯定不会把这称为大风吧，"牧师反唇相讥，"我曾经在比这更猛烈的大风中打出过最好的几局球。至于英国最开阔的这个球场嘛，嗯，让我问你一个问题：刮东北强风时你在沃辛球场打过吗？请注意，那大风可不是一般的风啊，横扫唐斯。"

"不能说我打过。"先前的说话者咕哝了一句，他是个高个子，脸色灰白，从头到脚都裹在一件灰色的埃尔斯特大衣里，戴着羊毛手套。"实际上，我从未去过沃辛球场。"他说。

"想必如此。"牧师的脸上显出了一个高尔夫球手战胜了另一个球手时的满足，"沃辛球场是英国最难打的球场，那里翻山越谷，对不知道其特殊之处的人来说，布满了陷阱。我在那里有过不同寻常的经历。就在去年，我和当地的一个顶级球手比试，他开始时让我，我加了二个点得分。我们在大风里打了一局，那大风刮过高岗时风速达到了每小时七十到八十英里。就因为天气，我的对手开始不愿意打，但我说服他上场，结果我以四比二击败了他，我就完全依靠铜头球棍和二号铁杆。他坚持用一般的发球棍，结果输了。我来演示给你们看比赛是怎么进行的。假定第一个球洞就在大厅门那里，你从这里击球。现在，想象一下那个雨伞架。先生，请你离雨伞架稍微远一点，好吗？谢谢。想象那个雨伞架是几棵冷杉树，离右边的平坦球道有整整一百码远。好吧，我打出了一个一百六十码的球，上了平坦球道，低直球，离草坪高度不会超过一码，但我的对手，没有像我那样用铜头球棍，更喜欢用他的大号发球棍，你想想他发生了什么事？大风把他的球刮过了冷杉树。"

他的故事被一个突然进来的年轻军官打断了，他是去海滨散步的。他急匆匆地大步跨进休息室，孩子般好脾气的脸上神情激动，他走近了高尔夫球手们，他们正巧离门口最近。

"嗨，伙计们，你们知道发生了什么事吗？你们还记得昨天早晨那个晕倒的家伙吗？嗯，他因谋杀罪遭到通缉了！"

这个消息引起了发布者预料到的轰动。"谋杀案！"休息室的各个角落回响着这个词，人们表示出不同程度的惊骇、惊愕，还有恐惧，大多数住客都急切地围绕着他打听详情。

"是的，谋杀案！"年轻军官饶有兴味地重复了一下，"更重要的是，他是在昨天离开这里后行凶的。他沿着海岸步行去了某个客栈，离此地几英里远，在那里住宿，半夜里，他用刀捅了一个住在那里的老人。"

一阵长长的静默间歇，酒店住客们都在思索着这个令人震惊的消息，试图再次回想起他们对那个坐在凹壁餐桌边的年轻人的模糊印象，从新的角度看待他作为所谓的凶手的人格。间歇之后便是轰动的嗡嗡说话声和急切的问题，女士们也都立刻谈论起来了。

"我们都逃过一劫，太幸运了！"牧师的妻子大声叫嚷道，她那清秀的脸变得煞白。

"我听到这个消息时也是这么说的，夫人。"年轻军官回答说。

"我猜测这个年轻的恶棍已经被逮住了吧？"牧师问道，他的脸色比他妻子更苍白，"我希望警方已经逮捕他了。"

年轻的军官摇了摇头。

"他已经留下了清晰的脚后跟痕迹。就我所知，他可能会返回此地。到今天夜里整个诺福克郡到处都会有他的通缉令，但凶手通常非常狡猾，难以抓获。我敢说在他谋杀另一个人之前，他是不会被抓住的。"

人们神情凝重地互相看看，有几个女士出于惊慌，放声大哭起来，紧紧抓住她们丈夫的手臂不放。

"你是什么意思，先生，当着一群女士的面就脱口说出了这个消息？"牧师对带来这个消息的人感到愤怒，他厉声责问道，"真是极度的莽撞愚蠢。你把她们都吓坏了。"

"哦，都是废话！"对方粗鲁地回答，"她们迟早都会听说的，哎呀，海滨地区人人都在谈论此事。我还以为你们会非常乐意地听到这个消息，注意，你们昨天早晨还坐在他旁边的餐桌上呢。"

"谁告诉你这个消息的？"科尔文问道，他才下了楼，穿着一件驾驶装，头戴帽子，正要走向门口，就听到了围着年轻军官的骚动嗓音，便站住了脚步。

"海滨的一个渔民。发生谋杀案的地方的警官来这里报告了这个消息，那地方是个小村庄，有个古怪的名字。看起来，这是距离最近的警察所了。"

"但他能确定犯了谋杀罪的就是昨天早晨晕倒的年轻人吗？"亨利·德伍德爵士问道，他也加入了人群的议论，"确定地辨认过他的身份了吗？"

"渔民告诉我，肯定是他，描述与他相同。在谋杀被发现之前，他就溜之大吉了。沿海地区难得有通缉令的，他们在组织搜索队呢，今天下午就有一支从这里出发，我将一起去。"

科尔文离开了那群酒店住客，走向前门。亨利·德伍德爵士略一迟疑，也跟了上去。侦探正站在酒店门廊下，若有所思地抽着雪茄，向外望着波涛汹涌的海面。他对专科医生友善地点点头。

"您怎么看待这件事？"亨利爵士问道。

"我正要去警察所询问一下，"科尔文回答，"从那人的消息来看，根本不可能说出有多少是真相、有多少是传说。"

"恐怕是真的，"亨利·德伍德爵士回答说，"您还记得我昨天提醒他去找他的朋友来。像他这种身体状况，不应该被允许没人陪伴就在乡下闲逛的。他非常可能又一次癫痫性狂怒发作，在此影响下杀了某个人。哎呀，哎呀，多么可怕的事啊！人们也许会说，我昨天就应该对他采取强硬手段，但我还能再做什么呢？那是个非常棘手的情况，非常棘手。我希望您会记住，科尔文先生，我所做的一切都是出于人道，是一个专业人士应该做的，实际上，我超越了职业礼仪的界限，向一个完全的陌生人提供建议。您还会记得，我告诉您有关他身体的状况是绝对保密的。如果您同意的话，我很愿意陪您一起去警察所，我对此案深感兴趣。"

"如果您去的话，我将非常乐意。"侦探回答。

科尔文转向通往海滨的一条短街，那里有一条沿着悬崖边缘的小径。小径沿途建有扶手栏杆，以保护筋疲力尽的伦敦游客，他们只想在令人振奋的诺福克空气中，获得物超所值的感觉。此刻的空气，几乎是以飓风的强力，呼啸着扫过北海，对于站在露天小径上的神经虚弱者来说，令人过于心旷神怡，承受不起了，即使借助扶手栏杆，要顶风尽力行走，也是艰难之事，更别提雷鸣般轰响着的黄色的汹涌波浪冲击着悬崖脚下所激起的一团团云雾般的水沫了。无论如何，亨利·德伍德爵士感到非常高兴，因为他的伙伴总算离开了悬崖小径，走进了一条弯弯曲曲的街道，从海边走向大街了。

在一座石砌建筑前，科尔文站住了脚步，此地处在街道长度一半的位置，建筑物外一块牌子上写着"县警察所"。许多人都站在路上，有身穿毛线衫和橡胶长靴的渔民，有一些妇女，还有少量的儿童，他们都因为谋杀案的消息而聚拢在一起了。但一个身材魁梧的红脸乡村警察阻止他们进入法律和秩序的神圣领地。这警察站在大门口，身姿笨拙地保持着官方尊严，两眼直视前方，根本不理会人群向他投掷的急切问题。当他们两人走过去时，靠近大门口的人群往后稍退了几步，执勤警察则以探询的目光看着他们。

科尔文问他负责此地的警官姓名，得到的答复是盖洛威警司。当科尔文拿出自己的名片，请求见见警司时，那警察的目光有点怀疑。他在决定要做正确的事和他不想冒犯两位衣着体面的先生之间做了个折中，选择了信任科尔文。

"嗯，您瞧，先生，是这样的，"他低声说着，不让周围的乌合之众听到，"我不想打扰盖洛威警司，除非事务非常重要。郡警察局局长和他在一起呢。"

"你是说克罗梅林先生从诺威奇来了？"科尔文问道。

警察点点头。"他是坐早晨的火车来到此地的。"他解释说。

"很好啊，我和克罗梅林先生很熟。请把这张名片交给郡警察局局长，就说如蒙有幸见面片刻，我将非常高兴。这可是一件侥幸事，"他对亨利爵士补充了一句，而警察则拿着名片，消失在大楼里了，"我们将能了解到所有我们想了解的事了。"

那警察匆忙返回了，带着满脸尊敬的神色，通知他们说克罗梅林先生非常乐意见见科尔文先生。他带着他们走进了大楼，沿着走廊过去，在一扇门上敲了敲，没等回应，便带他们走进了一个大办公室，然后悄悄地退出了。

办公室里有两位警官。一位身着制服、身材结实的矮个子男子，沙色头发，红脸上满是雀斑，坐在一张大大的卷顶写字台后，听写着另一个人的话。这第二个警官个子矮小，身穿便服，上了年纪，面容干枯羸弱，脸色微白，一双蓝眼睛深陷在金丝边眼镜下。科尔文和亨利爵士进去时，这位先生立刻停止口述，上前去和侦探打招呼，那神情很可能会被误解为是不太重要的人物所表达的感激。

克罗梅林先生对科尔文的感激并非是由于他从侦探那里得到了什么协助，破解了令人困惑的犯罪迷案。而是出于一个完全不同的原因。据说沃尔夫曾说他宁可被作为格雷的《乡村墓园挽歌》的作者而被人纪念，也不愿被视为加拿大魁北克省的征服者而被人记得。克罗梅林先生则宁愿当《英语评论》的编辑，也不愿当诺福克郡警察局局长。他的趣味都是书生气的，以其秉性，他曾有意担任某家流动图书馆的馆长：那是中产阶级女士们在每年两次淹没英伦诸岛的新版小说汪洋大海中的安全向导。他特殊的嗜好是古生物学，著有《诺福克郡的侏罗纪积淀物——对启莫里奇黏土的一些评论》，那是对该郡的地质形成和当时发现的史前爬行动物类、鱼类、软体动物类和甲壳纲动物类遗迹所做的透彻研究。这部著作花费了他六年时间做撰写准备，却由于邮政部门的疏忽而差点湮没于世，该邮政部门居然会让手稿在从诺福克郡寄往伦敦出版商的途中不知所踪了。

惊慌失措的作者惊动了伦敦和诺威奇两地的邮局，最终收到了来自邮政总局局长的一封礼貌性致歉函，大意是，所有追踪丢失手稿的努力均告失败。克罗梅林先生的一位朋友建议他应该请大名鼎鼎的侦探科尔文帮忙寻找，这名侦探曾破解了令警方束手无策的多起谜案，因而名声大振。克罗梅林先生接受了建议，写信给科尔文，提出如果他能成功地找回丢失的手稿，就在《诺福克郡的侏罗纪积淀物》的序言里提及他的大名。科尔文凭借着比起邮政官员们更多一点的智慧和精力，在三天之后找到手稿，寄回了其主人，并附一张礼貌性便条，婉拒序言里提及其名字的荣誉，因其效力微小，不足以值得如此巨大的回报。

"非常高兴见到您，科尔文先生，"郡警察局局长边说边上前伸出了手。"我长久以来一直想面谢您的善举，您去年施予我的巨大善举。尽管我觉得我从不可能回报您，但我很高兴能有此机会表达感谢。"

"恐怕您高估了一次小小的效力。"科尔文面带微笑地说道。

"小小的？"郡警察局局长强调了这几个词，这暗示着他作为作者的骄傲受到了伤害，"假如您没有找到手稿，那么一部会令英国古生物学专业学生大感兴趣的著作就会湮没了。我必须得给您看一封信，来自大英博物馆的托马斯·波特爵士，他赞同我对去年在罗斯林洞穴里发现的鱼龙、蛇颈龙以及沧龙化石遗迹所做的研究结论。这让我深感满足，深感满足啊。但是我能为您做什么呢，科尔文先生？"

"首先请让我给您介绍亨利·德伍德爵士。"科尔文说。

"德伍德？您是说德伍德吗？"矮个子男子说着，伸出手向专科医生急切地走上去，"我很高兴地见到我们的顶级科学人士。您有关南方象的著作富于启迪，是经典之作。"

"恐怕您把亨利爵士误以为是另一位德伍德了，"侦探说着，过来打圆场，"亨利·德伍德爵士是哈利街的杰出专科医生，不是叫那个名字的古生物学家。我们来此是想了解一下昨夜在附近什么地方发生的凶杀案。"

"敬业精神，科尔文先生，这就是敬业精神！我个人非常高兴您来协助破案，但是，恐怕没有什么深层的神秘需要解开，不值得您为此费劲。这就好比气锤砸坚果一样，不值得您为此案动脑。因为，所有的迹象都强烈地指向一个人。"

"是那个在格兰德大酒店一直住到昨天的年轻人？"侦探问道。

郡警察局局长点点头。

"我们正在搜寻一个年轻人，他曾使用罗纳德的名字在格兰德大酒店住了几个星期。他在本地区是个陌生人，似乎无人知道任何有关他的事。大概你们两位先生能告诉我有关他的一些事吧。"

"恐怕非常少，"科尔文回答说，"我在进餐时间见过他，对他点点头，但直到昨天之前从未说过话，那时他在早餐时发生了昏厥。亨利·德伍德爵士和我扶他去了他的房间，在他醒来后才说了几句话。"

"是的，我已经被告知了那个疾病，"克罗梅林先生沉思着说道，"当你们和他在一起时，他是否做过或者说过什么事吗？这些事可能会有助于解释昨夜的悲惨事件。他现在就为此受到怀疑了。"

科尔文叙述了早餐时和之后发生的事。克罗梅林先生专注地倾听着，然后转向亨利·德伍德先生，问他是否在昨天之前见过罗纳德。

"我是昨天坐在餐桌旁第一次见到他的，"亨利·德伍德回答，"我只是在前一天夜晚才抵达格兰德大酒店。早餐时他发病了。科尔文先生和我扶他去了他的房间，把他留在那里。我对他根本一无所知。"

"他的病情性质是什么？"郡警察局局长问道。

"有些突然发作的病症，"亨利爵士谨慎地回答，"当他醒来后，我请他别离开房间。我甚至提出如果他能提供信息的话，我能用电话联系他的朋友，但他拒绝了。"

"真可惜，他没有接受您的劝告，"郡警察局局长回答说，"他好像在发病之后不久就离开了大酒店，沿着海岸步行去了一个叫弗莱涅的小村庄，离此地大约有十英里。他在晚上到达那里，投宿一个乡村客栈过夜，店名叫金色之锚。今天早晨他一大早就离开了客栈，那时没人起床。不久，罗杰·格伦索普先生的尸体在客栈附近的一个深坑里被发现了。格伦索普先生在客栈里住了一段日子了，他从事诺福克郡那个地区常见的化石遗迹研究。靴印从客栈附近一直延伸到深坑口，然后再折回客栈，这表明格伦索普先生是在客栈他的卧室里被谋杀，而他的尸体被凶手扔进深坑，尸体就是在这个深坑里发现的。"

"为了掩盖罪行？"科尔文问道。

"正是如此。格伦索普先生雇佣的两个人在大清早看到了脚印，而当人们发现格伦索普先生失踪后，其中一个人就用绳子吊下深坑，在坑底发现了尸体。这个深坑是所谓早期大不列颠人的茅屋区或者史前庇护所的一部分，在诺福克郡的这个地区很常见。"

"您有确凿的理由相信，这个一直住在格兰德大酒店直到昨天的年轻人罗纳德，就是凶手吗？"

"非常确凿。他就睡在被害人的隔壁，就在尸体被发现前的一段时间，他在清早匆忙消失了。正是他的靴子印痕通向发现尸体的深坑，并返回客栈。死者大量的金钱失窃了，而我们已经查明罗纳德极度缺钱。另一指向罗纳德的疑点是，格伦索普先生受到刀刺而死。那天夜里罗纳德在餐桌上用过的一个餐刀丢失了。人们相信凶手就是用这把餐刀行凶的。但如果您对此案有兴趣的话，科尔文先生，您最好听听昆斯米德警官的报告。"

郡警察局局长按了一下铃，指示回应铃声前来的警察去把昆斯米德警官带来。

应召而来的警察是个粗短强壮的诺福克人，脸容聪慧，黑色眼睛里透出精明的神色。郡警察局局长通知他把金色之锚客栈谋杀案的详情提供给这两位先生，他便从其紧身上衣口袋里掏出一个笔记本，以官方般的准确语言开始宣读案情。

罗纳德是在昨晚天黑之前到达客栈的，要求过夜。格伦索普先生，即被害之人，他已在此客栈住了一些日子了。稍晚时候，他进来吃晚餐，非常高兴能在这个粗野荒凉的地方遇到一位绅士，所以他邀请罗纳德与他共进晚餐。晚餐是在楼上的客厅里进行的。在晚餐过程中，格伦索普先生随意地谈起他在当地开展的科学研究，并告知客人，他在那天已经去希思菲尔德提取了三百英镑，用来购买一块土地，在那块土地里有着一些珍贵的化石遗迹，他打算发掘。两位绅士晚餐后仍坐着谈论，直到十点和十一点之间才结束，然后各自回到相邻的房间去睡了，这两个房间处于客栈侧翼，那里无人居住。今天早晨，罗纳德离开了客栈，那时除了用人之外，还无人起床。他走之前拒绝等到用人擦干净他的靴子。那个女佣，曾把他的靴子拿在手里，注意到其中一只靴子有个圆形橡胶后跟，而另一只则没有。罗纳德给了她一英镑支付住宿费，但那张纸币是首次发行的国债券，与格伦索普先生昨天从希思菲尔德的银行里取出的纸币相同。那两个大清早看到通向深坑的脚印的人，在听到格伦索普先生失踪的消息后，向昆斯米德报告了他们的发现。昆斯米德勘察了脚印，在这两个人的协助下，捞起了尸体。昆斯米德向海岸沿线的各警察所打电话，通报了罗纳德的外表描述，然后骑着自行车，在莱兰车站赶上了火车，来到德灵顿的地区总部报告了此案。

"我估计，毫无疑问，这个住宿在客栈的年轻人与罗纳德相像，"在警官说完后，侦探说道，"这个描述在各方面都相符吗？"

"读读你准备用于通缉传单的各项细节吧，昆斯米德。"郡警察局局长说。

警官便从口袋里取出一张纸，读了起来："通缉男子描述：年龄大约二十八岁，身高五英尺九英寸或十英寸，脸面英俊，皮肤晒黑了，蓝眼睛，直鼻梁，金黄头发，牙刷型胡须，轮廓清晰，手型脚型很好，白皙，甚至牙齿也是如此。身穿灰色诺福克服装或运动休闲装，灯笼裤和与之相配的袜子，相同布料的灰色软帽。左手小指戴着图章金戒指。显著特征，颈部左侧有一个星型小疤痕，步行时左脚稍微拖后。举止高贵，明显是位绅士。"

"这足以确凿了，"科尔文说道，"在每个方面都相符。那块疤痕是个显著的标志。我第一次见到罗纳德时就注意到了。"

"我也注意到了。"亨利·德伍德爵士说。

"对我来说，这就是个明确无误的案子了，"郡警察局局长说道，"我已签发了罗纳德的逮捕令，而盖洛威警司已经通知了海岸沿线各个当地警察所在本地搜查。我们认为，罗纳德非常可能就藏匿在沼泽地区的哪个地方。我们还通知了本地区的各个火车站注意与他的外表描述相符的人，以防万一他试图乘坐火车逃离。"

"这个案子看起来很奇特，"侦探若有所思地评论了一句，"为什么罗纳德这样的年轻人会离开大酒店，步行去这个偏僻的客栈，犯下了残忍的谋杀罪？"

"他非常缺钱。我们已经查明，他是被要求离开大酒店的，因为他无法付账。自从他来到这里后，他根本没付账，欠下了三十多英镑的债。昨天早晨，就在他要去吃早餐时，酒店老板告诉他，如果不能付账，他必须即刻离开酒店。在早餐厅里发生你们两位目睹的场景之后不久，他就离开了酒店，只留下他的行李。我怀疑是老板不允许他带走行李，直到他付清了账为止。"

"然而，我感到这是个不同寻常的案子，"科尔文说道，"如果您允许，我很想再深入点调查一下。"

"当然可以，"郡警察局局长彬彬有礼地答复。"警司将会负责这个案子。我建议他应该要求从伦敦警察厅派一个人来，但他认为无此必要。我感到他肯定会很高兴有您这位大名鼎鼎的侦探相助。您什么时候去弗莱涅，盖洛威？"

"半小时后，"警司回答道，"我必须得从莱兰步行，五英里或者更长点。火车只开到莱兰。"

"那么我来开车送您过去吧。"侦探说。

"那样的话，也许您会允许我陪同您，"郡警察局局长说道，"我非常想观察您的破案方式。"

"我也一样。"亨利·德伍德爵士说。

勘察凶杀现场

去弗莱涅的公路建在安定而繁荣的悬崖高地边缘，因此穿过了海滨沼泽地区，那些沼泽地沿着诺福克海岸，延伸到目力所见的尽头，直到它们没入寒冷的北方迷雾深处。

离开高地之后，这条公路蜿蜒弯曲地向下通往海滨，但乘坐汽车的这群人半途就被一个年轻的骑马军官拦了下来，他听说了他们的目的地之后，告诉他们只能在内陆绕行几英里，因为军事当局已经对日常的交通车辆关闭了那部分的海岸。

在他们掉头离开海滨时，郡警察局局长告诉科尔文，军事禁区里驻满了军队，警卫着一个小海湾，叫莱兰－胡普，那里水深，足以让敌方船只近岸抛锚停泊，那里依据当地的古老传统，可以说：

"欲赢得古英格兰，

必从莱兰－胡普始。"

在空旷野外行驶了一英里左右，穿越了一两个零星分布的村庄之后，他们又转向了高耸的绿色海岬另一侧的海滨，这里标志着军事禁区的终止，在穿过了泥泞浅河道上的一座桥梁之后，他们发现已经到了沼泽地带。

在这里，到处都是沼泽地和死气沉沉的堤坝，野草丛生的土地和湿地浅滩，几乎没有人类活动的迹象，除了各处的石砌小屋之外，别无他物。

沼泽地带从公路延伸到海边，将近一英里之远。人类几乎放弃了在这个不适合居住的地方劳作谋生。一条条行船河道因年久未用，已被杂草堵塞，覆以绿色淤泥，小小的石块码头长满了厚厚的藓苔，破损渔船的腐烂木板上已结起了一层陈年污垢，路旁的几座石砌小屋似乎已被遗弃，无人居住了。到处都有沼泽在侵蚀公路的另一边，蜿蜒半英里多，深入内陆，破坏了原本良好的土地，就像遭到腐蚀生锈的钢铁一般，沼泽还向高岗上的农田伸出了泥泞的触须。

人类只是在殊死搏斗之后才后退，免遭海水的侵吞。奥古斯汀的小修道院废墟，石块剥落的诺曼高塔，城堡大厅的残墙败垣，这些都表明在人类承认失败、后撤离开、留下人类遗迹的质押之前，对自然的抗争是多么的漫长。后人应该注意到那场艰苦抗争的重要象征。过去的几代人曾面对大海建造住所，如今只剩少数的继承者仍在继续那场失败的抗争，建造沙滩石屋，坚固的石屋背对着公路，以使居住者获得更大的保护，免遭来自北海横扫沼泽地带的凶猛冬季狂风的袭击。

　　汽车在这片荒芜之地行驶了数英里。此刻，郡警察局局长把科尔文的注意力引向了大约一英里之外的浅滩，一个尖塔矗立其上。他说，那就是隔海的弗莱涅地区教堂。科尔文提高了点车速，几分钟之后，汽车已经驶抵小村庄外，那村庄有一排凌乱的沙滩石屋，高岗上还有几间荒凉的农舍，村后的小丘上矗立着一座十字形教堂，高高的角楼，或称灯塔，射出亮光，曾提醒过往昔数代的北海水手注意那片凶险海岸所存在的危险。

　　昔日，隔海的弗莱涅这个名称，当地人读音是"Fly（弗莱）"，词源学家则读成"Fleen（弗里恩）"，而罕见的侵入性伦敦腔读成"Flegney（弗莱涅）"。此地无疑曾为一度繁荣的小海港，但渐渐渗入的海水早就扼杀了海港的贸易活动，驱散了那里的居民，使得此地沦为人类栖息地的幻影，在人类活动退出之后，迫使其保留着昔日人类活动的场景。

半数的石砌小屋无人居住，窗户破损，门户随风摆动，花园里长满了散发着恶臭的沼泽地野草。村庄里的公路已经年久失修了，在汽车的重压之下，渗出泥浆来，一些地方尚有几块牌子扔在地上，凌乱不堪，表明当地曾做过努力，要想维护公路，免受沼泽地的不断侵蚀。小小的河道木板码头，成了乱七八糟的腐烂木板和松散的木板堆，浅显的河道里，绿水停滞不流，废弃不用，留给了几只灰色的野鹅，汽车经过，野鹅便愤怒地鸣叫不已。村庄的街上毫无人类活动的迹象，也无声音，只有秋风呜咽，吹过沼泽地带，以及远处的海浪扑向防浪堤发出的隆隆声响。

"客栈就在前面。"警官昆斯米德说着，用手指了指。

金色之锚客栈一定是建造于克劳兹利·肖维尔爵士时期，因为航海贸易昌顺时代的一切都没有剩下，而原先正是那个时代给予了客栈这个店名。客栈由粗糙的石块砌就，外表是暗淡的白色，有两个奇特的圆形窗户高高地开在房子的一侧墙上，另一侧墙倚靠在一座圆肩小丘上。就像那些沙滩石屋一样，这房子并非面向大海建造，房子由一块公有地隔开。在客栈的后面，沼泽地以持续不断的单调，延伸至高低起伏的一线白色海水处，那海水阴沉地冲击着防浪堤，同时，沼泽地向北，向南，以一以贯之的荒凉景色，狂奔数英里。四周寂寥，色调灰蒙，一如天色，没有人类生命，只有几只迁徙的鸟儿，或在盐水

41

小溪里啜饮，或以坚强静默的飞行，掠向大海。下午的缕缕阳光，短暂地钻出厚厚的云层，洒落在客栈的白墙上和向外凝视的圆形窗户上，使客栈显得如同死人面容般不祥。

科尔文在一块湿透的狭长公地边停了车。

"我们得步行过去。"他说。

"没人会偷走车子的。"盖洛威说着，从座位上爬了下来。

"凶手搬着尸体，从这房子的背后穿过这片草地，再搬上客栈前面的高岗，"昆斯米德说道，"从这里你们看不到那个深坑，它紧靠高岗顶部的那片小树林。在草地上显不出脚印，但在稍前一点的黏土上非常明显，一直通向那个深坑。"

"那坑有多深？"科尔文问道。

"大约三十英尺吧。把尸体捞上来可不是一件容易的事。"

"我们过后再来勘验深坑和脚印吧，"克罗梅林先生说，"我们先进客栈看看。"

他们择路穿过了那片公地，来到了客栈前门，遇见了一小群人正在生了锈的旧船锚招牌下议论纷纷，那招牌吊在客栈前门上方一根结实的支柱上，晃荡着。一些人穿着橡胶长靴和毛线衫，另一些人穿着劳动服，上面溅满了黏土和泥浆，他们都站在周围。看到汽车上走下来的一群人转过拐角，他们都停止了谈论，后退了一点，保持着尊重的距离，偷偷地看着这群人。

客栈的前门关着。盖洛威警司猛烈敲门，片刻之后，店门开了，一个男子出现在门口。一看到警察制服，他就跨出店门，仿佛是为这群人让出更大的空间以走进狭窄的通道，他自己才从这通道里出现的。科尔文注意到他身材如此之高大，以致他在走出老式的门道时还得弯一下身体才行。

走近一看，此人倒是有着奇异特性。他身高超过六英尺，脸色惨白，枯瘦憔悴，很可能会被误认为是沼泽地带的首席恶神，使得诺福克郡的那部分海滨地区遭受干旱与荒芜。但他的体内不缺体力，他步履轻快地走向来访者。他的脸容可是他最为显著的特征。对如此高个的身躯来说，他的脸部又小又窄，显得荒谬，鼻子却大而弯曲，明亮的小眼睛挤在一处。这双眼睛此刻正像鸟眼一样，迅疾地逐个扫视了众人一番。

"你就是客栈老板，此地的店主？"克罗梅林先生问道。

"乐意效劳，先生。你们不进来吗？"他的嗓音可谓他身上的最佳部分，柔软温和，口音听上去很有教养，这就暗示着说话之人在某个时候熟悉过不同的环境。

"带我们去你的私人房间吧。"克罗梅林先生说。

客栈老板带着这群人沿着通道走去，把他们带进了一个房间，那里天花板低垂，磨砂地板，散发着烟草味，他边放椅子，边解释说，这是酒吧客厅，但他们在此会感到安静，不受干扰，因为他那天已经把客栈打烊关门了，预计警方会来访。

"做得很对，很恰当。"郡警察局局长说。

"您和其他先生来点点心，好吗，你们走了那么长的路？"客栈老板建议，"恐怕客栈的物资不多，但我们有些优质陈年白兰地。"

他把手伸向背后的拉铃绳。科尔文注意到他的手又长又细，黄色皮肤，简直像一只包裹着羊皮纸的骨骼爪子。

"现在别管白兰地了，"克罗梅林先生说，他承担起责任，代表其他同伴拒绝了所提供的点心，"我们有很多事要做，以后有足够的时间吃点心。我们先看看尸体，然后做质询调查。尸体在哪里，班森？"

"在楼上，先生。"

"带我们去看看吧。"

客栈老板领路上楼，沿着一条幽暗狭窄的通道走去。当抵达了靠近通道尽头的一个房门时，他打开了，站立一旁让他们进去。

"就是这个房间。"他说，声音低沉。科尔文的敏锐目光注意到了门上的钥匙。"就是这把钥匙开的门吗，插在门外？"他问道，"钥匙已经插在那里多久了？"

"今天早晨女佣发现钥匙在这里，先生，当时她正端着格伦索普先生的热水上楼。所以，她怀疑有什么不对劲的地方，因为格伦索普先生的习惯是在夜里锁上房门，把钥匙放在枕头下面。所以，她敲敲门，没听到回应，她就开了门，发现房间里空无一人。"

"房门没有锁上，而钥匙插在房门上？"

"不，先生，房间里的一切和平常一样。没有东西翻动过。"

"你们发现房间里没人时，房间的窗户开着吗？"盖洛威警司问道，站在打开的门口，指了指窗户。

"是的，先生，正如您现在看到的。我吩咐过别碰任何东西。"

"罗纳德就睡在这个房间。"昆斯米德说，指指隔壁房间的门。

"我们过会儿再去看看。"盖洛威说。

他们进入的房间内部出奇的明亮，令人愉快，宽敞舒适，根本不同于那些低矮阴暗的地下室，那里塞满了笨重的家具，虫蛀过的填充动物玩具，那种房间一般都能符合英国乡村客栈的卧室要求。房间里没有这座房子南面的圆形小窗户，而是一个现代式样的双窗格大窗户，与房门在一条直线上，开向客栈房子的另一面。底部的窗格被提起来了，窗户就开得尽可能大了。有一盏玫瑰色的煤气灯泡，体现着非常现代化的格调，悬挂在天花板下，处于房间中央，这在一个偏僻的乡村客栈里可是非常少见的。房间里的家具属于过去的时代，但是却很漂亮，保养得很好，一个西班牙红木的衣柜，一个五斗柜，还有一个盥洗脸盆架子，配上了几把椅子。现代的物品，如靠窗的一张小巧写字台，一些藏书，一支自来水笔，一个床头台灯，还有一只手提箱，这些都显示了最后住客的私人物品和现代品味。一张令人舒适的地毯铺在地上，几幅褪了色的油画装饰着墙壁。

床是木制的，但不是四柱大床，安放在进门后房间左手位置，床头靠着离外面通道最近的那面墙，床脚部分地与打开的窗户保持在一条直线上，离窗户大约八英尺的距离。那房门关上去时，正好不会碰到床边的一个小床头柜。床头柜上放着一个床头灯，旁边有一本书。床的另一边紧靠墙壁，而那堵墙分割开了此房间与隔壁房间，所以床与房门之间就有了一大块空间。煤气灯装置就从这个空间的天花板上悬吊下来，吊得很低，灯泡离地面的距离不超过六英尺。灯泡碎了，白炽灯头断裂了。

遇害者躺在卧床中央，覆盖着被单。盖洛威警司轻轻地揭开了被单，露出了一个白发大脑袋和轮廓分明的死神面具似的脸容，这男子在六十或六十五岁年纪，脸容英俊有力，表情和善亲切，下巴和嘴巴显示出了其特点和个性。但半张开的嘴巴轮廓有点扭曲，失去视力的眼睛未闭上，流露出某种几乎是可怜的神色，似乎是在恳求那些俯身看着他的人出手相助，这就非常清楚地表明，死亡的来临是突如其来、毫无征兆的。

"他是一位伟大的考古学家，是英国最伟大的人之一，"克罗梅林先生轻轻地说道，声音有点颤抖，他凝视着死者的脸，"想想吧，如此伟大的人居然会死于暗杀者的袭击。多大的损失啊！"

"我们来看看他是如何遭到谋杀的。"盖洛威说，他更讲究实际，此刻站在上司身旁。他说着把覆盖的床单都扯了下来，轻轻地扔在地上。

整个尸体便如此显露出来了。他是个身材瘦削的男子，中等个头。他身穿法兰绒睡衣，上面粘着泥浆和黏土，渗出水来了。两只胳膊向外，两腿弯曲。左胸有几处血迹，在这几处血迹下面差不多靠身体左侧处，就在睡衣上装的条纹上，明显的有一处造成死因的袭击，一个刀子捅出来的小孔，正中心脏。

"那么小的一个伤口就杀死了那么健壮的人，"克罗梅林先生说，"几乎没有血迹。"

亨利爵士仔细地察看了伤口，随后说道："这个袭击是用尽全力，刺透了心脏。所用凶器是一个又小又薄的钢制工具，而内出血解释了少量的外部血迹的原因。"

"您所说的薄钢制工具是指什么东西呢？"盖洛威警司问道，"一把普通的餐刀符合这个描述吗？"

"那是当然。事实上，这处伤口的性质强烈地表明伤口是由一把圆头扁刃的凶器所致，比如普通的餐刀。刀刺是横向的，也就是说，横着刺穿了肋骨间隙，而不是垂直刺的，这是通常的刀刺方式。很显然，凶手要达到目的的话，他意识到刀太宽了一点，所以就把刀转动了一点，以便确保穿透肋骨，刺中心脏。”

“那不就表明这个凶手具备不同寻常的人体解剖知识吗？”克罗梅林先生问道。

“我不这么认为。任何人只要用手摸摸，就能知道人的肋骨间隙多大。”

“显而易见，亨利爵士，这处伤口是由薄刃刀子造成的，但您为什么还认为那是把圆头的刀子呢？”盖洛威警司问道，“或许可能是一把尖锐的刀子？”

“或者，甚至就是一把匕首？”克罗梅林先生提示道。

“当然不是匕首。普通的匕首会造成更大的孔，相应地流血就增加了。我的推论是一把圆头刀子，那是基于死者睡衣上随着刀刺被带进伤口的布料多少的情况而定的。而一把尖锐的刀子就会刺穿睡衣上装了。”

“我明白了。”盖洛威警司说着，用力点了点头。

“因此，我们可以假定，就我们面前的这件案子来说，”亨利·德伍德爵士朝尸体挥了挥胖乎乎的白手，仿佛是他在对一班医科学生上解剖课似的，“被害者是被凶手用一把扁平圆头的刀子，向身体一侧刺死的。另外，伤口的位置显示刀刺是在左侧进入，直接穿透心脏，但刀刺稍斜，用尽全力，所以非常可能刺穿了心脏的右边，导致瞬间死亡。"

"那么，凶器是横向进入身体，也就是说，从左向右，是吗？"科尔文一直在仔细倾听专科医生的话语。

"这正是我想说的意思，"亨利爵士回答，颇有专业意味，"刀刃从左侧进入，刺向身体的正中部位。"

"从伤口的性质来说，您会说刀子几乎横向进入肋骨，尽管稍微向下，以便刺穿心脏的右侧，是吗？"

"这只是一般性的说明，因为没有验尸的话，根本不可能确定刺透心脏的确切部位。"

"但伤口以这样的方式倾斜就证明刀刺是从左向右的吗？"科尔文坚持追问。

"毫无疑问。"亨利爵士回答。

警司盖洛威的疑点解释

在谈话议论的后期，盖洛威警司走到打开的窗户前，向外望去。他迅捷地转过身来，浓眉大眼里透出不同寻常的兴奋神色，叫道：

"凶手是从窗户进来的。"

其他人都走到窗前。客栈的那一侧建造在一个蜂窝状小山丘上，山丘被部分地挖掉平整，作为房子地基。从外面来看，这个客栈背向大海，正面的一部分嵌入山坡，乍看之下，有点像某种丑陋至极的动物，其鼻子钻进了泥土。实际上，酒吧部分地处于地下，酒吧楼上房间的窗户开向山坡。格伦索普先生的房间就位于酒吧客厅的楼上，其窗户离山丘的圆肩侧不到四五英尺。从那个地点开始，山坡突显陡峭，而客栈背面是房屋从沼泽平整边缘上建造起来的部分，其二楼窗户离地面约有十五英尺。客栈墙壁与山丘的蜂窝状凸出部分的空间在格伦索普先生的窗户下非常狭窄，但随着山坡的陡峭，空间扩大了，地上有一层红褐色的黏土，与沼泽地带阴暗的灰色和单调色彩形成了鲜明的对比。

"要钻进这个窗户可是非常容易，"盖洛威警司说，"这里就有凶手以这种方式钻进来的证据。"他弯下身体，从靠近窗户的地上捡起了什么东西，放在手掌上让同伴们察看。那是一小块红色黏土，和窗外的红褐色黏土一样。

"这里有另一条线索。"科尔文说着，指着靠近窗户底部一个钉子上黏着的一个黑色材料的碎片。

"罗纳德在爬进窗户时撕破了他身穿的衣服吧。"盖洛威说着，拿下了碎片，和科尔文一起仔细察看起来。

"你注意到那个了吗？"科尔文说着，指着打开的窗户附近汇聚起来的一摊水，就在地毯边缘和踢脚板之间。

"是的，"盖洛威回答，"昨夜雨势很大。"

盖洛威因其发现而眼光更加敏锐了，于是便仔细地搜查着地毯，在窗户和卧床之间找到了更多的红色黏土屑。在靠近卧床处他发现了一些滴落下来的蜡烛油迹块，他用小折刀从地毯上刮了下来。他还捡到了一根燃烧过的火柴残部，还有另一根折断的未点燃的火柴头。在同伴们看过这些东西后，他仔细地把它们放进一个空火柴盒里，然后再放进口袋里去。

"有人重重地撞在这个煤气灯泡上，"科尔文说道，"玻璃碎了，白炽灯头断了。"

他弯腰检查散乱在地毯上的灯头残片，在他这么做时，他注意到另一根折断的火柴，还有另外两个滴落的蜡烛油迹块，就在煤气灯下方。他细心地取出了蜡烛油迹块，给盖洛威看。

"更多的蜡烛油迹块！"后者说道，"嗯，那不可能证明什么，只能说罗纳德点蜡烛时粗心了。我估计是风把蜡烛吹灭了。要是能把蜡烛油迹块换成指纹就好了。房间里根本没有留下一点指纹。罗纳德肯定戴了手套。现在，我们去看看罗纳德的房间吧。我想看看他是否能爬出他自己房间的窗户，跳到山坡上。他的窗户比起这个窗户来，离地更高一点了。而山坡陡峭得厉害。"

罗纳德住的房间又小又窄，家具简陋量少，与他们才离开的那房间里的舒适陈设形成了强烈的对比。这个房间里仅有一张单人床，一个五斗橱，一个盥洗盆架子，还有一个衣柜。这个笨重的衣柜放在床与墙壁之间，靠在紧邻格伦索普先生房间的那面墙上。

盖洛威走到窗前，窗户打开着，向外看去。山坡急剧向下倾斜，使得窗户底部离外面的地面足有八英尺的距离。

"对一个像罗纳德那样体格健壮的年轻人来说，这算不了什么。"盖洛威对科尔文说，后者走到他身旁了。

"这个窗户比起格伦索普先生的窗户要小了不少呢。"科尔文说。

"但足以让一个人钻出去。瞧，我能钻出我的头和肩膀，头和肩膀能出去了，身体也就出去了。罗纳德昨夜钻了出去，再通过隔壁房间的窗户钻进去。毫无疑问，谋杀就是这样发生的。"

盖洛威离开了窗户，仔细地察看着房间。他翻开了被褥，细致地检查着床单和枕头。

"我以为在他把尸体搬下楼之后，也许会在床单上留下几滴血迹的，"他解释道，"但他没留下。"

"亨利爵士说了，是大量的内出血，"克罗梅林先生说道，"这就说明被褥上为什么没有任何痕迹了。"

"他太聪明了，所以回来后居然没有洗手，"盖洛威抱怨说着，转向盥洗盆架子，察看了毛巾，"他是个头脑冷静的家伙。"

"我注意到烛台上的蜡烛是蜡制的。"科尔文说。

"烧了一半多。"盖洛威评论说着，瞥了烛台一眼。

"你没注意到蜡烛是蜡制的这一点的重要性吗？"侦探问道。

"没有，您呢？"盖洛威回答，眼神困惑。

科尔文没再回答这个问题。他正专注地察看着大衣柜靠床的一面。

"在这地方安放个衣柜可真是奇怪，"他说道，"下床很难，容易擦破小腿上的皮肤。"

"放在这里很可能是为了掩盖掉下的墙纸，这地方的墙纸快要坏掉了。"盖洛威说着，指指衣柜顶部，那里褪色的墙纸又霉又潮，垂挂下来了，好像张灯结彩似的。"现在，昆斯米德，带路去外面看看。在这个房间里我已经看到所有我想看的东西了。"

"您想看看罗纳德和格伦索普先生一起吃晚餐的那个房间吗？"警官建议道，"就在这层楼上，在格伦索普先生房间的另一面。"

"我们可以以后去看。我想在天黑之前勘察一下客栈外面的情况。"

他们离开了房间。客栈老板耐心地等候在通道里，就在楼梯口站着没动，他的头前倾，就像一只沼泽地的苍鹭，在一处堤坝上猎鱼。此刻，他急忙朝他们走来。

"我注意到格伦索普先生的床边有个床头灯，班森先生，"科尔文说道，"他既用床头灯，也用煤气灯？"

"他难得用煤气灯，先生，虽然煤气灯是按照他的要求装的。他觉得床头灯更适合于他的视力。"

"他使用蜡烛吗？我没在房间里看到烛台。"

"他从来不用蜡烛，先生，只用床头灯。"

"煤气灯泡是什么时候打碎的，昨天夜里吗？"

"那肯定是了，先生。安说昨天煤气灯还是好好的。"

"我已经有个想法了，关于那一切是怎么发生的，"盖洛威说道，他一直专注地听着客栈老板回答科尔文的问题，"带路下楼去后门吧，班森先生。"

客栈老板走在前面，带他们下楼，沿着通道走到另一条通道，那条通道终止在一扇拴住的门前，老板把门打开了。

"昨天夜里这扇门是如何拴上的？"盖洛威问道。

"用门顶上门闩，"客栈老板说着，指了指门闩，"没有钥匙，只有这个门闩。"

"这是客栈唯一的后门吗？"科尔文问道。

"是的，先生。"

在盖洛威的建议下，他们先去了客栈的侧面，为了勘察一下那些窗户下的地面情况。围绕着院子的栅栏已经年久失修，有了许多缺口空隙。客栈外墙和小山丘之间自然形成的红色黏土通道上没有明显易见的脚印，无论是在罗纳德的房间窗户下，还是在格伦索普先生的房间窗户下，都是如此。

"没有脚印说明不了什么问题，"盖洛威说道，"罗纳德可能穿着长筒袜从一个房间爬到另一个房间，然后再穿上他的靴子去搬走尸体。

即使他穿着靴子，他也可能不留下痕迹，如果他走得轻一点。"

"我不太肯定这一点，"科尔文说道，"但你怎么会这么想？"

他指指格伦索普先生窗户下红土上的一个压痕，那条压痕线非常轻微，难以察觉，从客栈墙壁向外延伸约十八英寸，然后另一条压痕线呈直角从这条线延伸出去大约相等的长度。盖洛威警司仔细检查了这两条线，然后摇摇头，仿佛是暗示，他看不出有什么问题。

"您认为是什么？"克罗梅林先生转向科尔文问道。

"我认为这两条压痕线可能是由一只箱子造成的。"回答如此。

"您不是在暗示凶手往窗外扔出去一个箱子吧？"盖洛威警司惊叫道，两眼直盯着侦探，"看看从墙边出来的那条线多么笔直！一个箱子会摔得歪歪斜斜的。"

"我没有暗示任何那种事。假如那是只箱子，那更有可能的是它被安放在窗子外面的。"

"有什么目的呢？"

"帮助凶手爬进房间里去。"

"他不需要这么做，"盖洛威回答，"从地面钻进这个窗户是件非常容易的事情。我也可以办到。"他把两手放在窗台上，一跃而上了窗台，然后再跳下来，"我不重视这些线条。它们太轻微了，也许是几个月前造成的。这里没什么可看的了，所以我们不妨去看看那些脚印吧。带我们去看看脚印是从哪里开始的，昆斯米德。"

警官带路去客栈的另一侧，穿过了草地。在离客栈还有一小段距离时，草地终止于一条土堤，这条土堤是一大片贫瘠地的边界线，那片贫瘠地几乎延伸到高岗顶部。在黏土和黑色软土上明确显示出来的是两条脚印线，一条走向高岗，另一条是回来的。走出去的那条脚印线深，清晰地显出脚跟到脚趾的痕迹。右脚印清楚地显示出一个橡胶后跟的圆形痕迹，而在另一只脚印上没有，尽管一个轮廓分明的凹口显示出用以固定橡胶后跟的鞋钉痕迹。

"脚印线笔直通向深坑口，尸体就是在那里被抛下的。"昆斯米德说。

"多么好的线索啊！"盖洛威警司叫道，两眼闪烁着兴奋，"你很肯定客栈用人能发誓说，这些痕迹都是罗纳德的靴子造成的，昆斯米德？"

"对于这一点，毫无疑问，先生，"警官回答，"今天早晨罗纳德穿上靴子前，她就拿着靴子，并且她清楚地注意到右脚靴子上有个橡胶后跟，而另一只没有。"

"这真是件怪事，一个有罗纳德那样地位的年轻人居然会在靴子上钉上橡胶后跟，"克罗梅林先生感叹道，"在我的印象里，橡胶后跟是劳动阶级的节约措施。但也许是他发现橡胶后跟有用，使得他的脚不会发出碾轧声响了。"

"我们将发现橡胶后跟的用处是让他上绞刑架，"盖洛威简略地回应了一句，"我们接着去看看深坑吧，先生们。请注意别踩到这些脚印。我不想在做好石膏模型之前就把脚印毁坏了。"

他们跟随着脚印上了高岗。临近顶部时，脚印消失在荨麻丛里，但在草丛的另一端又出现了，沿着岗顶许多聚集成群的碗状凹陷处走去。这些碗状凹陷都是茅屋区，早期不列颠人的洞穴住所，浅挖至六到八英尺深，一个连着另一个，长满了散发着恶臭的野草。在这些碗状凹陷和一片小树林之间是个空旷地带，占据了岗顶的其余部分，那里有个洞在光秃秃的土地上豁开了一个幽暗的洞口。

"这就是抛尸的深坑。"昆斯米德说着，走到了坑边。

这个深坑笔直地下去，犹如矿井一样，直到坑壁消失在坑内的阴暗之中。要估量其深度是不可能的，因为交错纠缠的藤蔓植物布满了其内壁，遮蔽了视线，但克罗梅林先生，依据其渊博的诺福克地质学知识，说这个坑完全有三十英尺深。他补充说，在解释此坑的深度方面，古文物研究者们分歧相当大。有些人相信，这个深坑只是毗邻茅屋区的一个更大的样本，连接着一个原先存在的自然地下通道。但更为普遍接受的理论认为，茅屋区标志着史前村庄的地点，而深坑曾是个采石场，新石器时代的人类曾从那里获得燧石，供他们打磨工具。这些燧石嵌入在白垩岩内，而白垩岩距离地面很深，如要开采，洞穴人就在黏土上钻出深洞，然后开凿水平通道，通向白垩岩。二十五年前，首次勘探这个深坑时，发现了好几把新石器时代的人为此目的而使用过的赤鹿角镐。

"格伦索普先生对史前和石器后期的遗迹非常感兴趣，这些遗迹在诺福克海岸被大量发现，"他补充说，"他以史前人类的工具和器皿的珍贵收藏丰富了自然博物馆，这些藏品都是他在诺福克的各个地区发掘出来的。过去一段时间以来，他一直在这个地区开展考察，以期增加收藏。他在开展这项工作时遇害，而他的尸体被抛进去的那个深坑可以说是他考察的重点和强烈的科学好奇心的目标。想到这一点，真是伤心啊！"

"你见过比这些更清晰的脚印吗？"更为讲究实际的盖洛威叫道，"快看，在靠近深坑边缘处这些脚印是多么的深啊，就在这里，那凶手支撑着自己，把他背上的尸体扔进深坑。看！边缘处有血迹。"

正如他所说的，在深坑边缘处，脚印清晰明了，但随着脚印转向离开，它们就变得模糊了，这表明原先扛着尸体的人在卸下了可怕的重担之后，脚步更轻快了。

"我必须在下雨之前取好石膏模型，"盖洛威说道，"这些可是太有价值的证据，不能丢失。它们构成了此案中指控罗纳德的最终联系。"

"那么你已经把此案看作是证据确凿了？"科尔文问道。

"那当然啦。现在从头至尾地重现犯罪过程是件简单的事了。昨夜，罗纳德在黑暗中进入格伦索普先生的窗户。由于窗闩没有遭强力破坏，他要么发现窗户未拴，要么就是用刀子撬开了窗户。在进入房间后，他走到床脚，听了一下，确信格伦索普先生睡着了，然后就在床脚处划了我捡到的火柴，点燃了他带来的蜡烛，放在床头柜上，再用刀捅死了熟睡的人。他拿到了钱以后，就打开了房门，然后扛着尸体，随手关上了身后的门，但没有锁上，然后下了楼，从后门出去了，扛着尸体到这里，抛进了深坑。这就是凶杀的作案过程。"

"我同意你的看法，凶手是从窗户进入房间的，"科尔文说，"但他为什么要这么做？我觉得搞清楚这一点很重要。假如罗纳德是凶手，他就睡在隔壁房间，为什么却要大费周章，从外面进入那个房间呢？"

"您肯定没忘记那房门是从里面锁上的吧？班森说格伦索普先生的习惯是锁上房门，睡觉时把钥匙放在枕头下面。罗纳德无疑先尝试过开门进入那个房间，但发现房门锁上了，便爬出自己房间的窗户，再爬上另一个窗户，进入那个房间。他不敢砸门进入，担心会吵醒客栈里其他人，或者惊动整个客栈。"

"那么，你怎么解释今天早晨钥匙被发现插在格伦索普先生房间门的外侧？"

"很容易。在搏斗或者在被害者临死前抽搐时，被褥搅乱了，罗纳德就看到了枕头下面的钥匙。或者他可能搜寻过钥匙，因为他知道自己开门扛着尸体出去时需要钥匙。他爬进窗户行凶很容易，但他无法用这个方式把尸体搬出去。他找到钥匙后，开了门，在外面把钥匙插在门上，打算离开房间时，先锁上门，再抽出钥匙，以便拖延人们发现格伦索普先生失踪的事情，离他清早离开客栈的时间越长越好。但他可能发现很难扛着尸体弯腰锁门，抽出钥匙，所以他就把钥匙留在门上等他从深坑回来再说。而当他返回时由于扛着尸体走了几百码路，大多是爬山，筋疲力尽了，所以他完全忘记了钥匙的事。这就是我的推论，解释钥匙插在门外的原因。"

"无论如何，这还真是个别具一格的解释，"科尔文评论道，"但如此谨慎蓄意的凶手会在返回时忽视了这把钥匙吗？"

"这可是最有可能性的解释了，"自信的警司说道，"正是通过这类小事凶手才暴露出来的。那个臭名昭著的迪明，先后杀害了几个妻子，把她们的尸体埋在家里的壁炉底石下，再封上水泥，他非常可能永远也不会被逮住，假如他没有带走一只金丝雀，这只金丝雀属于他最后杀害的妇女。那是不会被放过的线索，就像美丽的罗莎蒙德闺房里的一束丝一样。"

"还有另一个疑点：为什么罗纳德处理好尸体后没有立即消失，相反还等到天明？"

"因为如果在早晨发现他房间里没人，格伦索普先生的房间里也没人，那么，这两人的失踪就会立刻引起怀疑和进行搜索了。在我看来，罗纳德估算他离开的时刻非常聪明。一方面，他想在人们发现格伦索普先生房间里没人前就离开，另一方面，他希望在客栈里逗留足够长的时间，表示他没有理由要逃离，但只是被迫需要早点离开罢了。他承担了麻烦和风险，去屋外藏匿尸体，这就确凿地证明他认为深坑是个足够安全的藏匿地点，足以拖延很长时间才发现他的罪行，而且他还很可能认为，即使格伦索普先生失踪的事被发现了，也不会一开始就引起怀疑，觉得他遭遇了不法行为。

"就好比格伦索普先生和亲友们住在家里，他们不会立即就叫喊通缉的。他是个孤独的老人，住在客栈里，周围都是陌生人，他们不太可能会对他做的事情感兴趣。那就引出另一种推论来解释钥匙从外面插在门上的事了：罗纳德或许把钥匙插在门上来传递一种印象，格伦索普先生清晨出去散步了。那种想法至少会给罗纳德争取到几个小时，让他从此地逃之夭夭，在没有引起任何怀疑之前就已经搭乘火车远走高飞了。格伦索普先生的衣物没缺少一件，这事在客栈里不太会被发现，直到引起了怀疑以后。罗纳德计划周密，但他怎么会知道在他去深坑的路上，他踩过的泥土竟然会像蜡一样，可塑留形？"

"但尽管如此，你是假定他是知道这个深坑的确切位置的吧？"

"这是最有可能的事了。对考古学家来说，这地方很出名了。罗纳德很可能在德灵顿逗留期间就已听说了，或者他可能通过他先前到访过的这部分地区了解到了。还有证据表明，在昨夜的晚餐中，格伦索普先生告诉过他有关茅屋区和深坑的事。"

"还有一个疑问，警司，你如何解释破碎的煤气灯泡和断裂的白炽灯头的事？"

"罗纳德很可能在走近卧床时脑袋撞了上去。"盖洛威立即回答。

"不可能。罗纳德的身高，根据描述，是五英尺十英寸。碰巧和我一样高。而我就能在煤气灯泡下走过，不会碰到它。"

"那么，是在罗纳德扛尸体下楼时破碎的，"盖洛威略一思索，回答说，"他把尸体扛在肩上，部分的尸体超过了他的头。"

"警司对一切事情都有解释，"科尔文微笑着对克罗梅林先生说道，"就算并非总是言之确凿，也是颇具说服力的。"

"这个案子在我看来足够明确了，"郡警察局局长若有所思地说，"来吧，先生们，我们回客栈去吧。我们还有许多事要做，时间不多了。"

详察客栈内部

到了昏暗阴沉的夜晚，这家客栈矗立在那里，看上去荒凉凶险，带着一股神秘隐匿的氛围与一种在阴沉沼泽地带的幽静超然的神情，一半被笼罩在傍晚的迷雾之中，那迷雾来自大海，缓慢地爬过了渗水潮湿的洼地。那可不是让人感到愉快的地方，这座昔日年代的住所饱经沧桑，处于北海边缘，沼泽地带的苦水舔舐着其地基，而寒风永远围绕其各面白墙呜咽着。

嵌进山坡的部分，仅有顶层的窗户向上凝视着，这让人想起已经逝去的一代走私者的那些暗穴和挖掘的密道，这些走私者曾在诺福克海洋贸易繁荣的年代里利用过这家客栈。很可能是想到这家客栈是个隐匿之处，这才提示克罗梅林先生在专注地凝视着它片刻之后惊叫道：

"我们最好从客栈的最底层起仔细检查。"

当他们走近了客栈时，正在低矮狭窄的门道向外张望的一个结实矮胖男子退缩了进去，此后，那个客栈老板的颀长身影立刻出现了，仿佛他一直在等待着这群人的归来，所以派人在此关注。

听到克罗梅林先生指示带他们看看整个客栈时，老板的脸上毫无惊讶神色。他走在他们前面，带他们沿着酒吧对面的一条侧面通道走着，沿途他打开了一扇扇房门，并站立一旁，让他们进去，逐间察看打开的房间。

这老房子的内部规划凌乱，结构四处延伸，到处都有隐匿之处，意外奇特的角落缝隙，短廊与石廊蜿蜒于各处，不知通往哪里，楼下房间处于不同层面，由石阶进入，诡异的缝隙般的窗户开在厚厚的墙壁高处。底楼的一条中央通道把客栈一分为二，一边是几个房间，有些空闲着，缺少家具；另一些稍有家具，无人居住，还有一个阴郁的大厨房，一个矮胖的乡村女人，一看到来访者又是摇头，又是点头，正在一张肮脏的桌子上洗绿叶蔬菜。厨房旁边是两个小房间，家具简陋，是佣人们的卧室，从房间窗户看出去是客栈房子背面的沼泽地。中央通道的另一边是酒吧，远处尽头已是地下，毗邻的酒窖钻进山坡里了。在酒窖的深处，他们在客栈门口见到过的那个矮个子结实男子正借助着牛油蜡烛光，往一个靠墙的酒桶上塞塞子。酒吧后面是一个小型的酒吧客厅，客厅背后又有两个房间，客栈房子的这一面尽头是一条低矮狭窄的走廊，与外墙平行。

楼上的楼梯口通向一条石砌通道，从客栈正面通向后部。在通道的左手边，从楼梯口开始直到客栈房子后部，有四个房间。第一间是个装潢舒适的小客厅，格伦索普先生和他的客人昨夜就是在那里共进晚餐的。被害者的卧室紧邻这个小客厅。再接下来就是罗纳德睡觉的房间。再过去是一间空无人住的杂物室。通道的另一边也是四个房间，除了远处尽头的杂物间之外，这几个房间都空闲着，均无家具。客栈老板解释说被害者一直是客栈房子这一侧的唯一住客，直到昨夜罗纳德先生来住在他的隔壁房间。在这条通道的尽头有另一条更加狭窄的通道，与此通道呈直角状，沿着房子后部通过，只在该通道的一边才有几个房间。第一间空无人住。第二间里有一个铁制小床架，一把椅子，一张桌子，客栈老板说这是他的卧室。在隔壁一间房门前，他暂停了，转向克罗梅林先生，支吾其词地说：

"这是我母亲的房间，先生。她是个病人。"

"我们不会打扰你母亲的，我们只是朝房间里看一眼。"郡警察局局长和善地说。

"不是的，先生。她是——"他突然住嘴，敲了敲门。

片刻之后，传来有人在内转动门锁里钥匙的声音，随后门开了，一个年轻少女见到来访者后，匆忙走到房间远端的一张床前，床上有个灰色的东西在蠕动着，她站在那东西前，仿佛是她会守护着床上之物免受陌生人的侵扰目光。

"没事，佩吉，"客栈老板说道，"我们很快就会离开。我女儿担心你们会打扰她的祖母，"他转向先生们说，"我母亲是——"他手指指向自己前额，这动作比起话语更好地表达了他想说的话。

角落里那张床上的人在阴影里，但他们能辨认出那是一个干瘪的老妇人，身穿灰色的法兰绒睡衣，正坐在床上，前后摇晃着，怀里抱着什么东西，紧紧地抱在胸前，她那双黑色小眼睛，深陷于皱起的眉头之下，如动物般盯着来访者，毫无表情。

但科尔文的目光被床边的少女吸引过去了。她很美丽，足以在任何地方都引人注目。她柔和的外表，精致且优雅，在这间脏乱的房间阴影里宛如一幅精美的画那样发出光芒。他意识到她的皮肤白皙透明，她的嘴巴透出神往和敏感，一双美目的深处闪烁出海水般的灰绿色来，一头秀发呈金红色。她的衣着寒酸，几乎破旧，可是，乡村粗糙廉价的服装裁缝无法遮挡她苗条年轻身材的优雅外形。但正是她脸上的泰然自若和超脱的态度紧紧地拴住了科尔文的注意，激发了他智慧的好奇心。人脸通常是其主人性格的指示标志，但这个少女的脸容如同一张面具，根本不展示任何情感。容貌很可能对其所展示的一切都冷如冰霜，她就站在床边，用谜一般的凝重眼光看着门口的那群人。在她的优雅、美丽以及宁静，和身后床上那老妇人的粗野动作和毫无表情的凝视之间，有着某种悲哀的对比。

那老妇人，从一边晃到另一边，毫无快乐地坐立不安，这就是精神失常的特征，她在怀里抚摸的东西从床边掉下去了，于是她便如同动物般无语地用恳求的目光看着那少女。少女在床边弯腰拾起掉落的物品，还给了疯女人。那是个洋娃娃。

克罗梅林先生看到了行动和物品，脸红得如同一个人看到了应该保持秘密的东西，便转身离开了房间。其余的人跟随着，他们立刻就听到身后的房门关上了，还有钥匙在门锁里转动的声音。

盖洛威警司比起郡警察局局长来更具有警官的好奇心，便问了客栈老板好几个有关他母亲和她身体状况的问题。客栈老板说她的精神失常是两年前一次事故的后果。她当时正坐在厨房灶火旁打盹，突然一只装满水的大锅炉翻倒了，严重烫伤了她，震惊和痛苦使得她疯了。自那以后，她从未离开过卧室，逐渐变成弱智，偶尔会爆发出暴力。

"她被允许走出房间吗？"盖洛威警司马上就接着问道，仿佛是他猛然间又产生了一个想法。

"从不允许，先生，她从来不想下床，除非她又爆发暴力了。她会坐在那里几个小时，玩一个洋娃娃，可当她发作时，她会一圈一圈地在房间里奔跑，发出您刚才听到的叫声，乱扔东西。您注意到了吗？先生，房间里没有玻璃器皿。在她暴力发作时，她会试图用玻璃和陶瓷割伤自己。"

"她每隔多长时间会发作一次疯狂的暴力行为？"郡警察局局长问道。

"不常发作，先生，通常大约在月亮转动变化的时候，或者海上起了狂风的时候。"

"昨夜海上刮起了狂风，"科尔文说道，"你母亲那时发作了吗？"

"佩吉说当她昨夜下楼时，她以为有发作的迹象出来了，可当我要上床时我看了看母亲，那时快到十一点了，她看上去很安静，所以我就锁上了她的房门去睡了。"

"你的意思是说你就让这个可怜的疯女人整夜独自待在她的卧室里吗？"郡警察局局长问道。

"这是最好的办法了，先生，"客栈老板带着歉意回答道，"我们尝试过有人陪她睡，但那只会让她变得更糟，去年给她看病的医生说没那必要。佩吉白天陪她很长时间，常常直到她上床睡觉。我们没有让她一个人在房间里很长时间，因为安在早晨一起床就会去她房间，在六点左右吧。"

"你母亲在房间里总是被束缚住的吗，房门总是上锁吗？"盖洛威警司问道。

"是的，先生。房门总是从里面锁或者在外面锁着，夜里我去睡觉时，我就带着钥匙去我房间，把钥匙挂在钉子上。安在早晨进来取走它。"

"你昨夜也照例这么做吗？"

"是的，先生。母亲那时很安静，就像您现在看到她的样子。大多数时间里她都很安静。"

"上帝帮帮她吧，可怜的人！"郡警察局局长感叹道，"这条通道通向哪里，班森？"他问道，仿佛是要换个话题，指了指一条阴暗的走廊，它偏离了他们正站立的通道。

"它通向两个房间，那里可以看到客栈的尽头，先生，"客栈老板回答说，"这是您唯一没去看过的两个房间了。"

"谁住在这个房间？"盖洛威警司问道，打开了第一个房间的门，里面是一个装饰平常的小卧室。

"我女儿，先生。"

"隔壁房间空着，没有家具，就像许多其他房间一样，"郡警察局局长注意到了，"这地方似乎对你来说太大了，班森。你接管这家客栈时，所有的房间都缺乏家具吗？"

"不是所有的房间，先生，但这家客栈对我来说太大了，所以我就

70

按家具能变卖的价格卖出去了。它对我没用。"

"你为什么不接手一个小一点的地方？"盖洛威警司突然问道，"你在海岸的这个地区永远干不好的，这里的好日子已经结束了，并且没有人了。"

"我很知道，先生，但对我这样的人来说，一旦进入了某个地方，很难再做改变了。另一件事就是我的母亲。"

"她应该安置在精神病院。"警司说着，严厉地看着客栈老板。

"这是件难事，先生，把您自己的母亲送走。此外，请原谅我，她还没有糟糕到可以进精神病院。"

"我们下楼吧，盖洛威，如果我们已经看过了整个客栈的话，"郡警察局局长插话说，"时间过得真快啊。"

他们下楼又去了那个小房间，在他们初进客栈时，他们就被带进了这个房间里。克罗梅林先生在打发客栈老板为他们取些点心后，再一次瞥了一眼手表，然后对科尔文说，恐怕不得不请他毫不耽搁地开车送自己回德灵顿。

"盖洛威将留在这里为明天的审理做准备，"他补充说，"但我必须在今晚赶回诺威奇。"

"那没必要回德灵顿，再赶回诺威奇，"科尔文说道，"有趟火车在支线上经过希思菲尔德站，在五点四十分。"他说着看了看自己的手表，

71

"现在才四点钟。希思菲尔德不会超过六英里。我能开车花二十分钟就送您过去。那会让您在这里多待上一个多小时。我在为自己考虑，也是为您考虑，"他微笑着补充说，"我想对此案再多了解一点。"

"但那样我就会使您不顺路了，耽搁您和亨利爵士回德灵顿了。"

"我想回到这里，待到审理结束。也许亨利爵士不会介意从希思菲尔德回到德灵顿的吧。他能够在科滕登赶上去德灵顿的火车，回到格兰德大酒店正好吃晚餐。您不介意吧，亨利爵士？"

"毫不介意。"亨利爵士礼貌地回答。

"那么，我想我可以再逗留一会儿了，"郡警察局局长说道，"去希思菲尔德的路怎么样，盖洛威？你对乡村的这个地区还是有点了解的。"

"很糟糕。"警司说得很干脆，他有想摆脱上司和侦探的理由。

"在白天没问题，我在返回时得冒点险。"侦探愉快地说。

他说话时的神情果断，是习惯于即刻做决定的气概，克罗梅林先生也就带着虚弱的微笑认可了，那是乐意放弃自己做决定的微笑。客栈老板拿着点心进来了，谈论就此打住。他一下子把打破战时饮酒许可时间规定的责任推给了在场的警官们，给他们上了雪莉酒，陈年白兰地，还有饼干。

郡警察局局长也参与了此次违反法律规定的事，他给自己倒了杯雪莉酒。这酒品质优良，不掺水，于是他又给自己倒了一杯。这个酒

72

精刺激的效果直接体现出来了，他语气坚决地宣布，他要核查一下客栈内部人员，看看谁能为昨夜的谋杀案提供启示。他指示盖洛威警司坐在他身旁，记录由此获得的信息，供明天验尸官使用。

"我认为不妨就从客栈老板的陈述开始吧，"他补充道，"请拉一下铃绳，盖洛威。"

客栈老板班森的陈述

客栈老板听到铃声亲自前来，郡警察局局长命令他坐下，说出他所知道的有关昨夜案情的一切，不得模棱两可或者有所保留。于是他就坐在桌旁，边用他那双明亮的鸟样眼睛逐个地扫视了对面人的面孔，边用一只爪子似的手抚平了一下垂挂在他前额上几乎遮挡住眼睛的铁灰色乱发。

"我从哪里开始说？"他问道。

"你最好从这个叫罗纳德的年轻人昨天下午是如何来你客栈的开始说，然后是接下来发生的事，只要你知道的都要说。"郡警察局局长说。

"我昨天傍晚正在防浪堤附近的河道里安放捕鳗鱼线，他来了，"

客栈老板开始说道，"我走进客栈时，查尔斯，就是那个侍者，告诉我说有个年轻的先生在酒吧客厅里等着见我。我走进客厅，看到那年轻人坐在靠门边。他看上去非常疲惫，他说想在客栈里过夜。"

"他的穿着怎么样？"盖洛威警司从笔记本上抬起头问道。

"一身灰色的诺福克服装，下穿灯笼裤，头戴软毡帽。"

"你过去见过他吗？"

"没有，先生，他完全是个陌生人。我能看得出他是个绅士。我告诉他，我没法让他住宿，因为客栈只是个低劣粗糙的地方，在最好的时期也没有供上流人士住宿的条件，更别说是战争时期了。那年轻的绅士说他非常疲劳，睡什么地方都可以，对食物也不挑剔。他告诉我，他在沼泽地迷路了，是一个渔民给他指路来到客栈的。"

"他有说自己来自哪里吗？"郡警察局局长问道。

"没有，先生，我没想到问他。我本来可以问的，但格伦索普先生就在那时走进了客厅，手里提着几只山鹑。开始他没有看到那年轻的绅士，因为那人坐在门后的角落里，但他告诉我给他的晚餐烧一只山鹑。他说这些山鹑是那个农民给他的，下星期他就要在农民的土地上挖掘了。当他转身要走出去时，他看到了那年轻的绅士坐在角落里，于是他衷心地说：'晚上好，先生；在这些地区我们不常见到上流社会的人。'那年轻的绅士就重复了一番对我说过的话，他是如何从德灵顿出来走走，结果迷路了，就来客栈，希望有张床过夜。'很高兴在这些地方遇见一位彬彬有礼的人，'格伦索普先生说，'希望你能给我一份共进晚餐的乐趣。班森，告诉安再烧一只山鹬。''我不知道客栈老板是否会给我那份乐趣，'年轻的绅士回答说，'他说他无法安顿我过夜。''当然他会让你过夜的，'格伦索普先生说，'在每年这个时候，没有一个诺福克的客栈老板会把你赶去北海的沼泽地的。'那就解决了问题，因为我得罪不起格伦索普先生，此外，他提供晚餐也帮我摆脱了困境。所以我就出去吩咐安排晚餐的事，留下格伦索普先生和他两人一起坐着说话了。"

"你让他填写登记表了吗？"盖洛威警司问道。

"我忘记让他填写了，先生。"客栈老板回答。

"这是不可原谅的极大疏忽，班森，"盖洛威严厉地说，"我必须得上报。"

"我不太明白这些事，先生，"客栈老板抱歉地回答，"我们这里难得有客人来。"

"当局会追究你的责任。你应该知道这条法律，要帮助执行。假如法律都得不到执行，那么这些为了国家安全而设立的法律还有什么用呢？你们这些客栈老板和旅馆老板真的太疏忽了。接着说吧，班森。"

"他和格伦索普先生在楼上的小客厅里晚餐，格伦索普先生把那里

76

保留作自己私用。他在那里写作，他发掘时发现的那些燧石和化石都储存在壁橱里。他总是在那里吃饭，昨夜他照例吩咐把晚餐送到那里，准备好两个人的餐桌。查尔斯在桌旁伺候，我上去了两次，第一次是送点雪莉酒去，第二次是大约过了一小时，那时两位绅士结束了晚餐，我送去了一瓶陈年白兰地，这个客栈因此而出名，和你们喝的一样。我拿着白兰地敲门时，是格伦索普先生叫'进来！'他站在壁炉火前面，手里拿着一块化石，正在给年轻人讲他是如何发现它的。我把白兰地放在桌上，离开了房间。

"这是我最后一次见到他活着。查尔斯大约在九点半的时候，拿着餐具什么的下楼了，说楼上不需要他了。查尔斯不久便上床去了，他就睡在厨房旁的一个房间里。十点前，我先关照安，就是那个女佣，她正在厨房里熨烫衣服，如果绅士们在她熨烫完前就回卧室了，她就关掉煤气表上的开关，但如果他们依然坐在那里，就别打扰他们。然后，我就回自己的卧室了。我们已经决定好让年轻的绅士住在格伦索普先生隔壁的房间里，安做完日常的事情稍稍晚了点，因为她要花时间把年轻人的房间准备好。那房间已经有段时间没住人了，所以她得烘干被褥，重新铺床。

"第二天，我起床晚了点，早晨客栈开门也没什么事，我一下来，安就告诉我那年轻的绅士已经在一小时前离开了。她在七点钟给他送

77

去早茶，她一敲门，他就开了，接过了早茶。他已经穿戴完毕，只剩下他手里提着的靴子了，他请她擦拭一下靴子，因为他想马上离开了。她拿着靴子才走了几步，他又把她叫回去，从她手里拿回靴子，说擦不擦靴子也没关系，因为他急于离开。她交给他靴子时，他往她手里塞了一张纸币，说是付账。

"那时格伦索普先生门外的钥匙才让我们发现他不在房间里。就像我在楼上告诉您的，先生，他总是上床前锁上房门，再把钥匙放在枕头下面。安端着他的早餐托盘上楼后，注意到了钥匙插在门外。他从来不喝早茶，但他总是在房间里吃早餐。那时大约是八点钟吧。她看到钥匙插在门外觉得很奇怪，因为她敲门没回音，她就试着推门，发现门没锁，房间里没人，她就下楼告诉了我。我开始认为格伦索普先生可能起床早了，出去看看他的发掘地点去了，但当我上楼去他房间，看到搏斗的痕迹和被褥上的血迹，我就知道他一定是发生了什么事。我去了村庄里，告诉了昆斯米德警官。他来到客栈，里里外外搜查了一番，发现了脚印，一直通往高岗上的深坑。有个格伦索普先生雇佣的人曾经下过那个深坑取燧石，便用绳子吊下去，把尸体捞上来了。"

客栈老板从他的口袋里掏出一只皮夹子，从中取出了一张一英镑的国库券纸币。"这就是那个年轻的绅士交给安付账的纸币。"他解释说，纸币推过桌子给郡警察局局长。

"我想提请您注意，这张纸币是首次发行的国库券纸币中的一张，白纸黑字印刷的，"盖洛威警司对其上司说，"警官昆斯米德已经查明，格伦索普先生昨天从银行取出的钱都是首次发行的一英镑纸币。那笔钱款已从死者的财产中消失了。"

郡警察局局长透过眼镜沉思地看着纸币，然后把它递给科尔文，后者仔细地看了看，记下了纸币的号码，举起纸币对着光线察看了水印。

"你或者用人在格伦索普先生的房间里有发现什么凶器吗？"郡警察局局长问道。

"没有，先生。"

"你们丢失了一把刀，不是吗？"盖洛威警司问道。

"是的，先生。"

"什么样的刀？"

"一把餐刀。"

"它是昨夜送上客厅的一把吗？"

"是的，先生。至少查尔斯是这么说的。他负责餐具。"

"那么，最好让查尔斯来告诉我们吧，"郡警察局局长插话说道，"你说你在十点前就上床了，班森。在夜里你听到什么声音了吗？"

"没有，先生，我几乎倒头就睡。我的房间离格伦索普先生的房间有很长的距离。"

"我觉得我们没什么其他问题要问你了，班森。"

"请原谅一个医学人士的好奇，克罗梅林先生，"亨利爵士说，"还有可能问问客栈老板吗？当罗纳德先生到达客栈时，或者以后看到他就餐时，老板是否注意到他的行为举止上有什么奇特的地方吗？"

"你听到这个问题了吗，班森？"郡警察局局长问，"罗纳德先生初来客栈或者在其他任何时间里，你注意到他的行为有什么奇怪的地方吗？"

"我不能说我注意到了，先生。当他初来客栈时，我觉得他看上去非常疲劳，他的眼皮沉重，好像缺乏睡眠。"

"他看上去神志正常，很有理性吗？"

"很正常，先生。"

"你注意到他在任何时候有任何精神障碍或易怒倾向的症状吗？"亨利·德伍德爵士插嘴问道。

"没有，先生。我说我无法接纳他时，他起初有点生气，但他给我的印象还是很冷静、很镇定。"

对此回答，亨利爵士看起来有点失望。他不再提问了，但在他从背心口袋里掏出的笔记本里插入了一条笔记。克罗梅林先生对客栈老板宣布已经完成了对他的询问，接下来要盘问侍者查尔斯。

"如果您不介意的话，就拉一下您背后的铃绳，先生。"客栈老板提示。

矮胖的乡村女佣回应了老式铃绳拉出的铃声，走进了房间，她一直在厨房里洗涤绿叶蔬菜。

"查尔斯呢，安？"客栈老板问道。

"他在厨房里。"那女人紧张地回答。

"那么告诉他立刻来这里。"

"你用奇怪的方式管理客栈，班森，"随着那女人带着差使离开了，盖洛威警司大声地评论道，"为什么查尔斯自己不能听到铃声来，如果他在厨房的话？他如果不在酒吧客厅的话，他服侍什么呢？"

"查尔斯完全聋了，先生。"客栈老板回答。

侍者查尔斯和女佣安的陈述

这个走进房间的男子有着显眼的外表，在任何地方都会引人注目。他是矮个子，仅有五英尺，却如此之胖，使他看上去比实际还要矮。他的脑袋沉重，覆盖着又短又硬的黑发，就像刷子一样，似乎是没有脖子就接合在他身体上了，而一对黑眼睛就像金刚石刻刀般在宽阔的无发须脸庞上闪烁发光。随着他朝桌子走来，他的眼睛快速地对桌子对面的各个脸容逐个扫视了一番。他在各方面都与他的雇主形成了显著的对比，一位寻找题材的画家很可能会受到诱惑，以这一对人作为模特，画出一幅堂吉诃德和桑丘·潘沙的图画来。

"就坐到那个椅子上，回答我的问题吧。"克罗梅林先生对侍者大声说道,"哦,我忘了,"他对客栈老板补充说了一句,"如果他完全聋了,你是怎么设法和他交谈的?"

"这很容易,先生。查尔斯懂唇语,您在说话时他读您的嘴唇形状。您甚至没必要抬高声音,只要您能把每个词的音发清楚就行。"

"坐下,查尔斯,你懂我的话吗?"郡警察局局长有点怀疑地问。为了帮助侍者理解,他还指了指客栈老板才空出来的椅子。

侍者穿过房间,坐在那个椅子上了。就像许多胖子一样,他的动作迅速、轻快、无声无息,但他在走向椅子时,人们都注意到他的右手残疾了,比起另一只手短了不少。

郡警察局局长看着眼前这个奇怪的人有点困惑,而这个胖胖的白脸耳聋男子则麻木地面对着他,两只闪烁的黑眼睛盯着他的脸。他的凝视直对着对方的嘴巴,而不是眼睛,这让克罗梅林先生深感不安,以致他清了清嗓子,紧张地"嗯"了几次才开始了他的盘问:

"你的姓名是——"

"查尔斯·林恩,先生。"

回答的声音如同耳语,那是持续长久的耳聋所造成的常见后果,完全脱离了人类声音,耳聋患者逐渐丧失了声音值的概念,但这耳语般的回答,发自如此巨大的肉体,给人的印象是说话者的声音被层层脂肪压抑,吃力地喘息着发出来的。克罗梅林先生狠狠地盯着侍者,似乎怀疑他在玩弄诡计，但查尔斯的两眼紧盯着发问者，等待着下一个问题。

"我知道你昨夜在楼上客厅里服侍两位绅士，"克罗梅林先生依然如此毫无必要地大声说话，以致费劲得涨红了脸，"一位是遇害的绅士，另一位是年轻人罗纳德，他昨夜来客栈的。你明白我的话吗？"

"是的，先生。我服侍了这两位绅士，先生。"

"很好。我要你告诉我们，当你在那房间里的时候，所有发生在这两位绅士之间的事。我想，你在他们晚餐时都在那里吧？"

"是的，先生，但我没法听懂所有的对话，因为我有残疾。"他说着指了指自己的耳朵，"我估算出格伦索普先生的一些话，因为他让我站在他的对面，看着他的嘴唇，听候他的吩咐，但我没能看到那年轻绅士说的许多话，因为在大多数时间里我都站在他的椅子背后，这样能更好地看清格伦索普先生的嘴唇。"

"好吧，告诉我们所有你听到的对话、所有你看到的事吧。"

"请原谅，先生，"这次打断说话的是盖洛威警司，"如果从侍者那里先了解罗纳德昨夜来客栈时，他和罗纳德之间说了什么不是更好吗？班森说这侍者是第一个见到他的人。"

"很对。我忘了。告诉我们，查尔斯，下午罗纳德来到客栈时发生了什么事。"

"那是在五点到六点之间，先生，那年轻绅士来到客栈前门要求见老板。我告诉他说，老板出去了，但很快就会回来的。那年轻绅士说，他非常疲惫，因为他走了很长的路，在沼泽地迷路了。他问我能不能带他去雅座，给他一些点心。我就带他去酒吧客厅，就是这个房间，先生，给了他一些点心。他看起来非常疲劳，几乎抬不起腿走路了。"

"他看起来是病了，还是古怪？"

"我没注意到他有什么古怪，先生，但他一屁股坐进一个椅子，好像他筋疲力尽了，他告诉我老板一回来就请他过来。我让他坐在那里，班森先生回来后我就告诉了他，他就去见年轻人了。我没再看到那年轻人，直到去楼上客厅里服侍他和格伦索普先生。"

"很好。告诉我们在那里发生的事。"

"我放好桌子，在七点半的时候把晚餐送去了。那些都是格伦索普先生点的。当我第一次上去时，桌子上放满了燧石和化石，格伦索普先生在展示给年轻绅士看，我就帮格伦索普先生把这些东西都放回壁柜了，然后摆好桌子。等我把晚餐送上去时，两个绅士已经坐好了，格伦索普先生拉铃找班森先生，让他送点雪莉酒上来。在雪莉酒上来后，格伦索普先生告诉年轻绅士，那是一种特殊的葡萄酒，是伦敦的酒商给他送来的。他问罗纳德先生觉得怎么样。罗纳德先生说，他认为那是一种优质干红。在晚餐中，他们没有多谈，尽管格伦索普先生对山鹑有点不满意。他说烧得太干了。他问年轻绅士觉得怎么样，但我不知道他怎么回答的，因为我没看他的嘴唇。

"格伦索普先生到了上咖啡时已经恢复得很好了，谈了许多有关他在附近的研究。那是非常有学问的谈论，但罗纳德先生似乎很感兴趣，因为他问了许多问题。格伦索普先生看上去对他有兴趣感到很高兴，就告诉了他在一个叫茅屋区的地方附近一片田地里的珍贵发现。他说，他花了三百英镑把那片田地从农夫手里买下来了，并且他将立刻开始挖掘工作。由于农夫拒绝收支票，他就去希思菲尔德的银行取出了这笔钱，已经随身带回来了，明天就付钱，拿到那片田地。格伦索普先生抱怨说银行给他的都是国库券纸币，他还从口袋里掏出纸币来给年轻的绅士看，说这些纸币太笨重了，还指出纸币都是首次发行的。"

"那么，罗纳德说了什么呢？"

郡警察局局长的问题里藏着一个陷阱，这侍者似乎毫不知觉。

"我没有看他，先生，所以不知道他的回答。格伦索普先生把钱放回口袋后，叫我下楼去让班森先生送点陈年白兰地来。班森先生和我一起回来的，格伦索普先生从他手里接过了酒瓶，亲自倒在酒杯里，告诉年轻的绅士说，这白兰地是英国最好的，是过去走私时期遗留下来的，对从来就没向国王缴纳过半便士税的恶棍来说，实在是太好了。在班森先生离开房间后，他又开始谈论那片田地了，他是多么急于开始挖掘工作。这就是我所知道的一切了，先生，因为过了不久格伦索普先生就叫我收拾东西，我就上上下下走了几次。因为我的右手没法使劲，我只能用一个小托盘。到今天早晨，我清洗餐具时，才注意到我昨夜送上去的餐刀少了一把。我想就这些了，先生。"

随后便是一阵静默，偶然被盖洛威警司的笔在纸上移动的沙沙声打断，这表明这胖子的听众是多么专注地听着他轻声地陈述谋杀案之前的事。盖洛威警司放下了自来水笔，要侍者描述一下他丢失的那把餐刀。

"那是一把白色刀柄的小刀，先生，不是通常的餐刀，而是小一点的那种刀。"

"你肯定那是你昨夜送上楼去的餐刀里的一把吗？"

"相当肯定，先生。我们非常缺乏好的餐具，我拿起这把刀放在那年轻绅士的盘子上，因为这把刀非常好。这把餐刀和切肉餐刀是我们那套特别的白刀柄式样里唯二的两把刀。"

"这把刀锋利吗？"

"非常锋利，刀刃相当薄。我把所有的餐具都安放得整整齐齐，先生。"

"你好像昨夜听到了许多，尽管你耳聋了，"盖洛威警司气势汹汹地说，他发现这种态度在治安法庭里恫吓乡村见证人时非常奏效，"侍者在桌旁服侍时听客人说的一切话是惯例吗？"

"我没有听到一切，先生，"侍者反驳说，他那轻柔的耳语声与警司虚张声势的语调形成了显著的对比，"我对另一位绅士解释过，我很少听到那个年轻绅士的话，因为我没有看着他的嘴唇。我刚才说的主要是格伦索普先生的话。我几乎听懂他说的一切，因为我在整个时间里都密切观察着他的嘴唇。"

"为什么呢？"盖洛威警司厉声问道。

"那是格伦索普先生的严格指示，我每当服侍他时，我必须仔细看着他的嘴唇，因为我的残疾。他初到客栈时，非常厌恶一个耳聋侍者来服侍。他说，他想要什么的时候，不想大声吼叫。但是，当他发现我能看懂唇语，能够看着他的嘴唇，明白他说的话，他就允许我服侍他，但他给我严格的指示，在我服侍他时，我的眼睛不能离开他，因为他不喜欢重复吩咐。"

在亨利爵士的要求下，盖洛威警司询问侍者，他在晚餐期间是否注意到被害人的客人有什么奇特古怪的举动。侍者回答，他没有特别去注意那年轻的绅士。就他的观察而言，那位年轻绅士行为举止就像普通的年轻绅士一样，没注意到他有什么奇怪或者怪癖的地方。

克罗梅林先生决定由他自己来支配剩余的时间，询问安。矮胖的女佣被人从厨房带来了，惊恐万分。她在笨拙地对一群绅士们行礼之后，沉重地"扑通"一声坐在椅子上，用围裙蒙住了脸，轻声啜泣起来。她的陈述，那可是艰难地从她嘴里掏出来的话，证实了客栈老板有关她清早和罗纳德交谈的话。她说，当她端着早茶敲门以后，那可怜的年轻绅士就开了门。他穿戴整齐，手里提着靴子，他说不等早餐了，尽管她提出给他烧主人前一天捕到的新鲜鱼。他请她擦干净他的靴子，但她拿着靴子离开时，他又把她叫回来，说他就这样穿上去算了。靴子上沾满了泥土，普通的一层泥土。她想把泥土刮掉，但他说那没关系：他急匆匆地要离开了。在她还把他靴子拿在手里时，她把靴子翻了一下，看看靴底，如果靴子跟湿了，打算把靴子放在厨房炉火旁烘干。就在那时，她注意到在一只靴子上有一个圆形橡胶后跟，而在另一只靴子上则没有，只剩下一个铁挂钉。她特别注意了一下铁挂钉，因为她想在厨房里把它敲下去，否则走路一定很不舒服，但那年轻绅士没给她机会，他只是把靴子从她那里拿回，回到他的房间，关上了身后的房门。

就这样，安说着，间或抽搐啜泣，胖胖的身躯像果冻似的颤抖。凭借进一步的追问，从她那里又掏出话来，在她与年轻绅士在房间门口说话时，年轻绅士往她手里塞了一英镑纸币，让她交给她的主人支付他的账单。"不用那么多，先生，"她曾说，"找零怎么办？"

"哦，该死的找零！"年轻绅士说，非常不耐烦的样子，然后他说了，"这是给你的。"再往她手里放了五先令。

"在你看到他的时候，那年轻绅士看上去很激动吗？"郡警察局局长问道，预料到亨利爵士肯定会提这个问题。

"我不知道您说激动是什么意思，先生。他看起来难得的不耐烦地要走，尽管任何人都可能会感到激动，要在早晨的迷雾中，空着肚子穿越险恶的沼泽地。我只希望他没有受凉，可怜的年轻人。"

对此再问下去只会引发另一阵泪流满面，还有抽泣着断言说她没有对年轻绅士特别关注，他很和善，是个内心自由的绅士，不管那些人会怎么想。显而易见，那五先令的小费赢得了她的心。

郡警察局局长等到安的风暴平息了，然后他从她那里获知，她并没有看着年轻绅士离开客栈。她在差不多一小时后给格伦索普先生送早餐时罗纳德已经走了，她这才发现格伦索普先生房间的钥匙插在门外面，而他的房间里没人。那个年轻绅士可以轻易地离开客栈，没人会看到他，因为她和查尔斯都在厨房里，那时没人在楼下。

在听到了科尔文的轻声建议后，作为回应，郡警察局局长问了安，她在昨夜是否关闭了煤气表上的开关。是的，她关了，她说。她听到楼上的两位绅士离开了客厅，互相说晚安，然后去了他们各自的卧室，所以过了五分钟，她就在熨烫完了衣服后，关了楼梯下煤气表上的煤气开关去睡觉了。那时大约是十点半。

克罗梅林先生没理解这个问题的意图所在，对此回答很满意，允许女佣离开了。科尔文走出前门去准备好汽车，要去希思菲尔德了，他倒是对此有着不同的看法。

"安可能如她所说的关闭了煤气，"他思忖着，"但在夜里煤气又被打开了。安知道这一点，对此保密，还是她都不知道煤气的开关再次被打开了？"

警司盖洛威与侦探科尔文的意见分歧

"每件事都完美契合，"盖洛威警司自信地说道，"我从不知道还有比这案情更清晰的案子了。剩下要做的就是抓到罗纳德这个家伙，一个聪明的陪审团会处理其余的事。"

科尔文开车送克罗梅林先生和亨利·德伍德爵士去希思菲尔德火车站返回后，警司和侦探就在小酒吧客厅里共进晚餐。警司开怀大吃了一顿，随后的一杯当年走私者留下的白兰地让他身上的仁慈之心变得更加成熟，以致他很想和同伴友好地闲聊几句。

"你非常自信。"科尔文说。

"当然我自信。我有理由自信。今天我见到的一切都支持我原先对这个案件的推论。"

"那么，对这个案件的罪犯方式你有什么推论呢？我听了你今天下午的谈论，已经大致了解了你所采取的思考方式，但我倒很想请你用精确的术语描述一下你的推论。这是一个有趣的案子，此案有些特别之处也只有坦率的探讨才会有助于解释清楚。"

盖洛威警司从他冷酷无情的灰色小眼睛里狐疑地看着科尔文。他的警官思维预感到某种诱骗的企图，而他诺福克人的精明则激励他尽其可能从侦探那里获取点什么，但不给任何回报。

"我明白你在怀疑我，盖洛威，"科尔文微笑着继续说道，"你已经听说过城市侦探和他们的方式，而你暗自想着，他们任何人都远非一个诺福克人的对手。"

这番玩笑话与警司心中所思如此相像，所以他暂且冷笑一声以缓和他粗犷的容貌。

"我想，我的想法属于我自己。"他说。

"当你刚才说出来时就不是了，"科尔文回答道，口吻嘲讽，"我亲爱的盖洛威，你朴实的脸容是反映你心思的镜子，只要探究一下就能读懂。但怀疑我可是大错特错了。我没有不可见人的动机，我对此案唯一的兴趣，或者说也是对任何案件，就是破解它。据我所知，任何人都可以有信用。报纸上的恶名对我来说，算不上什么。"

"这么说，您已经设法获得了不少恶名，无须再找了吧，"警司狡诈地反驳道，"就在前几天我在一个伦敦的报纸上读到了一篇有关您的长长的报道，盛赞您在国债案中追踪罪犯们，警方倒没被提及。"

"名声大振，或者臭名昭著，有时会降临到最无所欲求的人身上，"侦探和蔼地回答道，"我向你保证，那篇报道的出现非我所求。在与记者保持良好关系的政治术方面，我一窍不通，只有政治家，你知道的，才会把感恩之情概括为即将到来的活跃的恩惠感。现在，就此案来说，让我们公平竞争，用一个愿望来激励，那就看到正义得到伸张。这个案件让我觉得并非如你看来那么简单。你使用了一个先入为主的推论，并且你决心坚持下去。在某种程度上，你的推论颇有道理，令人信服，但那就更有理由说明你为什么应该检查和测试证据链上的每个环节。你不能以视而不见的方式去解决疑难之处，并且，依我之见，在此案中，有些疑难困惑的特点并没有完全符合你的推论。"

"假如我的心思对你来说是一本打开的书，也许你可以说说我的推论是什么。"盖洛威警司愠怒地回答。

"好啊，这是个公平的挑战。"侦探把椅子往后一推，背靠壁炉台站着，嘴上叼着一支雪茄，"在此案中，你的推论是机会与时机导致了犯罪与罪犯。机会把这个年轻人罗纳德带到这家孤寂的客栈，并确保他在客栈老板想赶走他时又被允许留下过夜。机会把他扔进了一个文化与教育的社会，而他则非常高兴有个时机让他能在这个粗糙的未开垦之地缓解他所处环境的烦恼，其方式是与一个与他同等阶层的人共度几个小时。机会谋划好这位绅士会有一大笔钱，他向罗纳德做了展示，而后者急需钱款。时机暗示了谋杀，提供了凶器，给了罗纳德一个房间，这房间恰好就在他意图谋杀之人房间的隔壁，并且房间都在客栈无人居住的一侧。

"在一定的程度上，你关于谋杀是如何实际发生的推论使我感到很有可能。你认为罗纳德等到客栈里每个人都可能入睡之时，悄悄地走出房间，来到被害人的房间。他发现房门上锁了。于是，机会就很体贴地向他提供了一个开向山坡的窗户，使得他能够爬出自己房间的窗户，进入隔壁房间的窗户。他就这么进去了，谋杀了格伦索普先生，偷了钱，在枕头下面发现了房间钥匙，扛起受害人的尸体下了楼，在室外把尸体抛入离客栈有点距离的一个深坑里，希望阻止或推迟罪行被发现。出于疏忽，他忘记了插在门上的钥匙，那是他扛着尸体离开之前插在房门外面的，打算回来时锁上房门，带走钥匙。

"今天上午你获知了高度值得怀疑的情况，那年轻人匆忙离开，他拒绝让人擦拭他的靴子，碰巧的一英镑纸币，还有毋庸置疑的事实，那就是往来深坑的脚印是他那双靴子踩出来的，而深坑即是发现尸体之处。

"作为对罗纳德不利的证据链上进一步促成的环节，你意图使用昨天他被赶出德灵顿的格兰德大酒店这个事实，因为他付不起酒店账单，这个事实，结合格伦索普先生曾向他展示从希思菲尔德一家银行取出的钱的情况，这就提供了 个强烈的犯罪动机。因为有了这个联系，你想设法证实罗纳德留下支付客栈账单的国库券纸币是格伦索普先生钱款里的一张，因为这张纸币碰巧也是首次发行的国库券纸币，白纸黑字印刷，而根据被害人格伦索普先生自己的说法，他的纸币都是首次发行的。我认为，这就是警方对此案的推论。"

"正是，"盖洛威警司说道，"您说的比我稍有点想象力，不过结论相同。但您怎么理解昨天早晨发生在德灵顿的格兰德大酒店里的事呢？您就在那里，看到了一切。在格兰德大酒店发生了那事以后，罗纳德居然直接来到这家客栈，犯了谋杀罪，您不觉得奇怪吗？您觉得这表明罗纳德有，嗯，比如说，暴力的冲动吗？"盖洛威警司给自己又倒了一杯陈年白兰地，从容地啜饮着，间或谨慎地观察着侦探。

科尔文沉默了一阵。他马上就领会了警司这个问题背后的双重动机，他可不想让这个警方官员为其自己的目的而不断追问他。

"亨利·德伍德爵士能够比我更好地回答这个问题。"他说。

"今天下午我们在来此地的车上我问过他，但他闭口不谈，您知道这些职业人士就是这样的，僵硬刻板地守着他们的规矩。"警司抱怨道。

科尔文的眼里闪现出一丝愉悦。就一个东盎格鲁乡下人来说，这个警司还真的容易被牵着鼻子走。"毕竟，那只是亨利·德伍德爵士的看法，认为罗纳德在格兰德大酒店有暴力意图，"他说道，"亨利爵士没有给他机会实施其意图，假如他真有这种意图的话。"

"我的看法正是如此，"盖洛威警司叫了起来，急于上钩，"我已经查明罗纳德在逗留格兰德大酒店期间的行为就是普通的正常英国人的行为。酒店老板说他相当绅士，根本没有古怪特异的地方，侍者们也是这么说的。说到底，他们是最好的裁判。没有人注意到他吃早餐时有什么古怪举动，只有您和亨利爵士除外。发生了什么呢？什么都没有，除了他稍有点冲动，这不奇怪，因为那年轻人才被命令离开酒店。然后亨利爵士抓住了他，他就晕倒了，或者是假装晕倒，这很可能是他诡计的一个部分。亨利爵士大概以为他意图干这事或那事，但没有一个英国法官会将此认可为辩护的证据。这家伙是和你我一样的正常人，而且是个深沉狡猾、冷血无情的恶棍。假如辩方试图提出以精神错乱为由的辩护，那么他们就会发现他们错得离谱。面对不利于他的这些证据，世界上没有一个陪审团不会判处他绞刑。"

这次，盖洛威警司透露了他心头闪过的想法，其做法倒也诚实，对此科尔文忍不住微笑了。但他很快收敛了好笑，口吻凝重真诚地回答："酒店的那次事件令人困惑，但我同意你的看法，此事尚未进入对罗纳德不利的警方立案。那是你的职责去处理案件涉及的事实，而假如你认为罗纳德犯下了这次谋杀罪——"

"假如我认为罗纳德犯下了谋杀罪！"盖洛威警司既惊奇又愤怒地打断了科尔文的话，"我确信他犯下了谋杀罪，就像我亲眼看见一样。您或任何其他人见到过还有比这更清晰的案件吗？"

"那是因为对他不利的间接证据如此强大，所以我这么说，"科尔文继续以相同的真诚口吻说道，"英国有许多无辜的人在此之前就因为间接证据被判绞刑了。正是出于这个理由我们才应该提防一种倾向：接受不利于他的间接证据作为定罪的依据，而不是以开放的心态检查所有的事实。我们是案情的调查者：我们不该去预先判断。这就是间接证据最糟糕的地方：间接证据倾向于预先判决，有时甚至罔顾可能有利于嫌疑人的情况和事实，假如这些情况和事实以公正的眼光来审视的话。正是出于这些原因，所以我总是在遇到间接证据的情况下，谨慎地延缓判断，仔细审视那些哪怕是最微不足道的小事，这些小事也许有利于受到间接证据指向的嫌疑人。"

"自从你来到这家客栈后，你发现有什么情况能动摇罗纳德是凶手的推论吗？"

"我得出结论，这个案子比起初想象的要复杂和迷惑得多。"

"我想知道是什么让您这么认为的，"盖洛威警司回答，"直到现在，我没看到什么事能够动摇我的确信，认为罗纳德就是个罪人。那么，您又发现了什么事让您另有想法呢？"

"我还没有走到这一步呢。但我遇到了某些事情，依我之见，需要澄清，然后才有可能明确地宣布罗纳德有罪或者无罪。这些事情如连续来看待的话，请允许我重复一下，我无法把罗纳德在德灵顿酒店里冲动的行为与他在客栈假定的行为联系起来。在前一种情况下，他的行为就像一个人，无论是精神失常还是仅仅冲动，对由此造成的后果没有丝毫的担心。而在这家客栈，他的行为就像狡诈谨慎的恶棍一样，他事先掂量过行为的后果，采取了每个可能的预防措施来保全自己。你却根本没看到任何不协调，在这——"

"我没看出来。"警司坚定地打断了科尔文的话。

"的确如此。然后，另一个让我感到困惑的疑点是，为什么罗纳德要自找麻烦扛着被害人的尸体去深坑，把它扔进去。"

"出于掩盖的动机，并为了拖延被发现。要不是脚印的话，非常可能有几天，也许几个星期的时间，可以让他成功逃脱。"

"他扛着尸体在有人居住的客栈里下楼，并且穿过了好几百码靠近村庄的空旷地，难道他不就是冒着更大的被发现的风险吗？"

"在如此偏僻的地方没什么风险。在这个地区，人们保持着早睡早起的习俗。我敢保证，如果你现在步行穿过村庄，你不会看到一个活人。"

"罗纳德不太可能知道这一点。再有，罗纳德对此地来说，是个陌生人，他怎么会对这个深坑的地点知道得如此准确无误，能够直接步行去那里呢？"

"这很容易。他很可能就是从那一边走到客栈的，在途中，他经过了那个地点。而更有可能的是，格伦索普先生会在谈论发掘问题时告诉他有关深坑的情况。也有可能的是，罗纳德先前到过这个地区，了解了这个深坑的存在情况。"

"我的下一个疑点是，罗纳德被安置在他想象的楼上卧室。他是怎么发现他的房间和格伦索普先生的房间相邻，窗户开向山坡，让他能爬出一个房间，进入另一个房间的？"

"再一次说吧，格伦索普先生非常可能告诉了他，他看起来是个多嘴的老头，根据各种说法。或者罗纳德在进房休息时从窗口看出去了，亲眼看到了。我总是从卧室窗户往外看，尤其是身处一个陌生的房间时，然后再睡觉。"

"这些只是看法问题，但是，尽管你的解释存在可能性，我还是不同意。我们是从完全不同的角度来看待这个案件的。你相信是罗纳德犯下了谋杀罪，而且你让那种信念影响了所有与此案有联系的一切。我把这次谋杀案看作是个谜案，尚未破解，而且，并未排除罗纳德是凶手的可能性，由于对他不利的间接证据，我不打算接受他有罪的预定结论，直到我仔细检查和检测了所有不同于你那个推论的事实。

　　"一个显著的可能性就是格伦索普先生是因为他的钱而遭谋杀的。现在，暂时排除不利于罗纳德的间接证据，尽管并非坐视不管，那么，下一个疑点来了，格伦索普先生究竟是被客栈里的人，还是被外来的人谋杀的？比如，他为发掘工作而雇佣的人。侍者关于餐刀失踪的陈述使人想到了前一个推论，但我并不将此证据视为不容置疑的。餐刀也有可能是被某个在酒吧喝酒的人从厨房里偷走的，的确，在我们找到凶器之前，甚至不能证实这把餐刀就是谋杀所用的凶器。凶器也有可能是其他刀具。我们不能把侍者的陈述视为理所当然，也无必要，直到我们找到了这把餐刀。但是，那个陈述，按照目前情况来说，倾向于支持那个推论，认为谋杀是由客栈里的某个人犯下的。而在另一方面，外来凶手的推论则有助于对犯罪过程非常可靠的重现。假定，举例来说，谋杀是由格伦索普先生手下的一个工人所为，他出于报复和抢劫的双重动机，或者是其中一项。明显的是，整个村庄都知道格伦索普先生意图取钱，在他被害时那笔钱款在他手里，他似乎是个随意谈论自己私事的人，而三百英镑对一个农民或者渔民来说，是笔巨大的财富。这样的一个人会知道所有关于客栈那一侧的房间窗户开向山坡的事，自然会用那种进入房间的方式去犯罪。假如他是格伦索普先生雇佣的一个工人，他就非常可能想到把尸体抛进深坑隐匿的方式。"

"我并不认为觉得在这个推论里有很多东西，"警司沉思着说道，"但是，这值得检测一下。明天上午我会查一下村民中是否有任何可疑分子，或者，格伦索普雇佣的工人中是否有人对他不满。"

"现在我们放下各种推论和推测，回到事实吧。我们今天下午调查被害人的房间时得到了几条线索，它们并非不重要，我们据此能够以某种程度的准确性来确定谋杀发生的实际时间。在谋杀案中，能够确定大致发生谋杀的时间总是有用的。在此案中，谋杀时间无疑是在夜里十一点到十一点半之间，十有八九，更接近十一点半。"

"您是如何这么精确地确定时间的？"警官问道，目光热切地看着侦探。

"根据安的说法，两位绅士在大约十点半的时候回到他们各自的房间，她不久就关闭了楼下的煤气，上床睡觉。今天下午，我们检查房间时，发现了几块红土，与窗外的泥土和从窗口通到床边的泥土颜色相同；还有，在打开的窗户附近有一小摊水。如你记得的，在窗外没有脚印。在另一方面，从客栈到深坑的脚印清晰可辨。昨夜在十一点不到就开始下雨，但直到十一点才下得大了。从那时开始到十一点半是常见的倾盆大雨，雨停后就没再下过。好，那房间里的一块块红泥和窗外被冲刷掉的脚印，就证明凶手是在暴雨中进入房间的，但通向深坑的脚印则证明，尸体是直到雨势完全停止了才被搬走的，否则，那些脚印也会被冲刷掉了，或者部分被冲刷掉了。这些事实都清楚地说明谋杀时间是在十一点到十一点半之间，但靠近窗口前的那摊水让我们更准确地确定了时间，比如说，他进入房间是在雨势最大的时候，也就是说，在十一点十分到十一点半之间。"

"真是绝了，您居然如此确定时间的。"警司说道，他一直饶有兴致地听着对方的推理，"但一旦窗户打开了，这摊水也许可能在任何时间积起来。"

"我亲爱的盖洛威，你单凭经验来推理，觉得大雨吹进了打开的窗户，就积起了一摊水。事实上，根本不是这么形成。风吹向另一边，离开房子的这一边。再有，山丘在客栈这一边就像是一个遮风挡雨的自然屏障。"

"那么，您怎么解释房间里的水到底是怎么回事？"

"你肯定没忘记我们在窗外的钉子上发现挂着一片黑色材料吧？"

"我没忘记，但我不明白你是怎么把它和那摊水联系起来的。"

"因为，那是一片雨伞布。凶手撑着一把雨伞，一把打开的伞。你还有那片雨伞布吗？如果还在，那就让我们来看看吧。"

警司从他背心口袋里拿出那块一英寸见方的布，仔细察看。"当然，这是雨伞布，"他叫了起来，拍了一下大腿，"真奇怪，那时我居然没认出来。"

"要不是一片雨伞布成了我新近接手的一个案子里的重要线索，大概我也不会认出来的，"侦探回答，"有时，经验能解释许多。看看，这片雨伞布缝了边，这是凶手撑着伞的相当确凿的证据。但伞钩住了窗户外面的钉子，撕下边缘的一块。他收了伞，爬进了窗户，把伞放在窗台旁，雨水从伞上滴下来，形成了一摊水。那摊水的面积大小，还有凶手撑着伞遮雨这个事实，都确凿地证明他是在雨下得最大时进入房间的，那就是在夜里十一点十分到十一点三十分之间。

"我们现在到了最为重要的发现，我们在被害者的房间里发现了几个蜡烛油迹块。这几个蜡烛油迹块帮助我们证实了两个奇怪的事实，次要的事实是，昨夜有人在格伦索普先生的房间里试图点亮煤气灯，但没成功，就下楼去打开了煤气表上的开关。"

"如果他们成功了呢？"警司咕哝着，又倒了一杯白兰地。他暗恨自己疏忽了雨伞布的线索，同时因人性使然，对侦探让他睁开眼睛看看事实有点生气。"我不明白您如何证明这一点，并且，即使您能证明，这也无关紧要啊。"

"我们先放下这一疑点，"科尔文简略地答了一句，"你闭眼不看事实的态度是不想让我说下去，但我还得试试。请把你在房间里收集到的那些蜡烛油迹块给我看看，好吗？"

警司从口袋里掏出了一个金属火柴盒，倒出了几个蜡烛油迹块、

104

一根烧过的火柴，还有一个断下来的火柴头，然后坐回去，带着傲慢的微笑注视着侦探。科尔文在仔细察看了这些东西后，从他自己的口袋里掏出一个信封，在桌子上抖出了几个蜡烛油迹块。

"看看这几个并排放的蜡烛油迹块吧，"他说道，"你的蜡烛油迹块是在床边捡起来的，我的是在煤气灯泡下发现的。"

盖洛威警司瞥了一眼这些蜡烛油迹块，依然带着高傲的微笑。"我看到了，"他说道，"这就是一些蜡烛油迹块。还会是别的什么吗？"

"难道你没看出来它们是不同的蜡烛油迹块吗？你在床边捡起来的是牛脂蜡烛的，我从煤气灯泡下捡起来的是蜡制的。"

警司没注意到蜡烛的区别，但他觉得再仔细察看有失尊严。"凶手可能有两支蜡烛，"他故作玄妙地回答，"无论如何，那又有什么关系？它们都是蜡烛。"

科尔文把他的蜡烛油迹块碎粒用手扫拢，放进口袋，动作快速，颇不耐烦。"如你说的，两种都是蜡烛，"他尖锐地回答道，"看来我们在调查方面并没有取得多大的进展，那么，我们就不说了。晚安。"

少女佩吉的秘密

科尔文上了床，但没入睡。一连数小时，他躺着没睡，两眼凝视着黑暗，试图把他下午在客栈里发现的各项事实联系起来。但这些事实就像那些恼人的古怪形状的拼图板块，拒绝拼入剩余空间，无论把它们如何翻来覆去都不行。他再三尝试，还是无法把他的线索和谐地放入警方对凶手的推论。

在另一方面，对于不利于罗纳德的强烈案情，他不能，也不想闭眼不管，因为他完全意识到在这年轻人的行为中有许多需要解释清楚，然后才能提出不同于警方推论的另一种推论。可是，到现在为止，他还没有看清自己建立起另一种推论的途径。他徒劳地寻找一个基础，在此之上建立他的线索和发现，因为某些被忽视的小事也会有助于他正确地看清在这桩奇特案件里那些乱七八糟的事件中的真正秩序和意义。

首先，罗纳德说他迷路，无意之中来到客栈，这个解释真实吗？警方没任何疑问就接受了，但一个习惯于沿着海岸长途散步的人会有可能轻易地迷路吗？针对这个怀疑，客栈老板和耳聋侍者都说从未见到过罗纳德。假如罗纳德无罪，他为什么在早晨急匆匆地离开呢？而且，假如他不是凶手，那怎么解释一行脚印通向抛尸深坑那个该死的证据呢？如果在格伦索普先生房间里发现了两种蜡烛油迹块表明在谋杀之夜曾有两个人在房间里，那么，这两人是谁，他们两人去那里干什么？

他思索着，至今为止，他不接受警方推论的唯一切实理由是基于这样的看法，即有两个人去过被害人的房间，而这个看法又是基于少量蜡烛油迹块的发现，这只是假定性的，而不是确凿性的证据。所以，有必要毋庸置疑地证实确有两个人到过那个房间的推测，然后他才能推定可以从中得出推论。假如他成功地证实了这个推测，那么罗纳德就很可能不是这两个人中的一个，因而也不是真正的凶手了，对吗？那个断裂的白炽灯头，被打开的煤气，还有窗户下的轻微痕迹，意义何在呢？

这些问题在科尔文的脑海里形成了一个旋转的圈子，总是把他的想法又带回到起点，即此案的破解不在表面，并且警方推论无法与他自己的发现相符。后者本身是内在证据，整个真相尚未浮现。

逐渐地这个圈的旋转线变得模糊，于是科尔文因纯粹的疲倦而快速入睡了。就在此时，一个轻微清脆的声音，好像是钥匙在锁里转动时发出的，这立即把他带回了两眼圆睁的清醒状态。他从床上坐了起来，竖起耳朵倾听着，伸手摸索床边的火柴。他找到火柴，试图划出火光。但这些火柴是战时生产的，在他手里一根接一根地折断了。他试图捏住下一根火柴靠近火柴头的部分，但火柴头一划就飞掉了。科尔文轻声咒骂着英国生产商，快速地又划了几根，最后成功地点燃了床边的蜡烛。他悄悄地下了床，把蜡烛放在桌子上，悄无声息地开了门，向通道里望去。

他被安排在空无一人的楼上厢房的一个小房间睡觉，谋杀案就发生在客栈的这个部分。他的房间对面是杂物间。杂物间离存放死者的房间隔了三个房门。在商量给盖洛威警司和他自己安排住处时，前者选择在楼下酒吧客厅里安排一张床，因为那里比楼上任何房间都要舒适温暖，但科尔文同意睡在空无一人的那一侧房间里。客栈老板点灯送他上楼，为房间的简陋和缺少家具而道歉，但科尔文笑着接受了房间的缺点，认为无关紧要，还在房间门口站了一会儿，眼看着客栈老板走向侧面通道，去他自己的卧室，他手里的蜡烛光在光秃秃的石墙上投射出他的憔悴身形——一个不断退缩的晃动着的巨大轮廓在阴影里所造成的奇特效果。

此刻，科尔文看向通道，既听不到也看不到什么，无法解释那个把他惊醒的声响。他床边的蜡烛发出微弱的闪光，甚至还照不到房门，而通道就像地下室里那样的黑暗幽静。这寂静和黑暗犹如一朵云似的飘入了房间。但他确信，他没搞错。在黑暗中有什么地方的一个门锁被打开了，被某个人的手打开了。究竟谁会在下半夜来到客栈空无一人的这一侧，又是为了什么呢？他决定探索这个通道，找出答案。

他把房间门半开着，穿上几件衣服，脚上套上了一双拖鞋。他瞥了一眼手表，吃惊地注意到还差几分钟就是三点了。他吹灭了蜡烛，带上手电，静悄悄地走进了通道。

他记得这几个房间的布局，在昨天下午他观察过。在他这一侧，还有三个房间相邻，都关着。在通道的另一侧，对面是杂物间，旁边就是罗纳德睡过的房间，再旁边是死者的房间，最后一间是死者曾占用过的客厅。客厅的门口离楼梯口不远。

科尔文首先察看了他这一侧通道上的房间。他蹑手蹑脚，宛如夜猫似的悄无声息，无声地打开再关上每扇房门，借助手电光细察房内。房间都空着，无人居住，如同他在昨天下午看到的那样。在走到通道尽头时，他瞄了一眼楼梯口，但方井似的黑暗里没有一丝光亮，在这个房子的下层也无声音，这就说明没人在楼下走动。他转身离开了，沿着通道往回走，边走边同样谨慎地试试另一侧的房门。起先的三扇房门，客厅门、被害者的房间门还有罗纳德的房间门，都锁上了，昨天下午他看到盖洛威警司锁上了，并带走了钥匙，要保管到验尸审理结束。

通道另一个尽头的杂物间没有锁上，门半开着。科尔文走进去，借助手电光，察看了笨重的家具，发霉的亚麻布床单，僵硬地倒插着的床柱，还有窗帘杆子，差不多堆满了这个房间。过去那代人用过的一只钟站在壁炉台上，白色钟面上黑黑的上发条孔就如一只邪恶之眼，在手电光照射下，不怀好意地盯着他。但房间里无人来过。堆积在家具和地上的厚厚灰尘已有几个月没人清扫过了。

科尔文回到自己的房间，深感困惑。难道是他搞错了？他听到的声音是否由杂物间的门转动造成？不，那声音太清晰了，不可能听错，那声音是由钥匙在门锁里转动发出的，不是转动的门造成的。他在黑暗中站在门旁，专心倾听着。在深深的寂静中，几分钟过去了，然后传来了一个刮擦的噼啪声。不远处有人在划火柴。他小心翼翼地看向通道，他感到极度惊愕的是，他看到一丝微光从死者的房间门隙下闪烁出来了。接下来那微光沿着门边向上移动着，有如一把刀似的刺进了门外的黑暗。微光变得越来越大，直到整个房门都显示出来了。室内有人在开门。他注视着，一只手悄悄地从门缝里伸出，光线便从此处流出，停留在门外的侧壁上。

科尔文是个颇有勇气的人，但从锁着的死者房间里突然出现的光亮和一只人手瞬间就颠覆了他的常识，使之犹如钟摆一样，摆向了超自然现象。假如跟着那光和人手在门口出现了被害人，要求报复凶手的话，他也不会感到惊奇了。这感觉一闪而过，随着理智的恢复，侦探退回了房间，轻轻地关上了门，从一条刀刃般的窄缝里观看，等待死者房间里的夜访者出现。

死者房间的门轻轻打开了，客栈老板女儿的脸向黑夜窥视着，她那毫无表情的脸，其背后隐藏了一切，在她手里拿着的蜡烛光照映下，看起来就像是一个美丽的蜡制面具。她清晰的凝视停留在科尔文的房门上，一时间让他觉得仿佛他们的目光透过门缝相遇了，随后，她的眼睛沿着通道，从头到尾扫视了一番。似乎是很满意细察的结果，她没什么可害怕了，便走出了死者的房间，关上房门，并上了锁，抽出了钥匙，敏捷地沿着通道走到楼梯口，下楼去了。

科尔文开了门，跟着她。他在门外暂停了一下，拿起他放在那里要擦拭一下的靴子，提在手里，快速奔到楼梯口。他看向楼梯平台，看到那少女已经走到楼梯底部，转向通往后门的通道，手里依然拿着点亮的蜡烛。

等科尔文走到楼梯底部时，那少女和蜡烛光都消失了。但通道里的一阵风吹来，他便知道她已经从后门出去了，并关上了身后的门。他沿着通道跟过去，直到他的手触摸到后门的门闩。他抬起门闩，开了门，发现自己已在户外。

那是个灰蒙蒙的北方夜晚，寒风驱赶着大片大片的海雾吹过了沼泽地带，暗淡的云朵快速地飘过铅色的夜空，渐渐亏下去的半个月亮从云层中时断时续地散发出月光来。借助着月光，他看到了那少女的身影，已经离开客栈房屋有段距离了。她正敏捷快速地沿着长满芦苇的河道小径走着，那条小径穿过了渗出泥浆的沼泽。

科尔文对沼泽地不陌生。他曾从早到晚，跋涉在齐膝深的爱尔兰沼泽地追踪着野鹅，他也曾跟随着来自芬兰、俄罗斯以及塞尔维亚的迁徙海鸟直至它们在苏格兰的繁殖栖息地，他还有一次竟然试图与横扫索尔维沼泽地的博尔飓风并驾齐驱，但他从未承担过如同跟踪这个少女穿越一处诺福克沼泽地那般艰难的任务。她毫不犹豫地踩上去的小径狭窄滑溜，一边是河道，另一边是沼泽地。为了避开河道，科尔文时常滑进沼泽地里。他的腿脚迅速变得湿漉漉的，沾满了泥浆，有一次他差点丢失了靴子，那是他在客栈外匆忙穿上的，来不及系上带子。

但这少女径直走着，步态迅疾平稳，踩在狭窄小径上穿越沼泽地，稳稳当当，如履平地。科尔文很快就意识到他们走的小径带着他们直穿过沼泽地，向着大海而去。海浪冲击着防浪堤，其波涛声在他的耳中越来越响。不久之后，他就看到防浪堤短暂地从黑暗中显出其身影，就像一堵黄色的长墙，忽而又消失不见了。但顷刻之间，它再次显现，越来越清晰地赫然耸现，堤外北海的灰色海水汹涌起伏，发出幽灵般的微光。

随着他们接近防浪堤，小径变得更加干燥、更加坚实了，而从急剧飘过的云朵那参差不齐的缝隙里，月光洒下来，显出了一条条沙坝，还有随着沼泽地靠近大海，从沼泽地里冒出来的一块块狭长的草丛地。

少女保持着果断的步伐，直到她抵达了河道的入海口处。在那里，她转向一旁，沿着防浪堤走了一小段距离，仿佛是在寻找什么东西似的。下一刻，她爬上了防浪堤。科尔文离她太远，无法阻止她，或者冲到她身旁，假如她滑倒的话。于是，他站住脚步，看着她爬上了堤墙顶部，站在那里，就像海中生物一样，海浪激起的泡沫贪婪地扑向她瘦小的身躯。他看到她从衣服胸部取出了什么东西，扔进了她面前汹涌翻腾的海水里。做完此事，她转身下了防浪堤。科尔文几乎还没来得及离开小径，躲进防浪堤的阴影里去，她就已经重新走上了小径，开始了她穿越荒凉沼泽地的步伐。

女佣安的吞吞吐吐和验尸官的敷衍了事

科尔文在沼泽地等着，直到黎明时分，显出了防浪堤和冲击防浪堤的汹涌海水。他简短地察看了一下那白色的海水，正咆哮着无休无止地冲击着屏障，这让他确信，要想找回客栈老板的女儿在一个小时前从防浪堤上扔下去的东西只是徒劳的尝试。大海会保守她的秘密。

海雾沉重地笼罩在沼泽地上，科尔文小心翼翼地沿着滑溜的河道小径择路返回。比起他预料的要早一点，客栈从灰色的迷雾中显露出来了，就像一个裹着床单的鬼魂。科尔文暂停片刻，仔细地审视着这个地方。这个孤单地伫立在沼泽地边缘的客栈有着某种怪异凶险的气氛，过去此地必定发生过种种奇异的事情，但是，昔日那代走私者们无法无天的秘密现已安全地被这座古老的客栈保留下来了。寒冷清晨的光线赋予白墙高处的圆形窗户以某种斜睨似的外貌，仿佛是它们在挑战世人去发现罗杰·格伦索普之死的秘密。

科尔文走近客栈时，客栈附近没有村民走动的征象。他拉了一下门闩，后门就开了，他回到了房间，没人看见。显而易见的是，客栈里所有的人还在熟睡中。科尔文花费了半小时左右梳洗一番。他带来了一个手提箱放在车子里，所以他就换下了潮湿的衣服，用冷水刮了胡子，盥洗，梳理了头发。他看了看手表，发现已经过了六点钟。他开始猜想那个少女佩吉在经过了夜晚冒险之后是否还在睡觉。

一阵沙沙声，来自楼下某个地方，打破了房子里深沉的寂静。有人在清洁地上，在某个地方。科尔文开门走下了楼梯。安，那个肥胖的女佣，正在清洁通道。她趴在地上，手脚并用，背对楼梯口，使劲地擦洗着，没看到侦探下了楼。

"早上好，安。"科尔文愉快地招呼。

她马上转头一看，吃了一惊，科尔文能发誓，她朝他那快速的一瞥是害怕的表现。但她只是说了一句："早上好，先生。"然后继续她的工作，而侦探则站在那里看着她。几分钟后，她清洁完了这条通道，笨拙地站了起来，在粗糙的围裙上擦了擦红红的手。

"看来你和我是客栈里唯一的早起者了，安。"科尔文说道，依然专注地看着她。

"请原谅，先生，查尔斯已经起床去河道了，看看是不是能在主人夜里下的捕鱼线上抓到什么鱼，供早餐吃。"

"早餐吃新鲜鱼！嗯，太好了，"侦探回答，心想还好他进来时查尔斯还没出去，"班森先生在几点下来？"

"在一般情况下，大约七点半，先生，但有时候他在床上吃早餐。"

"有时，这倒是个不错的主意，安。但我看你对工作不太耐心了。你在准备早餐时如果我去厨房和你谈谈，你不介意吧？"

她快速地看了侦探一眼，在这女人的眼里再次闪现出一丝害怕，但她回答时声音很镇定："很好，先生。"转身走向通往厨房的通道。

"你前天夜里是几点关闭煤气的？"科尔文来到厨房后问道，"你昨天告诉我们是大约十点半，但你似乎不太肯定准确时间。你能把时间确定得更准确一点吗？试着想想吧。"

这个女人这次看向科尔文的目光无疑显示出宽慰神色。

"好，先生，"她说，"我一般在十点钟关掉煤气，但，对您说实话吧，那天夜晚我稍微晚了一点。"

"稍微晚了一点，嗯？那就是说你全忘了。"

"我确实忘记了，这是实话。主人告诉我，别关掉煤气表，直到楼上客厅里的绅士们去睡觉。查尔斯告诉我说，他端着最后的一些餐具下楼时那两个绅士还坐在壁炉火前聊天，但查尔斯下楼去睡觉后，过了一会儿，我听到他们在楼上走动，似乎回他们的房间去了。"

"那时是几点？"侦探问道。

"正好十点半，那时我碰巧看了一眼厨房里的钟。查尔斯被告知楼上不需要他了，所以就在半小时前去睡觉了，但我没去睡觉，直到我折叠好一些衣服，那是我在厨房炉火前烘干的。当我上床去了，正要睡觉，我突然想起来我忘记关掉煤气表上的开关。所以我又下了床，点了蜡烛，沿着通道走到煤气表前，表就在楼梯脚下，关掉了煤气，回去上床。"

"你注意那时几点了？"

"我回去上床时，厨房里的钟正好敲了十一点。"

"你肯定那不是十二点吗？"

"相当肯定，先生。"

"你听到楼上有什么声音吗？"

"没有，先生。那里安静得像死人一样。"

"那时候下雨了吗？"

"就在我回去上床时，开始下大雨了，但在下雨前，大风就围着房子'呜呜'响着，在这里刮大风就会'呜呜'响，我就知道要下大雨了。我很高兴回到了暖和的床上。"

"你也许会看到什么，如果你再晚一点的话。那个楼梯是唯一能把尸体从那里搬下来的出口。"侦探指了指楼上放着死者的房间。

这女人剧烈地颤抖起来了。

"仁慈的上帝啊，我没有看到什么事，"她说着，声音变成嘶哑的低语，"假如我看到有人搬尸体下楼，我会害怕得要死。一整天了，我一直在感谢上帝，我没有看到什么事。"

"只有你和查尔斯睡在楼下吗？"

"没有别人了，先生。我睡在厨房旁边的小房间里，但查尔斯睡在从厨房出去的通道里的一个房间里，第一个房间，离我的房间不远。但假如我看到什么事，对我也没什么帮助。我会尖叫到整个客栈的人都吵醒了，查尔斯也不会听到，因为他完全耳聋了。"

"相当对，安。这就是你告诉我关于煤气的所有事吗？"

这女人看起来有点难以回答，但最后她语调尴尬，扯着围裙，结结巴巴地说："是的，先生。"

"看着我，安，对我说实话。来吧，这会对大家都好。"

这乡村妇女脸色发白地看着侦探，他敏锐的目光似乎有什么力量迫使她害怕的眼睛看着他。

"对不起，先生——"

"对，安，说下去。"侦探口吻鼓励地催促着。

但这女人没说下去，相反，她脸上逐渐泛起一种固执的神色，嘴巴紧抿，两手不再抽搐了。

"我已经对您说了所有事了，先生。"她平静地说。

"你还没有说当你第二天早晨起来时你就发现煤气表打开了。"侦探严厉地回答说。

这女人的胖脸焦急地变得憔悴了，随后她用围裙蒙住眼睛，开始轻声哭泣起来了。

"你为什么不把这件事告诉我们，安？"

"对不起，先生，我以为主人如果知道的话，可能不喜欢。他对夜里关掉煤气的事特别在意，他可能会以为我忘记了。"

科尔文又向她投去了探究的目光。

"即使那是真的，安，你也无权保密什么事，因为那可能会包庇犯罪，或者伤害无辜。"

"我觉得那没什么关系，先生。"

"你还是说你上床后没有听到什么声音吗？"

"没听到，先生。我一上床就睡着了。"

"就像你之前说的那样，但你昨天没有对我们说实话，你知道，所以我不知道现在是不是该相信你。"

"嘘，先生，通道里有人来了。"

科尔文漫步走进通道，遇到了向厨房走来的盖洛威警司。他注视着侦探，叫了一声："早上好，您起来得好早啊。"

"是的，我觉得睡不着了，所以就下楼了。"

"希望您没在向安求爱吧。"盖洛威说，他有他自己的幽默感。"我在寻找这个可恶的侍者，查尔斯。需要他的时候，他总是不在。查尔斯！查尔斯！"

盖洛威警司的叫嚷声使得安急忙从厨房里出来，就像先前对科尔文解释的那样，对他解释说查尔斯去沼泽地找鱼了。

"他一回来就让他来我房间，我还有更重要的事要做，"警司不满地抱怨说，"真是一家古怪的客栈。"他对科尔文说着，两人一起沿着通道走着，"啊，查尔斯，有鱼了。"

矮胖的侍者匆忙地进来，手里提着一串鱼，他看到警司命令的手势，就向他们走来。警司让他出去拦住警官昆斯米德，别再带搜索队出发了，并且把昆斯米德带到客栈来。查尔斯点点头，表示他明白这个指示，转身去执行了。

"我想让昆斯米德去村里找十二个蠢蛋组成陪审团，"他对科尔文说道，"我们昨天离开德灵顿前，尸检官让人带话给我说，他在今天上午会过来，但他没说什么时间，我也忘记问了。他这人如果来了，发现我们没给他准备好，就会大吵大闹。"

昆斯米德听到召唤，迅速出现了。他静静地听着警司简洁的命令：去快速找人，组成陪审团。之后，他就回村里去找十二个好人、实诚人。

与此同时，科尔文和盖洛威一起在酒吧客厅里共进早餐了，品尝起查尔斯带回来的一些鱼。可上了鱼之后就没再上其他东西，盖洛威警司这个好胃口食客便拉了铃，吩咐侍者送些鸡蛋和培根来。侍者迟疑了一下，随后说，他相信培根短缺，如果他们可以将就的话，还有些鸡蛋。

"那就给我上两个鸡蛋，煮鸡蛋，尽快吧，"警司说道，"这家客栈真怪，"他对科尔文抱怨说，"他们不给你足够的东西吃。"

"我觉得他们自己也短缺了。"科尔文回答。

"天哪，我相信您说的对！"警司说道，直盯着面前餐桌上的食物，"这里没什么可吃的了，就一小片黄油，不比胡桃大，一小匙果酱，茶水比白水还清淡。想想吧，昨夜给我们吃的就是格伦索普留下的一点野味，除此之外，什么吃的东西也没给。你说的对，他们短缺了。"

盖洛威警司看着科尔文，浓眉大眼之间洋溢着兴奋之情，仿佛他偶然发现了一些重要的新发现。科尔文已经吃完了早餐，对这番话没什么特别的兴趣，于是就走了出去，想在前门外抽根雪茄。在通道里他调见了安，她手里端着一个托盘，装着两个杯子和浅碟、一壶茶、一些面包和奶酪，她继续端着上楼去了。科尔文有点奇怪，这早餐是送给谁的。楼上有三个人，父亲、他的女儿、可怜的疯女人，但早餐才两份。客栈老板露脸下了楼，回答了他的问题。科尔文在他下楼时走上去和他说话。

"你可真是个晚起者，班森。"

"是的，先生，早晨处理母亲的事有点棘手：唯一让她保持安静的方法是我陪着她，直到佩吉准备好去她那里，把她的早餐给她吃。跟佩吉和我在一起母亲就够了，但没人能够为她做什么，有时，没人能和她一起做什么事，只有我女儿能。她花了大量的时间陪她，先生。"

客栈老板站在楼梯脚，像昨夜那样穿着，那双明亮的鸟眼在一头铁灰色的头发下凝视着面前的男子，看起来更像一只鸟了。科尔文注意到他的头发刚弄湿了，向下直梳，这样使头发在前额隆起，像个小山丘似的，就像昨天夜里的那样。科尔文心里纳闷，此人为什么把头发弄成这样。他总是模仿奇异的发式，或者采用这种发式来改变他个人外表，以伪装自己，或者掩盖什么？

"那年轻女孩就没有生活了。"侦探说，回答了客栈老板的最后一句话。

"我知道，先生。但我还能干什么呢？我请不起护士。佩吉从来不抱怨。她已经习惯了。但请原谅，先生。我得去为验尸审理准备好房间。"

"准备在哪个房间举行？"

"盖洛威警司要我搬一张桌子和几把椅子放在去厨房通道旁的最后一个空房间里。那是客栈里最大的房间，楼上的杂物间里有足够的椅子。"

"我想，为此目的，这应该能做得非常好的。"科尔文说。

片刻之后，他看到客栈老板和侍者从杂物间里拿出几把椅子，下楼去了那个空房间，安在那里给椅子擦去灰尘。然后，他们从另一个房间里搬出了一张小桌子放了进去。盖洛威警司的手指被墨水弄黑了，脸色红红的，手里拿着一大页纸，匆忙地走出酒吧客厅来指导安放桌椅的事宜了。当椅子按其喜好摆放妥当了，他吩咐客栈老板给他拿一瓶啤酒来。他正在喝酒时，警官昆斯米德从前门进来了，后门跟着一队目光呆滞、外表粗野的村民。他向上司报告说，他已带来这些村民组成的陪审团。盖洛威警司似乎很满意他们的出现，对科尔文说，他不在乎验尸官多久到达，反正他已经把陪审团和证人都准备好了。

"你建议传唤几个证人？"科尔文问道。

"五个：昆斯米德，班森，侍者，还有两个人，他们发现了通向深坑的脚印，把尸体打捞上来，并送到这里来了。这对下令拘禁已经足够了。验尸官肯定会从希思菲尔德带法医来，证实死因。我已经准备好所有的陈述记录。昨天我记下了班森和侍者的陈述。侍者的证据当然是主要的。您还记得昨夜提醒我的那个可能性，也即格伦索普先生雇佣的某个工人可能因不满他而会谋杀他吗？哦，此案真是奇怪，但昆斯米德今天早晨告诉我说，格伦索普先生有个工人对他不满。那是个叫希森的家伙，本地的游手好闲之徒，格伦索普先生来到这个地区时，他正在挨饿。有人警告格伦索普别雇用他，但这家伙编了个可怜兮兮的故事打动了他，于是格伦索普就雇用了他。事实证明，他就像一般的英国工人那样忘恩负义，给老先生造成了许多麻烦。他好像原本就是个好讲歪理的水手，试图挑唆其他工人们。我听说此事后就让人把他带到客栈，盘问了他几句，但我确定他与谋杀案无关。他是个软弱蛋，没骨气的家伙，满口歪理，爱喝啤酒，这就是他在村里的品行，但像他这样的人最不可能犯谋杀罪。我很自信，"盖洛威警司的语调里混杂着洋洋自得和骄傲，"我一眼就能看出一个凶手。"

"你调查过雨伞的事了吗？"科尔文问道。

"是的。表面上，罗纳德没带伞，尽管此事给我找了不少麻烦才证实了此事。但不善于观察的人对这类小事，比如雨伞啦、球棍啦还有手提包啦什么的态度真是让人吃惊。大多数人能记得脸孔和衣着，可以达到某种准确的程度，但往往想不起那个人是否带了雨伞或拐杖。查尔斯不能肯定罗纳德是否带伞，班森认为他没带，而安确定他没带。证据的天平偏向于否定一面，我假定罗纳德没带雨伞来客栈，因为假如他带的话，也不太可能不被注意到。我接着询问了客栈里的雨伞。

起初，我被告知客栈里只有两把雨伞，一把是笨重的，《鲁滨孙漂流记》里的那种伞，放在厨房里，是给女佣用的；还有一把小点的伞，是班森女儿的。我检查了这两把伞，那女孩的伞面布完整。安的伞被借用去过好几个地方，但伞面布是蓝色的，而我们在格伦索普先生窗下发现那块撕下的伞面布是黑色的。我在询问安的时候，她突然想起来，楼上杂物间里还有一把伞。我们上楼去找，但找不到，尽管安说她在谋杀案前的一两天还见到过呢。我认为我们可以假定罗纳德拿走了那把伞。"

"但罗纳德对此地完全陌生。他怎么知道雨伞在杂物间里呢？"科尔文问，他非常专注地听着盖洛威的话。

"杂物间的门半开着。罗纳德很可能出于好奇看了一下，就看到了那把伞。"

盖洛威警司就用一个轻松的保证来排除或者解决与他自己的推论相抵触的难点，对此，科尔文并未接受，不过他也没再追问下去。

"那把伞依然找不到？"他问。

"是啊。看来甚至不能相信一个凶手会归还一把伞。"盖洛威警司为自己蹩脚的玩笑笑了笑，然后走开去监督审理工作的各项准备了。

不久，验尸官乘坐一辆轻便小汽车从希思菲尔德来到了客栈。他亲自驾驶，旁边坐了一个高个子男子，后座是个肥胖的矮个子年轻男

125

子，照管着一架手提打字机和一个放在他膝盖上的手提箱。车子后面一段距离还有一个人气喘吁吁地骑车跟着，结果发现是希思菲尔德当地报纸的一个记者，他带着伦敦一家媒体的指示而来，要为伦敦的报界发一个二十行字的审理报道。在和平时期，大都市非常可能派出"特派记者"去"写一个特写报道"，还会采访几个相关人员，但是，战争把谋杀案对报纸发行量的价值降低了百分之七十五。

验尸官是个矮胖子，长相平庸。车子一停，他就跳下来了，带着一副大惊小怪的官方要务的神态，匆忙走进了客栈，留下他的同行人在后跟随着。

"你好，盖洛威，"当警官上前迎接他时，他招呼道，"希望一切都准备好了吧。"

"一切都准备就绪了，埃杰希尔先生。您打算在午餐前就开始吗？"

"当然啦。你知道现在是战时吗？你有几个证人？"

"五个，先生。他们的陈述都已记录好了。"

"那么，我就过个场吧，这看上去是个简单明确的案子，从我所听到的情况来看，也就是走个形式而已。在四点钟，我还要去唐斯萨爱德，那里还有一次审理。尸体在哪里？楼上吗？法医——"他对那个高个子男子说，在轻便汽车里那人就坐在他身旁，"你和昆斯米德上楼去验尸吧。陪审团在哪里？彭迪——"他对那个管着打字机和手提箱的年轻人说，"做好一切准备，带陪审团宣誓。盖洛威会带你去那个房间。什么？噢，没事——"这是他对盖洛威警司轻声道歉的回答。后者轻轻地告诉他，陪审团成员有点精神障碍。"能找到陪审团我们应该感到高兴才是——毕竟是战时嘛。"

科尔文一看到验尸官从车里出来的样子，就已担心审理的结果会是个预定的结论。十分钟后，当这个小个子男子开始调查程序时，他就意识到这个过程果然只是在形式上遵从法律要求，是个没什么意义的调查。

验尸官埃杰希尔先生就是那种利用战时作为借口，顺着自己的自然倾向，去干涉他人事务的人。他每次调查时都借机教训英国公众要遵从战时的义务与责任。他主持的验尸审理成了他的主题宣讲，陪审团成了他的会众，而报刊记者则成了他向全国传递他告诫内容的工具。埃杰希尔先生在每一次自杀案中看到了逃避责任者，在每一具衣服口袋空空的尸体上看到了国家的挥霍浪费，甚至能够从不幸遭遇所导致的死亡中发现衰落的战斗士气。他为遭受空袭和排队购买食物而感谢上帝，因为这些都让平民深切地感受到了战争，而且，他还从不知疲倦地声称自己依靠一半的自愿口粮标准生活，做着更加艰苦的工作，结果却感到年轻了十岁，百倍地更有德行了。

假如他并未实际加上最后一句话，他的外貌倒是对其同胞暗示着某种更为优越的美德，并且可以被人温顺地接受。他每逢举行调查审理时，必定会提及诸如未被拘禁的外国侨民、服役年龄、爱尔兰和征兵问题、士兵的妻子和喝酒问题、重婚的盛行，以及其他流行的战时话题。简而言之，埃杰希尔先生，就像许多其他人一样，利用战时，从蛹茧般的存在中破茧而出，由一个当地的讨厌家伙，蜕变成一个轻浮善变的职业性公害。以那种资格，他依然是某些伦敦报纸上好的"新闻材料"，甚至偶尔作为坚定的国家精神的好榜样出现在头条新闻里，让伦敦人民最好加以效仿。

在开始他调查审理格伦索普先生死因之前，验尸官愤慨地表示了他的惊讶，在战时像弗莱涅这样的一个小村庄里居然能有那么多身强体健的村民可以做陪审团成员。但在查明所有的陪审团成员都已超过了服兵役年龄，只有一个心脏病患者除外之后，他才允许调查审理继续下去。

客栈老板和侍者的证词只是重复了一下他们在昨天对郡警察局局长说的话而已。警官昆斯米德，镇静沉着，陈述了他对此案的初步调查，以及尸体的发现过程。

唯一的额外证据是由两个男子提供的，他们是已故的格伦索普先生的雇员。这两个人，一个叫赫沃德，另一个叫杜尼，他们在昨天上午去工作时发现了深坑附近黏土上的一行脚印。在发现格伦索普先生从客栈失踪之后，赫沃德用绳子吊下了深坑，把尸体打捞上来了。这两个人做的陈述中有着大量没有记录的细节。而杜尼作为本地土著居民，补充了他个人的看法，他认为他的主人肯定死了，然后那家伙才把他丢到深坑里去的，否则他会打爆那家伙的眼珠，他们的主人不是可以违反他意愿被送到什么地方去的人。但是，那个搬他走的家伙肯定身体强壮，因为赫沃德告诉他说，就在他把主人用绳子吊出深坑后，他自己的胳膊也开始非常疼痛了。

验尸官在总结时，重点关注不利于罗纳德的强大间接证据，以及被害者在战争时期居然还从银行取出一大笔钱来开展科学研究的愚蠢行为。"假如他把钱投资在战争债券上，他非常可能今天还活着。"埃杰希尔神色凝重地说道。陪审团毫不迟疑地裁定詹姆斯·罗纳德故意杀人。

验尸官、法医、提着打字机和手提箱的职员，以及盖洛威警司，不久就坐上轻便汽车离开了。傍晚之前，一辆来自希思菲尔德的运尸车，载着两个男子，前来把被害者的尸体运走了。

罗纳德的被捕和佩吉的陈述

　　在调查审理之后，即使客栈里的人对科尔文依然留在客栈感到奇怪，他们也并未表示出来。那天晚上，安拦住了他，问他是否喜欢晚餐时吃个山鹑，科尔文想起来客栈的食物短缺，就回答说，有只山鹑吃很好。后来，查尔斯把山鹑送到酒吧客厅里，并在那里服侍，他那双黑眼睛盯着科尔文的嘴唇，有时还没等科尔文说话就预知他的吩咐了。他从客栈酒窖里取来了一瓶红葡萄酒，耳语般向科尔文保证，他发现这酒品质上乘。而科尔文试着品尝了一下，找不出不赞同侍者判断的理由。

　　晚餐结束时，科尔文把客栈老板叫来，问了他许多有关这个地区和居民的问题。客栈老板透露说，弗莱涅在最好的时期也是个穷困地区，但战争使得它变得更糟了，那些更穷的人，住在沙滩石屋里的村民们，有时处境艰难，无法生活。他们各尽所能，在沼泽地捕鳗鱼，偶尔捕捉几只野禽来聊补少得可怜的收入。格伦索普先生在这个地区的研究工作是个意外的恩赐，因为他提供了就业机会，并给这个地区带来了一点现金。

很显然，科尔文凭其警觉的智慧感觉到，这个客栈老板不在乎谈论他死去的住客。

的确，根本没有明显的勉强，原本在老板那张奇特如鸟的脸上是很难察觉任何特别的情感迹象的，但在被问到有关格伦索普先生的问题时，他的回答很缓慢，并且他几次试图转换话题。当喝完了科尔文给他的一杯酒以后，他就从餐桌边站了起来，说他该返回酒吧了。

"我会和你一起去，"科尔文说，"这会帮我消磨一个小时的时间。"

酒吧里有十几个人，农民和渔民，三三两两地聚在吧台前，或者坐在靠墙的凳子上，借助挂在房椽上的烟雾弥漫的油灯的亮光，喝着啤酒。胖胖的耳聋侍者在吧台后面的土墙凹壁里，汲取啤酒倒入石杯里。

随着科尔文的进入，一个滔滔不绝地说着话的响亮声音突然停住了。酒吧里的人怀疑地看着他，有些人目光愤恨，仿佛他们把他的在场看作是打扰行为。但科尔文已经习惯于在各种人中间安然处之。他走向吧台，要了点威士忌，在侍者倒酒时，对最靠近他的那几个人友善地说了几句。其中有个白胡须、目光锐利的诺福克男子，彬彬有礼地回答了他的问题。他问了有关在邻近地区射击野禽的事，而那老人年轻时在宽阔的河道上当渔业管理员。狩猎问题会把大多数人吸引到一处，一个接着一个的村民加入了聊天，并且很快就与科尔文熟悉起来了，仿佛他们从孩童时代就知道他了。有几个人夜里要去捕鳗鱼，所以科尔文就违反了"不予招待"的规则，给他们每人要了一杯威士忌，抵挡一下沼泽地的寒气。对酒吧里其余的人，他就用啤酒请客。

从这些诺福克渔民那里，科尔文了解了不少野外环境的秘密和许多捕获野味的狡诈手段，但他到访酒吧的真正目的，是了解一下这些金色之锚酒吧的常客里有谁在谋杀案发生前的那天傍晚见过罗纳德，可惜未能如愿。他对"这些"地区来说是个陌生人，那些人说，就这么回答了这个问题。

但"这些"地区也就限于沼泽地的一英里左右范围，他们就在这里过着狭窄孤独的生活。他们的聊天显示，他们难得走出这个狭窄的区域。德灵顿离此地才十多英里，可对他们来说，只是个地名而已。他们中许多人好几个月都没去过远至莱兰那样的地方。他们整天在沼泽地的河道里捕捉鳗鱼，或者在防浪堤外放置圈套，捕捉龙虾和螃蟹。农民们则在同一块土地上年复一年地耕耘。他们没有娱乐活动，只有偶尔在夜里去客栈酒吧，他们的生存就是终生与大自然搏斗，艰难地维持生活。大多数人出生于他们父辈过去出生的沙滩石屋里，并且大多数人会如他们的父辈一样，老死在潮湿的小房间里，他们在这些小房间里第一次见到光亮，以后就如同他们的父辈那样去世了，耳中永远听着北海的浪涛无休无止地冲击着防浪堤的轰响。他们在世时，那轰响声不绝于耳，而他们死时，则成了他们的挽歌。这就是他们的生活，但他们不知道其他的事，也别无他求。

第二天清晨，科尔文很早起床，早餐之后便出去了。他的目的是试图发现什么情况，以便为罗纳德出现在弗莱涅之事提供线索。他心怀那个目的，朝希思菲尔德的方向，走遍远至数英里的乡村，寻访线索，因为他相信罗纳德可能从那个方向过来，所以值得调查。但他的时间浪费了，他的调查并未给他带来任何信息，能够表明罗纳德之前到过这个地区。

当他回到村庄时，一天时间已过去了大半天了。他走进客栈时，遇见了查尔斯，后者看到了他便停住了脚步。

"酒吧里有两个人要求见您，先生，"他说，依然耳语般轻声，"他们的名字叫杜尼和巴克洛斯。他们说昨夜在酒吧里见到过您，他们想和您私下谈谈，如果您不反对的话。"

"带他们去酒吧客厅吧，"侦探说，"还有，查尔斯，你可以告诉安，等他们走了，让她给我送点午餐。"

科尔文继续走向酒吧客厅。片刻之后，侍者带两个男子进来了，然后他就退出了，随手关上了身后的门。

遵从科尔文的要求，这两个来访者笨拙地坐下了，但他们看起来相当难以说明来访的目的。杜尼是帮助把格伦索普先生从深坑里打捞出来的两个人中的一个。他是个矮个子，身材粗短，满脸胡须，两眼圆睁，满是惊讶的神色。他专注地直盯着侦探的脸，仿佛想从中寻求到某种灵感，便于开口说话。另一个人叫巴克洛斯，是个高个子，有着鹰一般的特征，长着一脸的黑胡须，他只需几件花哨服饰即可成为喜剧里理想的海盗王角色，正是他先开口说话了。

"对不起，主人，我们找您是想您可以给我们一点建议。"

"有关我们昨夜说的事。"杜尼先生解释道，一听到同伴说话了，他也开口了。

"我想我们之间同意，让我来告诉先生的，伙计，不是吗？"海盗王不满地咕哝着，一双昏暗的眼睛看着他的同伴，"你总是做事过分了，你要知道，迪克。"

"对，伙计，对的，"杜尼回答，"你应该知道，我只想帮你说出来，比利。"

"我不需要任何帮助就能说出来，"海盗回答，"是这样的，主人，"

他又转向科尔文，继续说道，"昨夜迪克和我离开'金色之锚'后，我们想我们会一起走一段路。我们那时在谈论谋杀案，还在想着该去做其他什么工作了，这里的情况变得非常糟糕，可当我们走近高岗的顶部时，我们听到了最最奇怪的声音，从深坑旁边的树林里传出来的。迪克对我说话时很害怕。'那相当古怪。'他说。那个时候没有什么月光，可是我们还能看得很清楚，我们朝四周看了一下，没看到活的东西在移动，不管是靠近树林边还是在沼泽地上。在张望的时候，我们看到一只大东西飞出树林，拍着翅膀飞过沼泽地了。然后，突然我们看到有什么东西摇摇晃晃地出了树林的阴影，沿着树林边奔走了。起先我们看不清那是什么，但是肯定，我们从来没有那么害怕过。从我来说，我想可能是老布莱克·沙克，但夜里好像没有足够的大风。"

"停一下，"科尔文说道，"布莱克·沙克是什么意思？噢，我想起来了。那是诺福克传统或者鬼怪故事，对吗？布莱克·沙克据说是一只大黑狗，只有脑袋中间有一只眼睛，跑起来无声无息，吠叫声比刮大风还要响。遇见它的人必定会在年内死掉。"

"就是它。"巴克洛斯先生肯定道，神色凝重地点点头，他深深地相信大黑狗幽灵的存在，"我祖父看到过它，离我们昨夜站立的地方不足一百码，果然，三个月后，他就死了。迪克和我说不出我们看到从树林阴影里爬出来的是什么，说句老实话，主人，我们不在乎再去看看。

我问迪克，他是不是认为那不是布莱克·沙克？'现在，'迪克说，'假如那不是更糟糕的东西就好了。''你是什么意思，伙计？'我说。'嗯，'迪克慢吞吞地说，'那也许是深坑里出来的幽灵，因为没有一个人会那样哀叫，就像我们刚才听到的。'这是你说的话，对吗，伙计？"

杜尼先生被这么一问，装腔作势地点点头，仿佛是表明他的话很有道理。

"别去管那个深坑里出来的幽灵。"科尔文说道，"你继续说下去。"

"嗯，主人，就在我们尽量快地离开树林时，月亮从云朵阴影里出来了，月光就照到树林了。那时，我们碰巧回头看了一眼，看看是不是被跟踪了，就在月光下，我们看到了一个人悄悄进了树林。"

"一个人？你肯定那是一个人？"

"肯定没错，主人。我们两人都看到了，我们就不再看了。我们拼命奔到迪克在沼泽地旁边的家，走进去，站着听听是不是我们被跟踪了。迪克对我说：'那会不会就是在金色之锚客栈杀害格伦索普先生的人？'我也是这么想的，可是想笑笑算了，就对迪克说：'为什么会是他呢？现在他已经逃得足够远了，因为我们搜查过方圆四英里的地方了，我们进去过我们刚才见到他的树林。''我们从来没搜查过那个树林，'迪克说，'至少不妥当，对他来说那是个难得的躲藏地方。''对啊，的确如此。'我说。'假如他见到有光亮，我们就死定了。'迪克说。'对的，那肯定是的。'我说。'熄灯吧，这样那个残忍的凶手如果还没看到光亮的话，他就不知道该往哪里去了。'所以我们就熄了灯，在那里一直等到天亮，然后我们出去做事了。后来我看到迪克，我们觉得我们得来告诉您这事，因为您是个绅士，而且是个有学问的人，也许会告诉我们最好怎么办。"

"你们把见到的事说出来了，你们当然做了正确的事。"侦探略一思索，说道，"但为什么你们为此事来找我？在我看来，恰当的方式是把你们知道的事告诉警官昆斯米德。"

两个人意识到尴尬，交换一下目光。然后，巴克洛斯先生，一副决心不畏艰难的样子，脱口说道：

"是这样的，主人。我们遇上点麻烦事。您瞧，昨天夜里我们出去逮兔子，我可以发誓，我们在野外逮，不去其他人的地里。迪克和我已经被罚过十先令了，就因为我们在克兰利的地里逮兔子，所以，如果我们去找昆斯米德，他会认为我们又去那里逮兔子了。所以迪克对我说，他说：'为什么不去见那个昨夜走进金色之锚酒吧的伙计呢？任何人睁开半只眼睛就能看得出他是个真正了不起的人，因为他不是在那里款待了大家吗？还有他不是说我们可以去找他，他不会骗我们吗？不管他说什么，请注意，伙计，没什么可损失的。所以，我们去找他，告诉他一切吧。'"

"我还对你说过，比利，如果抓到这个杀了格伦索普先生的家伙有赏的话，这人会告诉我们怎么领赏，不用分给昆斯米德，那人什么都没干，就是从你嘴里抢走面包，他对兔子的事那么严厉。假如这个在树林里的家伙就是杀了格伦索普先生的人，我们因为抓到了他，就有权领赏。我不是这样说的吗，比利？"

"你是这么说的，伙计，是的。这就是你说的话。"巴克洛斯先生承认了。

"我想你们最好把这件事交给我来办吧。"科尔文说道，他对诺福克人的这番啰里啰唆的解释感到难以克制的好笑，"好，现在你们最好喝点什么，我肯定你们说了那么多，一定口渴了。"

那两个人，举杯祝科尔文健康，喝了两杯啤酒后，就神色平静地离开了，而科尔文则面对他们告诉的消息陷入了沉思。他思索的结果便是立刻去找警官昆斯米德。

警官住在村庄的街上，一座沙滩石屋里，比起邻居的屋子要维修得好一点，维护得更好。窗户上挂着白色的窗帘，花园里尚有几株晚花期的紫罗兰和耐寒的藤本月季依然在做出勇敢的努力，在压抑的环境中开花。听到侦探的敲门声，正是昆斯米德前来开门，当他看清来访者时，便把侦探迎进了他的小办公室里。

"我认为这些家伙没看到什么，只有他们的恐惧所制造出来的东西。"科尔文把自己认为是那两人陈述中合适的消息都告诉了他,他在听后便如此说道,"谋杀案发生的第二天,我就彻底搜查了那树林。罗纳德没在那里。"

"自那以后,他有可能回来了。"

昆斯米德那黑眼睛的目光停留在侦探的脸上,若有所思,仿佛在寻求获得他话语里的含义。

"为什么他要做如此愚蠢的事呢,先生?"他问道。

"要解释一个人的行为并非易事。"

"真不明白遭到警方通缉的人为什么要把自己的脑袋伸进套索里去。"

"罗纳德未必知道自己已遭到警方通缉。"

"哎呀,他当然知道。假如他不——"昆斯米德猛然住口,奇怪地看着侦探,仿佛是突然之间意识到所有这些话的含义了,"您肯定对此案还有些奇怪的想法吧。"他慢慢地补充了一句。

"有,但我们现在不讨论。"侦探说道,莞尔一笑。他赞赏对方的是,借用一句美国俗语说,"反应很快"。

"你的当务之急应该很明确了。"

"您的意思是我应该再搜索一下那树林?"昆斯米德问道,和之前一样,立即明白了,"非常好。您会和我一起去吗?"

科尔文点点头，昆斯米德于是就不再耽搁，从壁橱里拿出了一把左轮手枪和一副手铐，塞进了口袋里，宣布他已准备就绪。他开了门让来宾先出去，他们就出发了。

高岗上的茅屋区在午后渐弱的光线中看上去更加荒凉了。格伦索普先生开始的发掘工作都已放弃，一把铁锹插在翻上去的泥土中，已经在潮湿的空气中生锈了。那行通往深坑的脚印，在黏土上依然清晰可辨，尸体就是被抛进了这个深坑，溅出的血迹在深坑边模糊隐约地闪现。深坑的另一边，在低垂的黑色天空之下，那片树林的轮廓显得矮小。

两人默默地走进了树林。那些树木年代已久，树身粗壮多节，树枝低垂扭曲，向各处延伸交错。它们繁茂缠结，厚重浓密，以致树林里阴郁的深处，暮色朦胧，尽管来自北海的猛烈狂风已经刮走了上层树枝上的树叶。地面上覆盖着散发出恶臭腐烂味的灌木丛，从中冒出一股股细小的螺旋状雾气，犹如地精之火，飘浮上升。一片寂静，甚至连沿海的鸟类也似乎回避此地。这片树林看上去仿佛自从石器时代的野蛮人悄悄地穿过树林的阴暗深处，走进高岗上的茅屋区之后，再也无人踏足了。

随着他们的前进，科尔文和昆斯米德搜索着树林和缠结杂乱的灌木丛，仔细察看着长着蕨类植物的凹陷处，或抬头看向大树，或低头检查着灌木丛和矮树丛。他们抵达了树林的中心地带，正在择路通过一片覆盖在腐败的欧洲蕨之上散发恶臭味的荨麻丛，就在此时，科尔文体验到了某种心理感知，犹如一只冰冷之手触摸到熟睡者的前额上那般真切。他迅即感觉在这片人迹罕至的树林中除了他们两人之外，还有他人，那人正在观察他们。他专注地四下观察，目光落在一处交错纠缠的树枝形成的屏障上，这些树枝生长在他们正在通行的低洼地的另一边。他自己并未有意识地努力，而目光却移到了障碍物最茂密处，遇到了正从树叶屏障深处死死地凝视着他的一双眼睛。那凝视的目光停留了一会儿，然后消失了。他又看了一下，但那屏障现在已无缺口，也无踩在树叶上发出的沙沙声能表明有人藏匿其中。

科尔文碰了碰昆斯米德的手臂。

"有人躲在我们前方的那些灌木丛里。"他轻声耳语。

昆斯米德的眼睛迅速沿着前面的那丛灌木扫视，然后他举起了左轮手枪。

"出来，否则开枪了！"他叫道。

他尖锐的命令就像枪击的爆裂声一般，打破了沉重的宁静。下一刻，一个人拨开交错的树枝出来了，从山坡下来，走向他们。正是罗纳德。

"举起手来，罗纳德。"昆斯米德严厉命令，左轮枪指向走来的人，"举起手来，否则开枪了。"

"想开枪就开吧。"

罗纳德的嘴唇里疲惫地掉出来几个字，但他并未举起手来。他的衣服撕破了，玷污了，他的脸容憔悴，满是皱纹，他疲倦的眼里是一个生活在荒僻之地者孤独绝望的神色。昆斯米德走上去，动作敏捷地"咔嚓"一声把手铐铐在他的手腕上。

"我以谋杀罗杰·格伦索普的罪名逮捕你。"他说。

"如果我想的话，我原本就能逃离你的。"年轻人疲倦地说道，"但那有什么用呢？我很高兴一切结束了。"

"我警告你，罗纳德，你所说的每一句话都将成为对你不利的呈堂证供。"昆斯米德严厉地打断他的话。

"我的好伙伴，我什么都知道。"他态度里突然出现的专横语调让科尔文回想起来，就在三个早晨前在德灵顿的格兰德大酒店他自己的房间里，他斥责亨利·德伍德爵士的方式。但年轻人一如先前那样，语调冷淡地补充了一句："你们谁带了瓶烈酒？"

警官昆斯米德却在用一个执法官员的挑剔眼光看着俘虏，把抓到的人健康完好地送去审判就移交责任了。罗纳德的脸憔悴惨白，步态有点蹒跚了。然后他站定脚步，虚弱地看着两个人。

"我疲劳得快要撑不住了。"他承认。

"我们最好带他去客栈，给他喝点白兰地。"昆斯米德说道，"扶着他另一只胳膊，好吗？”

　　他们把罗纳德夹在中间，慢慢地走回去。他没有问他们要带他去哪里，但依靠着他们支撑的胳膊，踉跄前行，就像一个梦游之人，眼睛紧盯着地上。走出树林后，昆斯米德带着囚犯经过格伦索普先生的尸体被抛下去的深坑，但罗纳德连看都不看一眼身旁张着大嘴的深坑。当他们走下山坡，走向客栈时，科尔文注意到他冷漠的态度有了一点改变。他抬起头，目光阴沉地打量着客栈，随后他的目光迅速转向被铐住的双手。一时间，他的身体微微地僵直了，仿佛他要抗拒被带着再走一步似的。但假如那是他的意图，他的情绪也很快过去了。下一刻，他就已经以他先前的冷漠态度走了。

　　当他们抵达客栈时，昆斯米德对科尔文轻声说话，要他看管一下囚犯，而他自己进去取点白兰地。他一进去，科尔文就转向罗纳德，真诚地说道：“你可能不知道我，除了我们在德灵顿偶然相遇，但我很想帮助你，假如你无罪的话。”

　　“我听说过你。你是科尔文，私人侦探。”

　　“那就容易了，你会知道，我对待此案的目的就是揭示真相。假如你有什么要说的，会帮助我达到那个目的，请你就说吧。你可以完全信任我。”

　　“我知道，科尔文先生，但我没什么可说的。”罗纳德疲惫地、几乎冷漠地说。

"没什么要说？"侦探的语调里混合着惊讶和失望。

"没什么要说。"

没等再说什么，昆斯米德从客栈里出来了，端着杯子，盛有一些白兰地。罗纳德用铐着的手把杯子举到嘴边，随即转过脸去，算是对昆斯米德命令似的手势的回应。科尔文在原地站了片刻，看着他们，然后就转身进了客栈。他一进去就看到了佩吉的白脸，在通道里越来越浓的阴郁氛围衬托下，她那双害怕的眼睛正紧盯着远去的村里的警官和囚犯的背影。她悄悄地走出门外，朝他们的方向又走了几步。但当她走到客栈边缘那条狭长的绿地时，她停住了脚步，带着绝望的姿势，仿佛是意识到她个人努力的徒劳似的，转身回来了。科尔文迅速上前朝她走去。

"我想和你聊几句。"他简短地说。

她就站定了，但她看着他时，眼中闪过了预知的神色。

"昨夜你在死者的房间里，"他说道，"你在干什么？"

"我不知道这关你什么事。"她低声回答。

"我觉得你最好别用这种态度，"他平静地说道，"你知道你没有权利进入那个房间。我不希望恐吓你，但你最好对我说实话。"

她站了一会儿，似乎是在掂量他的话。然后她说：

"我将告诉你为什么我去那里，这不是我害怕你会做出什么事来，而是因为我不害怕真相。我去那里是因为我对格伦索普先生做出的一个承诺。他活着的时候对我非常和善友好。就在他遇害前两天，他要求我，假如在任何时候他发生了什么事，就去他房间，在他的写字台下会发现一个秘密小抽屉，从中取出一个小包，别打开，立即销毁。他给我看了小包在哪里，还有如何打开那个抽屉。他死后，我想到了我的承诺，试过几次，想进房间取出小包，但总是有人在附近。所以我就在昨夜等大家都睡觉了，才进去了，因为我觉得警方在搜查他的写字台时会发现这个小包的，假如我不能履行承诺的话，我会感到非常不快乐。"

　　"你是怎么进入这个房间的？门锁着，钥匙在盖洛威警司手里。"

　　"他把钥匙放在楼下的壁炉台上了。夜晚早些时候，我就看到在那里了，等他出了房间，我就悄悄地进去拿了钥匙，再放上我自己房间的钥匙。第二天早晨我又去换回来了。"

　　"你拿了小包后干了什么？"

　　"我拿着小包穿过沼泽地，把它扔进大海里去了。"她回答道，眼睛盯着他的脸。

　　"为什么你要费那么大的劲？为什么不烧了它？"

　　"我没有火，也不敢把它保留到天亮。另外，里面有戒指和一些东

145

西，他已故妻子的首饰，他是这么告诉我的。"

他敏锐地看着她。她在有关她去防浪堤的事情上说了实话，但其余部分里有多少真话呢？

"所以，这就是你的解释？"他说。

"是的。"

"我很遗憾地说，我觉得很难相信。如果你在欺骗我，那你就太蠢了。"

"我已对您说了实话，科尔文先生。"她说完就转身回客栈去了。

威洛吉小姐向侦探科尔文了解调查情况

罗纳德被捕后的奇怪沉默使得科尔文决定放弃调查，回德灵顿去。他默认犯罪，加上不利于他的证据，增强了这个年轻人有罪的事实，尽管与侦探原先的信念正好相反。在协助昆斯米德的搜寻中，科尔文满怀希望，即如果罗纳德被抓，他会宣称自己无罪，并很乐意对科尔文提议的帮助做出回应。但是，罗纳德没这么做，相反，却采取了极其令人怀疑的态度，由于这种态度，原先侦探认为格伦索普谋杀案远比警方想象的要神秘得多，现在他也有所动摇了。罗纳德的态度，因其与先前已知或相信的有关此案的情况相符，从而贬低了侦探自己的种种发现，促使他得出结论，认为不值得再进一步介入此案。

然而，他正是怀着困惑不解的心情才回到德灵顿的。但是，午餐时，亨利爵士向他提供了一个消息，这也并未减轻他的困惑。专科医生一见到侦探，就从座位上站了起来，走向侦探的餐桌。

"亲爱的伙计，"他大声叫道，"我有个最令人惊异的消息。你知道这个罗纳德是谁吗？正是詹姆斯·罗纳德·彭瑞斯，他是詹姆斯·彭瑞斯爵士唯一的儿子，十二树的彭瑞斯家族，该家族是英格兰最古老的家族之一，可以上溯到诺曼底公爵威廉征服英国时期[1]！钱财未必很多，但血统必定纯正，事实上，在英国没有更胜于该家族的了。该家族坐落于柏克郡，而家族名称来自雷丁附近的一个村庄，在公元800年左右，雷丁曾发生过一次在埃塞伍尔夫领导之下的撒克逊人与丹麦人的大战。您再也找不到比该家族更古老的祖先了。詹姆斯爵士娶了柴郡卡伯里地方议员威廉·雪利爵士的女儿，她的家族比不上他的家族，但却是郡里的高贵家族。这个年轻人是他们唯一的孩子。他的恶劣行径让家族蒙羞，真是个愚蠢的家伙！"

"谁告诉您这个消息的？"科尔文问。

"盖洛威警司昨夜告诉我的。这个年轻人的特征描述刊登在伦敦的报纸上，以协助逮捕他，看来有位年轻姑娘看到了，那姑娘正是他

1　指公元 1066 年诺曼底公爵威廉在黑斯廷斯战役后征服占领英国，史称威廉为"征服者威廉"。——译注

的未婚妻，康斯坦丝·威洛吉小姐，她眼下就在伦敦，从事战争工作。我从未见过威洛吉小姐，但她的姨妈，休·布鲁尔夫人，和她一起住在兰开斯特门，对她姨妈我很熟悉。她是位巨富妇人，为公共事务贡献了她的一生，在最高级的慈善圈里走动。由于被通缉之人的描述细节和她未婚夫非常相似，尤其是脖子上的疤痕，那年轻姑娘为此非常哀伤。虽然她无法相信这些描述的细节就是指向彭瑞斯先生，她还是觉得和彭瑞斯家族的律师、奥克汉姆和彭丢尔斯律师事务所的奥克汉姆先生联系一下为妥。

"昨天奥克汉姆先生给盖洛威警司打了长途电话，了解情况，不久就有消息说罗纳德被捕了。盖洛威警司得知被捕之人居然与英国一个最古老的准男爵家族的继承人相似时，他就感到非常的心烦意乱，便找我寻求建议。正如他非常粗俗地说的那样，他害怕惹出了这么大的麻烦事。他觉得，以我与国内一些上流阶层家族的职业联系，我也许可以给他提供一些信息，使他免于出现可能的错误，假如这样的可能性存在的话。"

"我最后见到盖洛威警司的时候，他并不像是会为这种害怕而担心的，"科尔文说道，"他当时唯一的想法就是尽快抓到罗纳德，送他上绞刑架。"

"现在这案子还有另一方面了，"亨利爵士凝重地回答，没察觉到侦探语气里的讥讽，"去逮捕一个叫罗纳德的小人物是一件事，但要去逮捕十二树的彭瑞斯家族的儿子是相当不同的事。依我之见，警方，做得很对，希望避免最小的出错可能性。"

"还没有确证罗纳德就是詹姆斯·彭瑞斯的儿子呢，"科尔文若有所思地说道，"印刷出来的人物特征描述非常误导人。"

"我也完全是这个看法，"亨利爵士急切地回答，"我告诉盖洛威说，解决这一点的最好方法是让那年轻姑娘去见见囚犯。现在警方正照此建议行事。奥克汉姆先生将陪同威洛吉小姐和她的姨妈乘坐下午的火车从伦敦过来。他们会直接去希思菲尔德，在那里他们会在罗纳德被移送到诺威奇监狱之前见到他。盖洛威警司将从此地乘坐出租车去车站迎接他们，并陪同他们去看守所，我将和他一起去。对两位高度敏感的女士来说，这是一次令人恐惧的折磨，但她们不得不去经历一番，而我的专业技能也许会需要用来帮助她们度过折磨。我将建议她们随后和我一起回到这里，在格兰德大酒店里过夜，而不是立即返回伦敦。一个晚上的休息会有助于她们在经历过担忧和激动之后，恢复她们的神经系统。"

"毫无疑问。"科尔文说，他开始明白亨利·德伍德爵士是如何建立起如此兴旺的女士专科医生的业务了。

亨利爵士传递了消息之后，答应告知科尔文下午见面的结果，随即按照其妻子专横的眼神信号，匆忙走出了早餐大厅。

夜里，晚餐之后，在休息室里，亨利爵士再次走到科尔文身旁，抽着一支雪茄，这雪茄就代表着在伦敦郊区的某些地方一个医务人士的出诊费。但由于亨利爵士是以基尼计费的，不是半克朗计费，所以他能抽得起昂贵的雪茄。他在侦探身旁坐下了，他那张专业性装腔作势的"一切都完了"的脸转向了科尔文，说道："一点没错。罗纳德是詹姆斯·彭瑞斯爵士的儿子。"

"那么，威洛吉小姐认出了他？"

"那是双方互认。彭瑞斯先生，用他的本人姓氏来称呼吧，被护送到我们坐着的房间里。他一看到威洛吉小姐便大吃一惊，我想他没想到自己要去见谁，他说：'哎呀，康斯坦丝！'那可怜的姑娘抬头看着他，叫道：'噢，詹姆斯，你怎么会？'随即泪如泉涌。那可真是个令人痛苦的场面。"

"毫无疑问是的，对所有的相关人士来说，"科尔文冷淡地评说道，"为什么威洛吉小姐以那种方式招呼她的未婚夫，这好像她已经确信他有罪了？她对案子了解了多少？"

"在从车站去看守所的路上，盖洛威警司已为她做了最糟糕的心理准备。她问了他许多问题，而他则告诉她说，毫无疑问，她要去见的人就是杀害格伦索普先生的凶手。"

"我也是怀疑他会这么说的。见面时还发生了什么？彭瑞斯对威洛吉小姐的话做何反应？"

"那是最为奇特之处。他似乎是欲言又止，似笑非笑，低头看着地上，一言不发。盖洛威警司对警察做了个手势带走他，然后我们就退出了。见面时间不超过一分钟吧。"

"那么，威洛吉小姐没有单独见他？"

"没有。盖洛威告诉她说，不会允许她单独见他。"

"彭瑞斯在房间里的时候，双方都没再说什么吗？"

"没有。彭瑞斯的态度让我觉得他不想说话。他似乎很不自在，有些困惑，就像一个要隐藏秘密的人。"

"也许他的沉默是出于高傲。在威洛吉小姐说出了不得体的话之后，他可能会想，连他的心上人都相信他有罪，他说什么也没用了。"科尔文不太确信地说，因为彭瑞斯被捕之后对待他的行为方式给他的印象太鲜明了。

"您错怪威洛吉小姐了。她只是太急于去抓有希望的任何一根救命稻草。当她得知您一直在调查本案，她表达了想见您的渴望。她和她的姨妈听从了我的建议，回到这里在格兰德大酒店过夜，然后再返回伦敦。由于她们在经历了白天的事情后不愿再面对公众监督的折磨，所以她们私下用餐，并且她们请我在您有空时陪您去她们的房间。奥克汉姆先生已经去了诺威奇，他在那里会逗留几天，准备为这个不幸的年轻人辩护，但他将在明天早晨来此，在女士们返回伦敦之前见见她们。他也请我告诉您，他想见见您。"

"我将乐于见他，还有威洛吉小姐。女士们问过您对案件的看法了吗？"

"她们自然问了。我给予她们最好的安慰，我暗示说，依我之见，彭瑞斯先生目前的精神状态使他无法为自己的行为负责。我没有提起任何有关癫痫病的事，在女士面前，这个术语不太好听。"

"您是当着盖洛威的面对她们说的吗？"

"当然不是。一个像我这样的专业人士，在我看来，怎么谨慎也不过分。我现在很高兴，在我与警方打交道时，我对此事是如此的谨慎周到，真的很高兴。那是我的责任去告诉奥克汉姆先生，我已这么做了。他对我告诉他的事很感兴趣，极其感兴趣，急于知道我是否把我对彭瑞斯健康状况的看法告诉过其他人。我提到我告诉过您，私下说的。"

"所以，毫无疑问，奥克汉姆先生才说想见我。我想我明白他的意思了。那么，现在我们就去拜访威洛吉小姐吗？"

"是的，我得说，女士们在期待我们呢。"亨利爵士说着，看了看手腕上的一块厚厚的手表，上面的指针都镶嵌了珠宝，它们为他在哈利街的出诊计算了黄金般的分分秒秒。他招来一个侍者，要他带他们去布鲁尔夫人的客厅。侍者带着他们沿着二楼的走廊过去，毕恭毕敬地敲了一扇门，听到一个女声的吩咐"进来"时，无声无息地推开了门，等两位绅士进去了，然后在他们身后关上了门。

两位女士起身招呼他们。一位个子矮小，穿着过于讲究，头发松蓬，一双眼睛如瓷器般湛蓝。她手里拿着一些正在编织的东西，手臂下有一只宠物小狗。科尔文毫无困难地辨认出她就是布鲁尔夫人，因其照片频繁地出现在社交刊物里和插图报纸上。她属于那种利用战争，通过各种慈善活动和战争工作，来宣传自己的女性。但她却因其财富，能远离大多数的其他竞争者，免受报刊丑闻报道的影响。她的外甥女，康斯坦丝·威洛吉小姐，却属不同类型。她身材高挑，举止优雅，黑色的眼睛，平整的眉毛。她鼻梁笔挺，下巴坚毅，这表明她并不缺乏自己的意志。她的态度镇定自信，科尔文觉得，在此情况下，对一个敏感的少女来说，此事未免有点过分。然后，他又想起来在某家报纸上读到过威洛吉小姐是新女性运动的领导者之一，这些女性认为，战争带来了英国女性的解放，随之而来的是她们拥有和展示其性格中的品质的权利，而这些品质迄今为止被认为是特别男性化的。也许正是由于她主张这些权利，所以威洛吉小姐才在此艰难之际，感到应该展示出自己镇静自若和自我控制的良好品质。亨利爵士在介绍她时，科尔文正在以其清澈的眼睛打量着她，发觉自己还在推测导致彭瑞斯和她互相坠入爱河的原因呢。

"请坐，科尔文先生，"布鲁尔夫人说着，又在壁炉火前的一张舒适的扶手椅上坐下，同时，调整了一下她膝盖上的哈巴狗，"我非常感激您以这种非常规方式来看我们。我非常急于看到您！每个人都听说过您，科尔文先生，您可是闻名遐迩。就在前几天，我在某家报纸上读到了有关您的一篇长篇报道，我忘了那家报纸的名称，但我记得该报道盛赞您和您在侦探犯罪方面的种种发现。它说——噢，你太调皮了，调皮的杰利科。"这是对狗说的，它在她膝头上与毛线缠绕成一团，拼命想解脱自己呢，"坏坏的小狗狗，你弄坏了这只袜子，某个可怜的战士只能赤脚了，就因为你的顽皮！您会辨别哈巴狗的好坏吗，科尔文先生？您不觉得它很可爱吗？"

"您是说约翰·杰利科爵士吗，布鲁尔夫人？"

"当然不是！我指我的哈巴狗。我用我们伟大英勇的司令的名字给它取名，因为由于他，我们才能在这些可怕的夜晚安稳地躺在床上睡觉。"

"约翰·杰利科爵士应该感到荣幸。"科尔文凝重地说。

"是的，我的确认为他该如此，"布鲁尔夫人天真地回答，"杰利科对狗来说并非好听的名字，但我觉得我们现在都应该有爱国心。但是，请告诉我，您是怎么看待这桩可怕的案件的，科尔文先生。我对此深

155

感忧虑，以致我真的不知道该怎么办才好。彭瑞斯先生怎么会干出如此令人震惊的事？为什么他不回到前线去，假如他必须得杀掉某人的话，而不是躲避每个人，在这个荒凉的地方谋杀了这个可怜的老人？这对我们所有的人真是莫大的耻辱！"

"那么，彭瑞斯先生在军队里服役过吧？"科尔文问道。

"当然。您不知道？他在美索不达米亚服役，但最近被派往西线，在那里他因在猛烈的炮火中表现出来的巨大勇敢精神而荣获杰出服役勋章，但不久就因病退役。当时所有的报刊上都有报道。"

"您忘了，亲爱的夫人，彭瑞斯先生在他逗留此地期间根本没有透露他的全名，"亨利爵士神色庄重地插话说，"我本人直到昨夜之前，完全不知他的身份。"

"哎呀，当然。今天下午您告诉过我的。我可怜的脑袋！究竟是什么诱使他要隐姓埋名？竟然如此庸俗！他会有什么动机？您认为他的动机是什么，科尔文先生？"

"我觉得，弗洛伦斯姨妈，您的神经紧张，快崩坏了，您最好还是让我和科尔文先生说吧，"威洛吉小姐第一次开口说道，"不然，我们将会陷入比哈巴狗更糟糕的纠缠之中。"

"我可以肯定，如果你和科尔文先生谈谈，我将感到非常轻松。"年长的妇人赞同说，"我的脑袋真的承担不起这事了，我的神经快要绷

156

断了。"

布鲁尔夫人回归到替小狗从编织的毛线里解开缠绕的事情去了，而那少女则真诚地面对着侦探。

"科尔文先生，"她说道，"我知道您一直在调查这件可怕的事情。请您告诉我，您是怎么看待这件事的？您相信彭瑞斯先生有罪吗？您无须担心，请坦率地告诉我吧。"

"我将毫不迟疑地这么做。我将会很乐意告诉你，有关我对此案的结论——只要我有了结论的话——但如果你能先回答几个问题的话，我将不胜感激。那将有助于我澄清目前感到怀疑的一两个问题，以便更清晰地告诉你。"

"您随便问吧。"

"谢谢。首先，彭瑞斯从前线回来已有多久了，是因病退役吗？"

"大约两个月之前。"

"他受伤了吗？"

"没有。我的理解是，他是因为弹震症而精神崩溃了，医生说那需要过一段时间才能完全康复。我不知道详细情况。彭瑞斯先生非常敏感，对此事闭口不谈，所以我就克制住自己，不去问他。"

科尔文同情地点了点头。

"我理解。你注意到自从他从前线回来后，他的行为举止有很大的不同吗？"

"这个问题有点难以回答。"少女迟疑地说。

"我很理解你的感受。我问这个问题的目的是想了解，是否能查明彭瑞斯为什么隐蔽其真名来到诺福克郡，然后又在几乎是身无分文的情况下，漫步到弗莱涅这个地方，而他有许多朋友原本可以提供他所需的一切，并且，我得说，他在银行里也有自己的钱，因为相当肯定的是，他会从他父亲那里得到津贴。对于他这样地位的年轻人来说，他的行为极其反常，所以我感到疑惑，是否弹震症使他处于那种焦躁不安、心神不宁、轻率鲁莽的状况，这是该症状最为糟糕的后果之一。"

"他从前线回来后，我很少见到他，所以，我很难回答您，"那少女停顿了一下说道，"他回来后去了柏克郡他父亲那里，在那里待了一个月。然后，他来到伦敦，我们就见了几次面，但难得单独见面。我忙于战争工作，无法花很多时间陪他。当我真的见到他时，我感到他相当郁郁寡欢、心不在焉，但我把这些都归咎于他的疾病，而事实上，他被迫无所事事，自然就感到不快乐。我的许多朋友都很关注他，多次对他发出邀请，实际上，假如他允许的话，他们原本会给予他许多的关心。当然啦，他也有自己的朋友，但他似乎不想去任何地方，他对我说过一两次，说他希望别人别去打扰他。我对他指出，他在社会里还有要尽的责任，就像在前线一样，但他说他厌恶社会，尤其是在战时。大约三星期前，一天夜里在跳舞时，他对我说，他厌倦了伦敦，觉得他最好换换空气。他看起来脸色相当苍白，我同意改变一下对他会好点。我问他打算去哪里，他说他想去东部海岸试试，他没说海岸的哪个地区。他离开我时打算第二天就走了。那是我最后一次见到他，直到今天。"

"你没有收到他的来信吗？"

"我没有收到，也没有听说他的事，直到我看到他的特征描述刊登在伦敦的报纸上，作为一个遭到警方通缉的罪犯。"

威洛吉小姐有些苦涩地说出了最后的一句话，眼里闪过怨恨的神色。很明显，她觉得自己遭受到情侣的虐待，而他的被捕增强了，而不是软化了，她的怨恨心情。

"你愿意回答我的问题，我不胜感激，威洛吉小姐，"侦探说道，"如我先前所说，这些问题并非是由好奇心支配的，而是希望能找出一些信息，有助于探究清楚这个令人迷惑的案子。"

"令人迷惑的案子！您觉得这个案子令人迷惑，科尔文先生？"她以一种更为热切和少女似的表情看了他一眼，这神情比他原先在她脸上看到的要强烈一点，"我从警官那里了解到，警方对于此案的看法毋庸置疑。亨利·德伍德爵士的观点与警方的观点相同。"她迅速地朝专科医生投去探询的目光。

亨利爵士看到了那目光，感到自己义不容辞，该严肃地老生常谈几句。

"我请求您别在威洛吉小姐的心里燃起虚假的希望，科尔文先生。"他说道。

"我无意这么做，"侦探回复说，"在另一方面，我反对人人都谴责彭瑞斯，直到他肯定有罪。现在，威洛吉小姐，我将对你说说我的发现。"

他简略地谈了他在客栈的调查，除了没提及佩吉去被害人房间的事，还有她事后的解释。威洛吉小姐专注地听着，在他结束时，问道：

"您认为滴落在房间里的蜡制烛油迹块和牛脂烛油迹块表明有两个人在场吗？"

"我感到肯定如此。"

"那么您认为另一人是谁？"

"尚未证明彭瑞斯是他们两人中的一个。"

她在这隐含的责备之下，脸红了，急忙补充道："您把您的发现告知警方了吗，科尔文先生？"

"已经告知，但我不得不说，他们并不看重这些发现。"

"您打算再进一步进行调查吗？"

"我不想回答这个问题，直到我明天见了奥克汉姆先生再说。"

律师奥克汉姆来访

科尔文第二天在海滨散步后走进格兰德大酒店去吃午餐时，他发现亨利爵士正和一个来访者在休息室等他。亨利爵士还没给他做介绍，侦探就已猜测到了那人的身份。

"这位是奥克汉姆先生，"亨利爵士说道，"我已经对他说了您对这桩棘手案子的调查，他正是为此而来诺福克的。"

"您对这个调查也给予了帮助。"科尔文微笑着说。

"恐怕得把老鼠和狮子的寓言延长了，才能表明我能够对您这样的大名鼎鼎的刑事调查者有所帮助，"亨利爵士打趣地回了一句，"当奥克汉姆先生听说您一直在调查此案，他就表示了强烈的愿望要见您。"

“我将坐下午的直达快车回伦敦，科尔文先生，”律师说道，“如果您能在我临走之前，让我占用您一点时间，我将非常高兴。”

“当然可以，”科尔文彬彬有礼地回答，“最好立刻就开始，对吗？您已经没有多少时间了。”

“如果这对您没有不便的话，”奥克汉姆先生礼貌地回答，“但您的午餐——”

“那可以等一下再说，”侦探说道，“我对年轻的彭瑞斯这个案件深感兴趣。”

“奥克汉姆先生过来之前在今天上午已经见过他了，”亨利爵士说道，“他疯了，拒绝说任何事。因此，我们已经得出结论——”

“真的，亨利爵士，您不该说的。”奥克汉姆先生的语气里既有震惊，又有训诫。

“为什么不能说？”亨利爵士天真地反问道，“科尔文先生知道所有这一切，我告诉他的。我以为您想要他的帮助呢，是吗？”

“我知道，但是，亲爱的先生，这是一件极其微妙棘手的事。作为彭瑞斯先生的专业顾问，我必须请您更多地保持沉默。”

“那么，在你们聊的时候，我最好离开，去吃午餐，”亨利爵士温文尔雅地说，“不然，我又要说错话了。奥克汉姆先生，您走之前我将见您。”亨利爵士就朝午餐厅的方向走去了。

"或许您还是去我的客厅吧，"科尔文对奥克汉姆先生说，"我们可以在那里安静地说话。"

"谢谢。"奥克汉姆先生回答，然后就跟随侦探上楼去了。

奥克汉姆先生是神殿花园奥克汉姆和彭丢尔斯律师事务所的律师，他是个白发矮个子，七十岁了，身穿维多利亚时期的灰黑色服装，态度圆滑谨慎，符合律师事务所一位高级合伙人的身份，该事务所在英国经办大多数贵族的法律事务，该事务所极其显著地值得尊敬，他们从不向客户提供讼费账单，直到他身故，那时，该客户生前所产生的各项法律费用会被视为该家族财产的抵押，从累积至下一位继承人的款项中扣除，而在轮到下一位继承人时，他被许可顺其既定的道路自然发展，无须支付奥克汉姆和彭丢尔斯律师事务所的账单。这家事务所审慎高贵，与某些家族名称同样古老，这些家族的秘密被锁在该事务所的契约箱里，并且，人们普遍认为，该事务所所了解的柏克贵族中绅士阶层的内史比起全部的其余法律事务职业机构所知的总和还要多。

柏克郡十二树的詹姆斯·彭瑞斯爵士唯一的儿子因谋杀指控而被捕之事，让奥克汉姆先生深感震惊。大量的离婚案件曾与其不期而遇，尽管他还记得这些离婚案在良好家族中被视为丑闻的日子。但如今的一代人已经改变了这一切，自此，奥克汉姆先生已经听到了太多婚姻

163

错误的故事，也协助争取了相当多的法院判令恢复夫妻同居权，所以他把离婚视为时髦之事，也值得尊重。他极其熟悉大多数的人类失败与愚蠢行为，也是阻止这些行为的后果暴露于众的老手。他非常习惯于处理财务拮据问题，据说这差不多可以算是其强项，因为他的许多客户都富有家系声望而非金钱财富，但谋杀案倒是一件超出其专业经验之事。

如今这一代的上流社会，至少在这个方面来说，比起他们祖先强盗行径的道德观已经有改善，在贵族家族中，谋杀之举已经完全过时，以致奥克汉姆先生从未被要求为某个被指控犯谋杀罪的客户准备辩护。奥克汉姆先生把谋杀视为缺乏教养的犯罪。他相信除非某个绅士疯了，否则他不会犯下谋杀罪。他抵达诺福克之后，得出结论认为，年轻的彭瑞斯不仅疯了，而且犯下了谋杀罪，因此受到了指控。亨利·德伍德爵士得为这第一个看法负责，而警方则帮助他形成了第二个看法。通过两次会见在押客户，他增强并深化了这两个确信。

奥克汉姆先生怀着这种心情，坐在侦探的客厅里。科尔文递上来烟盒，他从中取了一支雪茄，和蔼可亲地看着科尔文，后者等待着他开口说话。这次见面是律师提出的，所以，他该说明要求见面的目的。

"这是个非常不幸的案件，科尔文先生。"律师开口评论道。

"是啊，看起来如此。"科尔文回答。

"恐怕，毫无疑问的是，这个不幸的年轻人犯下了谋杀罪。"

"您已经得出了这个结论？"

"考虑到那些证据，不可能得出其他结论了。"

"那只是纯粹的间接证据。我认为也许彭瑞斯会有一些话要说，但那就会换个角度来看待这个案件了。"

"我对您坦率说吧，科尔文先生，"律师说道，"您了解本案的所有事实，我希望您能帮助我们。彭瑞斯的态度非常奇怪。他明显地不了解他在本案中所处地位的严重性。我迫不得已，得出结论认为他在遭受不幸的智力偏差，这导致他犯下了这次罪行。他自从来到诺福克后的行为一直不是一个正常人的行为。他躲避了他的朋友们，在此逗留时使用假名。我知道，他离开这家酒店的那天早晨，他在早餐厅里举止怪异暴力，而在他离开后去的地方却又犯下了谋杀罪。"

"我估计，您是从亨利爵士那里听说了这些情况的吧？"

"是的，亨利爵士对我谈了他的看法，他是基于对彭瑞斯先生在早餐桌上怪异行为的观察，那是彭瑞斯先生在此逗留的最后一个上午了。他认为彭瑞斯先生是癫痫患者，易于突然发作癫痫性狂怒，这是癫痫的一个阶段，在此阶段，有时会导致可怕暴力行为的爆发。他认为，让我立刻知道这个情况是明智的，考虑到自那天早晨以后发生的事。亨利爵士告诉我说，他对您也谈过相同的看法，因为您当时在场，并且协助他一起送彭瑞斯上楼。我能否知道您是如何看待他在餐桌上的行为的，科尔文先生？"

"我认为他只是冲动而已，并无其他。"

"但是，那个暴力行为呢，科尔文先生？亨利·德伍德爵士说彭瑞斯正要对邻桌的住客施暴时，他去干预了。"

"据我看来，暴力倾向并不明显，"侦探回答说，他尚未感到有必要透露他私下的看法，觉得亨利爵士过于匆忙行事了，"除了那天早晨彭瑞斯表现出冲动情绪之外，我觉得他看上去还是他那个阶层里一个普通正常的年轻英国人。我肯定没在他身上看到理智失常的迹象。我当时想到，他的冲动情绪可能是弹震症的后果。两天之前的夜晚，我们遭受了一次空袭，一些弹震症患者受到了糟糕的影响。我自此得知，彭瑞斯因病退役，遭受过弹震症。"

"据亨利爵士的看法，弹震症已经加剧了癫痫症的发作倾向。"

"彭瑞斯过去有过任何癫痫的症状吗？"

"据我所知，没有。但他的母亲在晚年曾有此病，最终因此去世。她的疾病是詹姆斯爵士巨大担忧和焦虑的根源。癫痫是遗传性的。"

"病理学家对这一说法是有分歧的。我对此病也有所了解，所以我怀疑彭瑞斯是否真的患有此病。他并未表现出我总是认为与癫痫有关联的任何症状。"

"一位如亨利爵士那样杰出的专科医生不太可能出错。事实上，您眼中的彭瑞斯看起来心智正常、镇静自若，这不能证明什么。癫痫发作是间隙性的，在发作后的间隙期里，患者可能显得完全正常。癫痫是一种不同寻常的疾病。其潜伏期可能长达数年，甚至连其最为亲近的人都不会发现，亨利爵士就是这么说的。彭瑞斯的病例非常奇特，也是非常不幸。"

"这个案子非常奇特，"科尔文真诚地说，"为什么像彭瑞斯这样的年轻人会去如此偏僻的诺福克村庄，他过去从未去过，并且谋杀了一个他之前从未见过面的老人？警方的推论是，谋杀是为了那笔三百英镑的钱，就是受害人那天从银行取出来的钱，这个推论让我觉得难以置信，尤其是发生在彭瑞斯这样的年轻人身上。"

"对整个不幸事件的唯一解释是基于亨利爵士的假设，认为彭瑞斯疯了。在急性癫痫狂躁症中，有些病例是行为看似平静，但这种情况是最危险的。病人走路好似梦中云游，被他无法抵抗的力推动着，结果就干出了各种没有自己意识的行为。他会走很长的路去他从未去过的一个地方，会偷钱或者偷贵重物品，会表面上冷静狡诈地杀人或者自杀。亨利爵士将此描述为无意识的行为，他说，这就是癫痫性狂躁症的典型特征，彭瑞斯就是患有此症。您会发现所有这些症状都符合案情中不利于彭瑞斯的事实。不幸的是，事实如此清晰，根本无法反驳。"

"看上去是这样的，"科尔文若有所思地说道，"然而，我当时在调查这些事实时，遇到了几个疑点，似乎在暗示可能存在不同于警方推论的另一种推论。"

"我很想知道这些疑点。"

"我会告诉您。"

于是，侦探便接着谈了他去客栈调查的结果，律师则仔细地倾听着。当他说完了，奥克汉姆先生评论道："恐怕这些疑点说明不了什么问题，科尔文先生。您的意见在受害人的房间里有两个人，这很有趣，但您没有证据来支持这个看法。那少女对她去死者房间之事的解释很可能是真实的。作为彭瑞斯的法律顾问，我绝不会放弃哪怕再微弱的希望，但您的推测，依我之见，实在算不了什么，根本无法反驳警方收集到的那些事实和可疑情况。即使警方的证据不那么有力，但还有另一个严峻的事实不容我们忽视。"

"您指的是彭瑞斯拒绝说实情？"科尔文问道。

"他看上去好像对后果有点漠然处之。"律师谨慎地说。

"正是他的沉默让我困惑，"科尔文说道，"他被捕后，我单独和他在一起时，我告诉他说，我愿意帮助他，如果他能对我说出能有助于让我证实他无罪的什么事，假如他真的无罪的话。他回答说他没什么可说的。"

"您告诉我的事更加深了我的确信，彭瑞斯并未意识到他现在的处境，因而无法为他的行为承担责任。"

"您的意图是在审判时以其精神上无行为能力来辩护？"

"亨利·德伍德爵士已主动提出，他会为此提供证据，依他的看法，彭瑞斯不能为其行为负责。彭瑞斯家族对亨利爵士深表感激，欠他一个人情。亨利爵士当时正巧在此，我觉得这完全是天意。"与大多数律师一样，奥克汉姆先生也坚定地相信上帝的介入，尤其是在处理那些大家族的事务上，"这就是我今天上午来见您的原因。在餐桌事件发生时，您目睹了这年轻人的奇异行为和暴力倾向。彭瑞斯家族已经对您感激不尽，欠了您一个人情了，您能增加点义务吗？换言之，您能在审判时提供证明，支持这个辩护吗？"

"您要我协助您说服陪审团，彭瑞斯是精神病犯罪，是吗？"科尔文问道，"这就是您的辩护。这可是一项重大责任。您要知道，医生和专家有时也会出错。"

"恐怕对此案已无值得怀疑之处了。一个出身名门、教养良好的年轻人，使用假名，躲避朋友，当众行为举止怪异，结果被赶出格兰德大酒店，却去了一个偏僻的客栈，而又在大家起床前消失了。结果，他隔壁房间里的一位先生随后被发现死在附近的一个深坑里，而走向深坑的脚印是我们的这个午轻朋友留下的。这年轻人之后在抛尸的深坑附近被捕，而无论在那时还是自那时起，他都没向朋友们为他的行为提供任何解释。因此，在此情况下，我将采用亨利爵士提供的证据。在我看来，根据我的观察和我跟彭瑞斯的交谈，我确信他无法为他自己的行为负责。考虑到对他极其不利的案情，考虑到他在面对指控时对待你们和其他人的怪异态度，以及考虑到他先前的怪异举止，我将采取唯一可能的方式，去拯救十二树的彭瑞斯家族的儿子免于被送上绞刑架。我希望，科尔文先生，您目睹了在此酒店的那个场面，以后又帮助亨利·德伍德爵士把这个不幸的年轻人送上楼，请您以您的方式，支持亨利爵士的专家意见，即这个年轻人精神失常了。您的声望会对陪审团产生重要影响的。"

"很抱歉，但恐怕您没有我也行。"科尔文回答，"考虑到彭瑞斯的沉默，我无法得出其他结论，只能认为他有罪了，尽管这有悖于我的良好判断，但我无法承担责任，宣称他精神失常了。尽管有了亨利·德伍德爵士的意见，但我无法相信他现在精神失常，或者过去曾经如此。在彭瑞斯的情况下，那将是非常难以证实有理的辩护。假如您希望陪审团裁决彭瑞斯是那些法国作家称为'隐性癫痫'的受害者，在其突然爆发时就不再是癫痫发作了，而是残暴或者杀气腾腾的暴力，同样会中断意识的连续性，那么，您必须首先让法官确信，彭瑞斯先前的发作太轻微，以致存在着被忽视的可能性，而您还必须毫无疑义地证实，从其在格兰德大酒店早餐厅里的场景，直到犯下谋杀罪，他都存在着意识中断。对那种状态的检测则是疾病受害者某些行为中的愚钝性质。依我之见，以精神失常作为辩护理由不太可能成功。就我个人而言，我将不再进一步涉足此案，但我无法放弃原先的看法，那就是此案的全部事实尚不清楚。而目前的做法则会使这些事实非常可能永远不见天日。"

法庭交锋

  虽然辩护细节不应该会透露，但随着彭瑞斯的审判日益接近，那神奇的词语"没有先例"已悄声细语地在法律圈里传开了，在专业人士看来，这就是此案引发了人们超出普通案件的兴趣。奥克汉姆先生回到伦敦做了短暂商讨和准备辩护时，伦敦几家法律刊物的编辑们试图从他那里获取确切的消息，但他们为获取消息而慷慨招待他丰盛午餐，所获受益很可能与花费在斯芬克斯这个谜一样的狮身人面像上一样，毫无意义。

  编辑们只能满足于派出一些速记写手，去诺威奇报道全部案情，以馈飨读者，那些读者对法律诡辩的胃口从不会因重复而满足。

而在另一方面，此案在普通公众那里只引起了慵懒的兴趣。报纸的栏目里甚至没有把此案情节放在显著的位置，因为在战时，只有在军事进攻的间歇消停期里，谋杀案才是好的题材。此外，这桩案子缺乏现代编辑们用美国新闻行话所称的"一篇好的专题报道"的基本要件。换言之，此案并无足够的轰动效应，也无荒唐的邪恶淫荡，无法迎合报纸读者的口味。此案还缺乏引人入胜的电视剧元素，案件没有涉及女人，也没有涉及惯例性轻判的情节。

此案中被告的真实身份确实引起了一阵对此案的短暂兴趣，把此案从报纸最后几页上只有段落价值的报道位置提升到要闻页上的"双标题"位置，但那种兴趣很快就消失了，因为在毁灭性战争期间，同辈们都身穿工装，在军工厂里工作，更为高贵的名流要人也在伦敦东区的公共厨房帮忙售卖几便士的火腿，相比之下，一个柏克郡从男爵的儿子毕竟微不足道。

然而，出于对所有谋杀案审判的持久兴趣，所以在阴沉地下着蒙蒙细雨的十一月的某一天审理此案时，诺威奇巡回审判法庭里挤满了旁听者，由于被告年轻英俊、出身名门，这就很可能说明何以一些穿着时髦的妇女也跻身人群之中。当被告被带入被告席上时，年轻一点的人都同情地看着他：他长相英俊，蓝色眼睛，富有教养的神态，裁剪得体的衣服，引起了他们的好感，假如他们被给予这个机会的话，他们就会不拘审判的形式，宣布他无罪，因为觉得"太好的一个男孩"不会犯谋杀罪的。

对于聚集在讼费的金魔杖旁的一批法律精英人士来说，被告之人并无个人意义，但凡有争议的实际事实，他们并不在意，倒不如那些怀有怜悯之心的女性听众那般关心。他们所关心的是，被告并无个人存在性：他只是伟大的法律游戏中的小卒而已，双方律师都是玩家，法官则是裁判员，哪边赢到了这个小卒子，哪边就赢得了游戏。由于这次游戏特殊，代表着对圣神传统判例的冲击，双方都请来了最为精干的专业人士参加比赛，诺威奇地方的那些低级法律人士都聚集在此，一睹竞技，以获取他们能学到的某些长处。

起诉方为首的是赫伯特·坦普尔伍德爵士，英国王室法律顾问，下议院议员，政治大律师，其夫人是社交界名媛，他本人有着优雅的风度，却是交互询问的致命礼物。随他一起出场的是格罗佛·布雷克罗夫特先生，一个严厉的苏格兰律师，年龄五十五岁，目前被公认为是对法律烂熟于心之士，确实对那五个字母异常熟悉，那五个字母组成了神奇的一个词"Costs（诉讼费）"。除了这些珍贵的知识之外，他还是个狡猾灵巧的律师，被挑选参与此案，以便为赫伯特·坦普尔伍德爵士的才华提供智力支持，并做些名人不屑于做的卑微琐事。他们两人得到王室律师的协助，他深谙判例，身材矮小，一本正经，坐在堆积在他面前那么多卷的司法裁决和测试用例报告后面，只有他那灰白色脑袋显露在那些书籍之上。

辩方主要有赖于雷金纳德·米德尔希思先生，杰出的刑事辩护律师，他依靠其身材魁梧、仪表堂堂的台风，愚弄陪审团做出无罪裁决，同样也依靠其相当的法律成就。米德尔希思先生的主要法律信仰是所有的陪审团成员都是傻瓜，应该被如此对待，因为他们一旦有某种想法进入脑袋、对正在裁决的案子有所了解，他们就必然会裁决有罪，以维护其智慧的名声。而米德尔希思先生喜欢玩弄的技巧之一，便是纠正陪审团的信念，该信念觉得他们具备任何的常识，而米德尔希思先生则在对他们致辞之前，先以其犀利的目光，挨个地凝视每个陪审团成员的脸容半分钟左右，伴随着他那显示着怜悯和鄙视的微笑神色。他那凝视和微笑暗示，对方律师可能已经让他们得意地相信，他们的智力足以胜任判定如此错综复杂的案子，但他们无法欺瞒他。

在使用这个手法剥夺了陪审团的自尊后，米德尔希思先生就会以说服的口吻，旁敲侧击地说，此案是蓄意用来迷惑最为敏锐的法律头脑，以此让他们再次与自己保持良好的关系。他会坦率地承认，起初，此案也让他困惑不已，但由于他已经掌握了此案的错综复杂之处，他欢迎陪审团分享他辛勤获得的知识，以帮助他们得出一个正确的裁决。米德尔希思先生的副手是加登·格雷森先生，一个脸容瘦削、一副苦行僧模样的律师，其法医学知识为他带来了对本案的辩护委聘。奥克汉姆先生坐在格雷森先生旁边，他的面前放着各种大卷的书籍。

裁判是法官雷廷顿先生，他出任法官总是被视为对刑事案件的高度重视。法官之间也像普通人之间一样，会有意见分歧，并且与他们指导的陪审团和他们审判的囚犯一样，在他们的特性中也有人性因素。有宽容和蔼的法官和脾气暴躁的法官，有严酷无情的法官和心底温柔的法官，有知识渊博的法官和愚昧昏庸的法官，甚至还有些法官只着眼于自我宣传，仅有少数几位堪称精明睿智。法官雷廷顿先生属于那一类法官，他们试图在控辩双方之间保持平衡的同时，注意不要让被告在正义的天平上超重。这类法官利用他们的司法职位，在检察官询问辩方证人之后，再次盘问后者，以期揭露在先前的询问中没有显现的某些损害事实或者矛盾之处。在其他方面，法官雷廷顿先生是个非常公正的法官，他与任何报纸记者一样，勤奋工作，用一支金笔广泛记录下他所有的案子，每逢墨水写完了，他就亲自在法庭的墨水台里汲满墨水。在外表上，他气色很好，和蔼友善，下班之后的嗜好是耕作自己的田地，饲养优良的牲口。

庭审预备阶段类似于清场或者安排人手，让法庭旁观常客们厌烦，却刺激了更为天真朴实的旁听者的胃口。首先是冗长的挑选登记陪审团成员的过程，这不可避免地伴随着对陪审团人选的反对质疑，直至十二个看起来最不聪明的陪审团成员在陪审席上就座。然后，提审书记员口齿急促不清地宣读了指控内容：1916 年 10 月 26 日，蓄意谋杀罗杰·格伦索普，并在同日从罗杰·格伦索普处罪恶地偷窃三百英镑。针对这些指控，被告低声拒不认罪。陪审团被引导只关注第一份刑事起诉书，赫伯特·坦普尔伍德爵士起身向陪审团致辞。

赫伯特爵士对此案所知甚少，但其副手已完全了解；布雷克罗夫特先生所不知的情况，他会从王室律师那里获知，王室律师就坐在律师席上，准备好一旦见到布雷克罗夫特先生的轻微表示，即会俯身向前，提供任何所需要点。在此犹如填鸭式的辅助安排下，赫伯特爵士舒适轻松地漫步走动，保留着他炫耀性的步伐，专门用于盘问辩方证人。

赫伯特爵士开口便称此案简单明了，对聪明智慧的陪审团毫无理解障碍。此案确实只依赖于间接证据，但那证据具有最为确凿的性质，如此清晰地指向一个方向，故陪审团只可能做出一个裁决，即站在被告席上的囚犯犯下了谋杀罪，为此受到指控。

开场白之后，皇家检察官继续用其法律头脑的缜密逻辑，把对被告不利的间接证据链装配起来，把所有事件拼凑完整，解释其中的蛛丝马迹，探究动机，塑造出整个巨大的间接证据的结构，其专注的神态犹如一个人在建造一个不易破损的笼子，用以囚禁野兽。正如科尔文所预料的那样，刑事案里漏掉了在德灵顿的格兰德大酒店里发生的事件。那个部分的陈述仅限于说明，彭瑞斯在格兰德大酒店以假名登记入住，并在离店时尚未支付其账单。这第一个事实表明，被告有事隐瞒，而第二个事实，证实了此后谋杀的动机。

赫伯特·坦普尔伍德爵士不到一小时便已结束其发言，继续为此起诉传唤证人。共有九个证人出席：那一对奇怪组合的人——客栈老板和耳聋侍者查尔斯，女佣安，两个把格伦索普先生的尸体打捞出深坑的人，来自希思菲尔德证实死因的法医，还有盖洛威警司（他向法庭呈交了郡警察局局长和他在客栈的联合调查结果），描述逮捕过程的昆斯米德警官，被告从弗莱涅押送至诺威奇车站时，负责该车站治安的弗雷德里克斯督察。为免于传唤另一个证人，辩护方承认被告使用假名在德灵顿的格兰德大酒店登记，并在离店时没有支付账单。

米德尔希思先生没有询问控方的证人，只有最后一个除外，他在法庭上的克制被证词书记员用法官和律师之间一成不变的原话格式记录在案。"您要提问吗，米德尔希思先生？"皇家检察官询问了一个证人后坐下了，而法官雷廷顿先生就会以一丝不苟的礼貌态度问米德尔希思先生。对此，米德尔希思先生会以同样礼貌的口吻回答："我无问题，阁下。"辩护律师对弗雷德里克斯督察的盘问有两个问题，意在了解清楚被告在被捕之后的心态。弗雷德里克斯督察宣称，依他看来，被告很镇静、很理性。

米德尔希思先生对陪审团的开场白很简洁，在敏锐的法律人士看来，含糊其词，没有说服力。虽然他指出证据纯粹间接，所以，在缺乏直接证据的情况下，被告有权获得任何合理怀疑的好处，但他并未试图反驳控方证人的陈述，或者暗示控方尚未证实此案。他的发言以及他并未盘问控方证人，这就对在场律师暗示着，要么他有强大的辩护，要么什么辩护都没有。这一点暂时搁置，因为法官雷廷顿先生建议，考虑到时间不早了，辩方应该推迟到第二天传唤辩方证人。由于司法建议即是命令，法庭暂时休庭，法官第一次提醒陪审团，在他们听到对囚犯有利的证明之前，不能试图达成任何裁决，或者形成某种意见，认为他们应该做何裁定。

第二天，辩方传唤的第一个证人是罗伯特·格雷敦医生，一位上了年纪的乡村医生，他以昔日一代的严谨专业态度，陈述说他在柏克郡十二树的行医经历，他也是彭瑞斯家族的家庭医生。在回答米德尔希思先生的问题时，他陈述说自己经常诊视已故彭瑞斯夫人，即被告的母亲，她周期性地发作，或者痉挛，有一次请来诊病的伦敦的专科医生谈及此病症时同意他的看法，这些痉挛抽搐均为癫痫症状。

"我要给予辩方所有的自由限度，"赫伯特·坦普尔伍德爵士带着尊严气势起身抗议说，"但恐怕我无法允许这个谈话的插入。我那位博学的朋友如果想插入这个谈话的话，那就必须传唤这位伦敦的专科医生。"

"由于我博学的朋友的反对，我会暂时搁置这一点。"米德尔希思先生说道，暗自满意，他已经将此"插入"到陪审团的耳朵里了，"并且，我谨满足于提问格雷敦医生，根据他自己的知识判断，彭瑞斯夫人是否患有癫痫。"

"毫无疑问是的。"证人回答。

"暂停，"法官说着，从他的笔记抬起头来，"这个证据意图何在，米德尔希思先生？"

"阁下，"米德尔希思先生庄重地回答说，"我希望法庭了解我们依据的全部事实。"

法官点了头，挥了一下手中的金笔，示意询问可以继续。证人说，彭瑞斯夫人毫无疑问患上了癫痫，并在长达二十多年中遭受癫痫发作，从她唯一的儿子才五岁之时起即已开始，持续到十年前她去世。有几年发作比较轻微，没有抽搐，但最终癫痫大发作变得极为严重，急剧地连续几次发作终于造成了她的死亡。在证人看来，癫痫是一种遗传性疾病，频繁地传递给下一代，如果双亲中有一人或两人患病的话。

"你是否在彭瑞斯夫人的儿子，也即正在受到公开审理的囚犯身上看到任何癫痫症状？"赫伯特爵士问道，他开始猜测辩方的指向。

"从来没有。"证人回答。

"他的婴儿期和少年期是在你的照料之下吗？我是说你被请去诊断他年轻时的疾病吗？"

"是的，直到他去上学。"

"他那时是个正常健康的孩子吗？"

"相当正常健康。"

"他最近回家后你见过他吗？"米德尔希思先生起身再次询问。

"见过。"

"你是否知道他是因为遭受弹震症而从军队退役的？"

"知道。"

"你注意到他身上的显著变化吗？"

"确实非常显著。他让我感到他有时举止奇特、非常健忘，有时他看上去暂时与他周围的环境失去了联系。他曾经非常开朗、脾气很好，但从军队退役回来后变得急躁易怒，郁郁寡欢，沉默无语，出现厌恶感，尤其是在别人问起他在前线的经历时。他曾经很懂礼貌，但他从前线回来后就拒绝出席在村里教堂举行的'欢迎回家'活动和听牧师宣读祝贺词。"

"我希望你不会提及后来的这些事件作为'神经不正常'的证明，米德尔希思先生。"法官开玩笑地说。

在法庭上的这句俏皮话引起的阵阵欢笑中，身材矮小的医生被允许走下了证人席，回到他在十二树的默默无闻中去了。就米德尔希思先生而言，这医生已经达到了他的目的，而赫伯特·坦普尔伍德爵士这位钓鱼高手却是在如此之小的鱼身上浪费了其巧妙的鱼饵，如果钓上来，还真是有负他的鱼篓呢。

赫伯特·坦普尔伍德爵士和法庭上的每个律师一样，至此明白辩方无力面对这桩刑事案，但打算力争裁决为神经错乱。法律界人士意识到在这个谋杀案中辩护的诸多艰难之处。有必要不但要让陪审团确信，被告并不能分辨是非，而且还要在对"刑事精神错乱"做出色的法律解释时，让法官确信，被告并不知道他被指控为谋杀的那种行为的性质，就此意义而言，他在犯罪时无法区分正确与错误。法律假定的是，一个人心智正常，能为其行为负责，这就把证明相反情况的责任推给了辩方，而且要从头至尾地加以证明，然后才能允许被告不为其行动承担法律责任。这种辩护通常会演变成医学专家和控方之间的斗争，控方会试图用相反的医学证据推翻辩方的医学证据。

法庭上的律师们也就安顿下来，又享受起一种新的乐趣，期待着法律和医学之间的吹毛求疵和含糊狡辩，这是此类情形必然伴随之事，控方律师突然表现活跃。赫伯特·坦普尔伍德爵士和布雷克罗夫特先生小声商讨咨询，随后，布雷克罗夫特先生递给王室律师一张字条，后者仓促离开法庭，很快即捧着令人生畏的一大沓积满灰尘的书册，放在布雷克罗夫特先生面前。而在法庭上对这一切漠然视之的人看起来就是在被告席上之人，他坐着两眼茫然，英俊的脸色布满了厌倦的神色，仿佛他对事关他生死的口舌之争漠不关心。

下一个证人是康斯坦丝·威洛吉小姐，她语调清晰低沉，镇定自若，陈述了她的证词。法庭上的女性旁听者注意到，她并未看被告席上的恋人，而是目光紧盯着米德尔希思先生。她的陈述直截了当，简单明了。她在战争前夕与彭瑞斯先生订了婚，自从他因病退役后，与他见了几次面。最后一次是在一个月前，那次他来她姨妈在兰卡斯特门的家拜访。她注意到自他从前线回来后发生了巨大的变化。他喜怒无常，萎靡不振。她没有打听他的病情，她认为他之所以没精打采，是因为他因病退役，不想谈论此事。他对她说，他想外出，换换环境，直到身体恢复，但他还没有决定好去哪里，只是觉得东部海岸的什么地方，那里凉爽，令人心旷神怡，会是最适合他的地方，他一旦定下来住在哪里，便会写信给她。她没再见到他，没有收到他的来信，也不知道他的动向，直到她在一张伦敦的报纸上读到诺福克警方对通缉他为杀人犯的外表特征描述。她的姨妈也给她看了报纸，并与彭瑞斯家族的法律顾问奥克汉姆先生进行了联系。第二天，她和姨妈就被带去希思菲尔德，辨认出了被告。

"你姨妈采取行动是为了减缓你的焦虑，我可以这么理解吗？"米德尔希思先生问道，他那警觉的眼睛已经注意到这个陈述对陪审团产生的不利影响。

证人点点头。

"是的，"她回答道，"我非常担忧，自从他离开后我没有他的消息。任何消息都比这个悬念要好。"

"你说当你见到他时，被告喜怒无常、萎靡不振？"赫伯特·坦普尔伍德爵士盘问道。

"是的。"

"我可以认为他的行为里根本没有可怕之处，也没有什么能表明他心智不正常吗？"

"没有，"证人缓缓地回答，"他没有让我害怕，但我很关心他。他当然看上去是病了，并且我觉得他看起来有点奇怪。"

"仿佛是他有心事吗？"赫伯特爵士提示道。

"是的。"证人赞同。

"当被告去诺福克之前，去你姨妈家见你时，你知道被告非常缺钱吗？"

"我不知道。假如我知道的话——"

"你就会帮助他，这就是你想说的吗？"米德尔希思先生问道，因为赫伯特爵士没有追问这一点，而是回到了其座位上去。

"我姨妈就会帮助彭瑞斯先生，假如她知道他陷入财务困境。"

"谢谢你。"米德尔希思先生坐下了，把他的长袍往肩上拉了拉。

证人正要离开证人席，此时法官那尖锐权威的声音叫住了她。

"请等一下，我想搞清楚这一点。你说你知道被告因遭受弹震症而退役。这是他这么告诉你的吗？"

"不，阁下。我被告知如此。"

"真的吗？米德尔希思先生——"

法官看向辩方的目光如此审慎，使得米德尔希思先生匆忙地站起身来。

"阁下，"他解释说道，"我意图在适当的时机证明囚犯因病退役，遭受了弹震症。"

"很好。"法官向证人示意，她可以离开证人席了。

亨利·德伍德爵士作为下一个证人出现在证人席上，对控方来说，这意味着辩方的王牌即将打出。律师组织辩护犹如一些人打桥牌，他们会把最大的王牌放到最后打出。在米德尔希思先生的手里，亨利爵士代表着最大的王牌，如果他无法得分，则游戏输了。

亨利爵士走上证人席，以温和的专业素质，向法官躬身致意，他似乎并非不知其对本案的重要性。他的主要证据简短，但切中要害，其内容相当于重复对科尔文说过的话，那是他们在德灵顿的格兰德大酒店，那天早餐厅里发生风波后他们在彭瑞斯的房间里说的。亨利爵士陈述了那天早晨发生的事，以便让陪审团知晓，他声音洪亮地表达了专业的看法，认为被告在那个场合的奇异举动就是癫痫——小发作并发癫痫性狂怒的后果。

证人把癫痫定义为一种神经系统的疾病，其特征是无意识地发作，伴有或者没有抽搐。意识的丧失伴有严重的痉挛性突然发作被称为癫痫大发作，短暂失去意识没有痉挛性突然发作被称为癫痫小发作。癫痫小发作会随时发生，通常伴有模糊眩晕感。一般的症状是四肢突然抽搐，突然的震颤，眼花和失去意识。目光呆滞，脸色微白，有时脸色非常红，还有频繁地出现的某些几乎自动的行为。在癫痫大发作中，总会有发作的预兆，而在癫痫小发作的情况下，通常没有预兆，但有时会有预兆性的眼花和烦躁不安。癫痫性狂怒是个医学术语，指的是癫痫小发作中表现的暴力状况，这种暴力状况比极端愤怒还要猛烈，在此影响下，患者会犯下最为暴力的暴行，甚至谋杀，却对其行为毫无意识。

"无疑，在您看来，谋杀之前的那个早晨被告在德灵顿的大酒店早餐厅里的行为就是癫痫小发作，是吗？"米德尔希思先生问道。

"毫无疑问。所有的症状都指向癫痫小发作。他当时坐在餐桌旁，突然停止进食，两眼变得呆滞。手里拿着的餐刀掉在地上，但随着发作变得严重起来，他又捡起了餐刀，插在他面前的餐桌上，在我看来，这完全是自动的行为。一会儿之后，他从桌边站了起来，那时他处于癫痫性的狂怒影响下，假如我没有上去拉住他的话，他就会对坐在附近餐桌的住客发起暴力袭击。接踵而至的是他丧失了意识，在另一位住客的帮助下，我把他送进了他的房间。就在那里我才注意到他嘴唇上的泡沫。他恢复意识后完全记不起发生的事情，这就符合癫痫发作的症状。我看到他的状况很危险，就催促他找他朋友来，但他拒绝这么做。"

"假如他听从了您的劝告，那就好了。您说他的症状符合癫痫，因为他完全忘记了他发作时在格兰德大酒店早餐厅里发生的事。在癫痫小发作时，他的心态会怎样，假如他犯下暴力行为，比如说，谋杀行为？"

"据我的经验，他的心里一般来说，完全是一片空白。有时，会有对某事的困惑感，但病人完全想不起所发生的事。"

"在本案中，该囚犯被指控谋杀。在另一次癫痫性狂怒中，他会犯下这种罪行，并在事后完全忘记吗？那符合癫痫症状吗？"

"是的，完全符合。"证人回答。

"癫痫是遗传性疾病吗？"

"是的。"

"如果双亲或其中一位患有此病，孩子是否会有患上此病的巨大风险？"

"在双亲都患此病的情况下，具有一切风险，在双亲中有一人患病的情况下，孩子则非常可能患病。"

"一个人出生时双亲中有一人患此病的话，您认为他再遭受弹震症会有什么后果？"

"那会降低他普通健康水平，因而非常可能加重癫痫的发作。"

"谢谢您，亨利爵士。"

米德尔希思先生回到了座位上，赫伯特·坦普尔伍德爵士起身开始盘问。

唇枪舌剑后的判决

赫伯特·坦普尔伍德爵士不相信专科医生的证据，并且他认为连证人自己也不会相信。赫伯特爵士倒是不会因此认为证人有什么不好。那是公认的游戏规则，允许证人在有利于辩方的方面引申开一两点，因为这涉及受到高度尊敬的那些家族的社会荣誉。

赫伯特爵士从目前的辩护中看到一个事实，他那令人敬佩的朋友，奥克汉姆先生的那一手牌尚未失去其狡诈性。奥克汉姆先生是个非常受人尊敬的律师，为非常尊贵的客户服务，他传唤了一个非常受人尊重的哈利街上的专家，他在极其巧合的情况下，与被告住进了同一个格兰德大酒店，而被告不久就犯下了谋杀罪。请这位专家来就是为了让陪审团信服，这个年轻人神经错乱，他神经错乱的表现形式是癫痫病，这种疾病有持续很长的神志清醒的间隔。

这场辩护可是设计巧妙，令人肃然起敬，大概，在赫伯特爵士的内心深处可能不会对辩护成功感到遗憾，因为他认识十二树的詹姆斯·彭瑞斯爵士，对其子身处如此处境深感遗憾。但他有自己的职责需要履行，那职责就是质疑陪审团眼中那个在证人席上的证人所提供的证据，因为陪审团往往倾向于把那些专家视为能够揭示所有事情真相的人，并据此报以相应的裁决。

在分析辩方方面，赫伯特爵士犯了一个错误。亨利爵士相信他自己的证据，并且非常严肃地把自己视为一个专家。就像大多数在生活中有点作为的愚蠢之人一样，亨利爵士在最不矛盾的表象上，变得独断专行，在受到交互询问后，他面红耳赤，变得粗暴起来。他不愿听到别人认为他误诊了被告症状的可能性，而是坚持认为他看到被告在德灵顿的格兰德大酒店的表现就是癫痫发作，伴有癫痫性狂怒症，他称当时被告的心理状态是对住客的威胁。的确，他用诸如"就我的观察而言"之类的话对其陈述加以限制，但这种限制表现出的方式却是对陪审团暗示，他亨利·德伍德爵士五分钟的观察就胜过一打普通医学人士一个月的观察。

亨利爵士狂热地坚持自己绝不会犯错，这让赫伯特爵士觉得是公然违反游戏规则。他不接受亨利爵士那些断言的真实性，他认为亨利爵士做得太过分了，哗众取宠，哄骗陪审团。于是，轮到他被激怒了，他突然激发出活力，质问道：

"您告诉我博学的朋友说，囚犯很可能会因犯罪而受到指控，但案发后却什么都不记得了，这相当符合他身患的疾病症状。这是事实吗？"

"当然。"

"在此情况下，请您解释一下为什么该犯人那天早晨犯下谋杀罪后，会在其他人起床前就匆忙离开客栈？假如他对自己的行为没有记忆的话，他为什么会逃离？"

"我必须得反对我博学的朋友把被告离开客栈形容为'逃离'，"米德尔希思先生以温和微笑的抗议方式说道，"那极不妥当，因为没人比皇家检察官知道得更清楚了，那是处心积虑地把完全错误的印象施加于陪审团。没有丝毫的证据支持这种说法。证据只是被告看到女佣，支付了他的账单，然后离开客栈。那不是逃离行为。"

"那好吧，我会说匆忙离开，"赫伯特爵士不耐烦地回答，"假如被告没有对那天夜晚行为的记忆，为什么他会匆忙离开呢？"

"他可能尚存模糊的记忆，"亨利爵士回答说，"那种记忆不是对行为本身，而是对夜晚发生在他身上的奇怪事件，有点像一个噩梦，但更生动一点。他可能会发现一些不同寻常的事，比如说，潮湿的衣服，或者沾满泥土的靴子，对此他无法解释。然后他会开始感到疑惑，接着也许会出现某些零碎细节的模糊记忆。随后，随着他逐渐恢复理智，他会开始感到恐慌，而他的冲动是他通常的心理状态，这个冲动就会想尽快地离开这个地方。这种心神不定正是癫痫的一个特征。依我看来，也正是出于这种含糊不清的恐慌，发现自己身处某种境地却无法解释，这就是被告离开德灵顿的格兰德大酒店的原因。他最后的记忆，如他当时告诉我的那样，是走进早餐厅，他在自己的房间里恢复意识，却见房间里有陌生人。"

"在癫痫小发作时，记忆完全恢复了吗？"

"有时是，有时不是。我记得在我学生时代，有一个癫痫患者在街上暴力袭击一个男子的案例，事实上那患者几乎把他杀死，然后又袭击了一个试图拉住他的男子，之后逃离了，但事后对此事根本记不起来。"

"一个人犯下了谋杀罪，藏匿受害者的尸体，事后什么都记不起来，这符合癫痫小发作，伴随癫痫性狂怒症的特征吗？"

"相当符合，尽管如我刚才说的那样，非常可能的是当他恢复理智时，他会有某种模糊记忆，这就导致他尽快离开那个地方。"

"一个人事先拿走武器，然后，在癫痫小发作突然爆发时，对受害者使用武器，这也符合癫痫小发作的特征吗？"

"假如他拿走武器是为了其他目的，相当可能的是他会在以后再次使用。"

"我想了解清楚一点，"法官插话说道，"您的意思是说，拿走武器是为了另一个可能是无罪的目的，然后又用于一个暴力的行为？"

"是的，阁下，"亨利爵士回答，"这相当符合癫痫小发作的特征。"

"当一个人间歇性地出现癫痫小发作，我们是否可能，通过观察他在发作之间的间歇期的行为表现，或者正当发作时，判断他是否具有发作的倾向呢？"

"不能，只有极少的例外情况。"

"以您的看法，癫痫是一种遗传性疾病？"

"毋庸置疑。"

"您是否知道，某些法国知名专家，包括梅尔，都认为遗传因素对癫痫影响极小？"

"有可能吧。"亨利爵士以屈尊的姿态挥了一下白胖的手，对那些法国专家的观点不予考虑。

"那没有改变您的观点吗？"

"当然没有。"

"您是说，因为此人的母亲患有癫痫，所以很有可能他患此病？"

"对不起，我没说过这话。我认为他会有一个高度组织的神经系统，很可能遭受某种神经疾病。在这个囚犯的情况下，我得说，弹震症增加了他患癫痫的倾向。"

"您是暗示弹震症导致癫痫病吗？"

"一般来说，不是。但在这个特殊案例中，可能的。一个人可能遭受弹震症，损害大脑，但未必导致癫痫病。"

"是否有可能弹震症本身就会导致以后的神经错乱的发作？"法官问道。

"当然，有这可能。"

"这些癫痫小发作多久会发作？"赫伯特爵士问道。

"根据病人具体状况，情况差异相当大，有时是每周发作一次，有时是每月发作一次，也有的病例是相隔数月才发生一次。"

"在二十四小时内发作两次是前所未有的情况吗？"

"不太寻常，但谈不上前所未有。从一个地方去另一个地方，步行数英里才到达那里的刺激，这些都是容易诱发的因素。囚犯离开德灵顿的格兰德大酒店时，他可能还处于第一次癫痫发作的影响之下，而地方的改变和步行一整天的疲乏带来的刺激很可能对他造成很大的损害，这就解释了第二次，也是更为猛烈的暴力性发作。"

"后遗症会持续多长时间？我指的是癫痫小发作后。"

"这取决于发作的暴力程度。有时持续五至六小时。恢复时通常伴以一般性疲乏懒散。"

"没有证据表明，您在德灵顿的那家格兰德大酒店时，目睹该囚犯在那次发作前表现出任何癫痫症状。一个年龄在二十八岁左右的人在发作癫痫这类病前没有出现任何先兆症状，这不是不同寻常吗？"

"那肯定是第一次发作，那还用说。"法官不耐烦地插话说。

就此结束了交互询问。米德尔希思先生，再次询问时，问亨利爵士嘴唇出现泡沫是否属于癫痫的显著症状。

"这一般显示了癫痫的趋势。"亨利·德伍德爵士回答。

在终结了亨利·德伍德爵士的证据质询后，米德尔希思先生传唤了英国陆军部的一个官员，正式证明陆军中尉詹姆斯·彭瑞斯因弹震症从皇家武装部队退役。

"我了解到，陆军中尉詹姆斯·彭瑞斯在因病终止其在部队服役前，他曾赢得了英勇无比战士的名声，并被授予杰出服役勋章。"米德尔希思先生说。

"正是如此。"证人回答。

"是这样吗？"法官问道。

"阁下，情况如此。"米德尔希思先生回答。

赫伯特·坦普尔伍德爵士，代表控方，继续传唤证人反驳医学证据，以支持控方的论点，即被告神志正常，清楚他行为的性质。第一位证人是来自希思菲尔德的亨利·曼顿医生，他说，昆斯米德警官带被告从弗莱涅去警察所时，他见过被告。当时被告看起来完全理智，尽管不愿说话。

"你发现他身上有任何症状表明他最近遭受任何癫痫发作吗？"赫伯特爵士问道。

"没有。"

"亨利·德伍德爵士认为在癫痫发作的间歇期，病人不会出现该病的任何症状，你同意这个观点吗？"

"您说的癫痫发作间歇期指的是什么？"

"我指的是，他在一次发作后完全恢复至下一次发作之间的时期。"控方解释道。

"我很同意这个观点。"证人回答。

"一个人在癫痫发作后，通常需要多长时间恢复？"

"这取决于发作的严重程度。"

"嗯，发作严重到使得他去杀人的程度。"

"那将需要数小时，五到六小时。他会发作后昏昏欲睡，身体沉重三到四小时。"

"但不再会更长了，他不会在三十六小时里显示任何症状吗？"

"当然不会。"

"那么，根据你的说法，医生，我是否可以认为，在严重发作恢复后，过了五至六小时，癫痫患者可能没有任何该疾病的症状，甚至连医生的眼睛也看不出，直至下次发作？"

"我得说是这样的，"证人回答，"但我不是精神疾病权威人士。"

"谢谢你。"

下一个证人是吉尔伯特·霍伯里医生，他叙述自己是诺威奇皇家监狱的医务官，此前是伦敦拘留监狱的医务官。在回答赫伯特·坦普尔伍德爵士的问题时，他说他对精神错乱和所谓的精神错乱案例有着很多经验。自从本案被告入狱后，他就观察被告。被告非常沉默寡言，但他行为安静，富有绅士风度。他的体温和脉搏正常，但他睡眠不好，曾两次抱怨头部疼痛。证人将他头部疼痛归咎于弹震症的后果。依他看来，他没有观察到该囚犯有迹象表明他是癫痫患者。在回答赫伯特·坦普尔伍德爵士的一个直接问题时，他表达了其深思熟虑的专业看法，认为被告并未患有任何形式的癫痫病。癫痫不会以猛烈的发作开始，以暴力结束，比如谋杀。有预兆性的症状和轻微的发作，持续一个相当长的时期，肯定会表现出来，尤其是在经历过艰苦军事战役的人身上。他的疾病可能对大脑造成了糟糕的后果，但假如此疾病导致精神疾病，他预料早就表现出来了。

从这个观点出发，这位证人，一个严厉、灰色身影的男子，拒绝被交互询问牵着鼻子走。他在监狱肮脏的氛围里度过了多年的专业生涯，这教会他明白大多数罪犯都会本能地装病，而假装精神错乱是他们最为常见的假冒手段，借以逃避他们违法行为的后果。他经手过的许多虚假疾病案例使他得出了一个非常符合人性的结论，所有这类辩护只不过是试图欺骗法律，而作为一名狂热的司法官员，他对挫败他们的企图深感正直的满足，尤其当辩方想保护有社会地位的被告，就如本案那样。因为霍伯里医生的政治倾向是坚持平等、打破旧习，他深深地鄙视社会等级、名誉头衔，以及君主王室。

作为证人，他非常老练，不会步入米德尔希思先生的陷阱，直接反驳亨利爵士的证据，但他会设法传递一个印象，即他观察了被告九天时间，因此相比亨利爵士仅凭一次有限的诊断本案被告的机会而形成的看法来说，他的观点能更好地引导陪审团对被告的精神状态做出裁决。他还以绅士风度般的专业方式，设法推断，亨利·德伍德爵士在医学界是名副其实的神经专家，并非精神专家，而证人自己在精神病例方面的经验非常广博。他还从学识上谈论诊断癫痫的难处，只有通过长期观察才行。他还就癫痫症状、反射原因、先兆、大发作、小发作、杰克逊癫痫等，从一个法院警员一部接一部地送进法庭的巨著里大段大段地引用发挥。

米德尔希思先生从霍伯里医生的长篇大论里获取的唯一有价值的

便是一句证词，即他在囚犯身上没有看到任何症状能表明该囚犯是癫痫患者，而癫痫病，一般来说，不会在发作的间隙期显示出疾病症状。

"因此，假定事实是彭瑞斯受到癫痫的影响，你就不必在其等待审判期间预计发现任何该病的症状了，对吗？"米德尔希思先生问道，他急切地跟进一个好机会。

"可能什么都不能断言。"证人回答道，语气极其冷淡。

米德尔希思先生不再试图提问，而是让证人尽快地离开证人席，相信自己的话能消除他的证词对陪审团心理上的影响。在他致辞开始，他指出，控方指控的案子纯粹依赖间接证据，但无人目睹该囚犯被指控的犯罪。他发言的主要部分意在让陪审团确信，该囚犯是癫痫发作的可怜受害者，在发作期间他无法为其行为负责。他轻蔑地拒绝了控方提出的囚犯动机推论。那种认为被告在客栈支付给女佣的国库券纸币必定是死者钱币中的一部分的想法是不公正的。死者的那笔钱在谋杀发生之夜消失了，一直未被找回。被告因没有支付格兰德大酒店账单而被赶出了格兰德大酒店，控方据此提出这表明他处于身无分文的困境，但这种假定走得太远了。情况很可能是这样的，像被告这种社会地位的人会在口袋里有一两个英镑的纸币，尽管他可能无法支付格兰德大酒店三十英镑的账单。

"你们以为这位年轻人，这位英勇的战士，这位古老荣誉姓氏的继承人，这位生活中可以期待一切的人，会为了区区三百英镑而残忍谋杀吗？"米德尔希思先生继续说道，"他那姓氏和家族的传统，他的教养，他最近作为战士的英勇生涯，同样禁止了肮脏的可能性。更有甚者，他毫无必要为了金钱去犯罪。他的父亲，他的朋友们，或者那位即将成为他妻子的妇女，会即刻向他提供他所需的金钱，假如他们知道他缺钱的话。对他这么一个有身份的年轻人来说，三百英镑相对来说微不足道。那么，他还可能会为这点钱犯下谋杀罪吗？

"在另一方面，该囚犯的行为，自从回到英国，强烈地表明其心思已被昔日之事占据。他在军队受伤，遭受了弹震症，结果他的身体变得虚弱了，而那致命的遗传癫痫感染，原本就已在他的血液里，开始显现了。他的家庭医生和未婚妻都告诉你们，在他去诺福克之前就已变得行为怪异；自从他来到诺福克后，他已经不再是心智正常的人了，这一点已经明确无疑了。一个理智正常的人对其亲友隐瞒了行踪，住在格兰德大酒店里却身无分文，直至被赶出去，而他原本可以有大量的钱财，或者无论如何，只需花费一个电报的费用，即可使自己免受被驱赶出店门的羞辱了，这一切都是理智正常的人的行为吗？为什么他以后会越过田野，步行数英里，来到一个偏僻的糟糕客栈，一个他从未踏足的地方，恳求过夜？这些都是一个理智正常的人的行为吗？"

米德尔希思先生在其发言结束时，他尤其强调了亨利·德伍德爵士的证明，后者作为当时国内最杰出的专家，声名鹊起。亨利·德伍德爵士，米德尔希思先生指出说，在德灵顿的格兰德大酒店时，曾亲眼看见该囚犯癫痫发作，而且他特别强调宣称，被告身患癫痫病，并有杀人倾向。来自如此人士的如此意见，依米德尔希思先生之见，就是无可辩驳地证明了囚犯精神错乱，他不明白如不仔细考虑这个意见，陪审团将如何能得出公平裁决呢。

赫伯特·坦普尔伍德爵士的发言由冷漠地列举事实和对精神错乱推论的反驳组成。赫伯特爵士争辩说，辩方没有证实他们的论点，他们认为被告神志不清。他再次对陪审团强化了霍伯里医生的结论性意见，后者是大都会收押监狱的医生，非常可能具备有关癫痫和精神错乱方面的广泛经验，甚至超过了世界上任何一位专家。霍伯里医生经过对被告九天的密切观察，得出的结论是他完全正常，能为他的行为承担责任。

赫伯特·坦普尔伍德爵士回到座位后，聚集在律师桌后的法律人士普遍认为，本案经控辩双方非常激烈的唇枪舌剑后，裁决结果将主要取决于法官概括的方式。

法官大人开始其概括发言时，通知陪审团，首先他们肯定以及确信，该囚犯就是谋杀格伦索普先生之人。他认为在此决定性时刻，他们不会有多大困难的，因为，尽管证据纯粹是间接的，但它强烈地指向了被告，而辩方并未认真地对指控提出异议。因此，如果他们确信，被告事实上确实造成了格伦索普先生的死亡，那么，对他们来说，剩下的唯一问题就是裁决囚犯当时的心智是否正常。如果他们确信被告当时心智没有不正常，他们必须裁决他犯有谋杀罪。然而，如果他们得出结论认为被告在犯罪时精神错乱，他们就会得出裁决——被告犯有被指控的罪，但他当时精神错乱。

法官大人煞费苦心地从法律的眼光来定义心智正常和精神错乱之间的差异，但尽管他严谨合法的定义引发了他下面那些律师们的赞许目光，可是，对此解释，陪审团是否会明智一点值得怀疑。在相当详细地评论了一番控方的证据后，法官大人本着司法的公正性，继续陈述辩方的理由。他说，囚犯的案情就是他自遭受弹震症而从前线退役回来，他的怪异行为深入发展到谋杀性精神错乱的程度，然后就犯下了他受到指控的罪行，同时遭受着癫痫发作，正是这癫痫病产生了一种心理状态，这种心理状态导致患者犯下了暴力凶杀，却不知道他自己的所作所为。鉴于这次辩护的性质，陪审团必须了解该囚犯的家庭背景和遗传史，而且也要了解他在犯下谋杀罪之前的行为，然后才能对其心理状态做出裁决。

他认为，辩方已经证明得足够多，能让陪审团得出结论，彭瑞斯夫人，即该囚犯的母亲，患有癫痫。该囚犯也是癫痫患者的断言基于亨利·德伍德爵士提供的证词，因为威洛吉小姐和家庭医生的证词仅仅是提示该囚犯有轻微的怪异举动，或者偏离他平时行为的情况。亨利·德伍德爵士因其专业地位，有资格获得尊敬，但他自己也承认，他先前没有机会诊断被告的病情，并且，对于癫痫之类的疾病，很难形成一个确切的意见。在另一方面，霍伯里医生宣称，该囚犯在等待押送期间，根本没有显示出癫痫的症状。在霍伯里医生看来，他没有患癫痫。因此，这就把案情转化为对医学证词的判断，所以，这就需要陪审团来裁决，并且，结合其他证据，对此人的心理状态形成一个裁决。

"辩方的论点，"法官大人俯身向前，用手中的自来水笔在他面前的办公桌上一字一顿地敲击出尖锐的声音，"就是：'公正明确地看待此案，你们必然会得出结论，此人心理不健全。'而在另一方面，控方说：'本案的各项事实根本没有指向此人的精神错乱，但却指向了故意杀人谋利。'辩方进一步强调：'你们必须得看看概率。没有一个处于该囚犯地位的人，一位出生和成长于绅士家庭，一个古老姓氏和骄傲名字的继承人，有着迄今完美无缺的名声，在其面前有着长久和并非不引人注目的生涯前景，会在神志清醒的状态下谋杀这个老人。'这是你们要考虑的事，因为我们确实知道，残忍的罪行也会是由最不可能的人犯下的。但是，控方还提出了杀人动机，所以你们必须要考虑动机问题。

应该建议的是，你们要考虑无论建议对错，在谋杀这个老人背后有动机，因为该囚犯绝对的身无分文，想要获得金钱。

"先生们，你们将首先运用你们的心智，去考虑所有的证据证词，接下来你们将要考虑，你们是否确信该囚犯就其被指控的行为来说，他知道对与错的区别。你们必须裁定，他是否知道他行为的性质和程度，他是否知道正确行为和错误行为之间的区别。我已经指出了，法律假定他心智正常，能够区别正确和错误，所以，他要让你们确信，假如他要逃避他这个行为的责任，他无法区分正确和错误。假如你们确信了，你们应该说，他对所指控的行为有罪，但该行为实施时他精神错乱。假如你们不能确信这一点，那么，那是你们的责任去裁定他犯有谋杀罪。先生们，请先退下，考虑你们的裁定。"

陪审团退下了，继而出现了一段时间的紧张气氛，受雇的律师们都在讨论本案的技术性和宣告无罪的可能性。奥克汉姆先生认为当然会宣告无罪，而米德尔希思先生对地方法官的处理方式有更多了解，宣称说，假如辩方面对的是伦敦的陪审团，辩护成功的概率很大，因为伦敦人比起其他地方的英国人更有想象力。

"你永远无法知道头脑糊涂的乡村陪审会如何裁决一个本案那样的高度技术性的案子，"英国王室法律顾问急躁地说，"在一个诺福克陪审团面前，我已经输掉了比此案更有力的案子。诺福克人的排他性，使得霍伯里的证词很有分量。他是一个诺福克人，尽管他曾在伦敦。当然，很难说。如果陪审团退出去讨论超过了一小时，我认为我们将获胜。"

但陪审团在四十分钟后就回到了法庭。法官在其私人房间里等待着，得到了通知，便走进了法庭，坐回了他的座位。陪审团不辱使命，然后，提审书记员以歌唱般的嗓音，说：

"先生们，你们一致同意你们的裁决吗？你们裁定该囚犯有无故意杀人罪？"

"有罪！"陪审团主席嗓音清晰地大声说道。

"你们说他犯有谋杀罪，这是你们全体的裁决吗？"

"这是我们全体的裁决。"这就是回答。

"詹姆斯·罗纳德·彭瑞斯，"书记员转向了被告，继续以同样歌唱般的嗓音说道，仿佛是死记硬背似的重复一个公式，"你被判犯有故意杀人罪。你还有什么要为你自己说，提出法庭不应该依据法律判你死刑的理由？"

被告席上的人脸色苍白，只是摇了摇头。

法官面无表情，声调平静，宣布判处死刑。

佩吉的隐情

科尔文返回德灵顿,心情困惑,深感不满。他旁听了审判,密切关注,但此审判并未显示清楚所有涉及罗杰·格伦索普死亡的事实,因而无法让他信服。的确,这次审判根本就不是审判,只是律师之间有关彭瑞斯精神状态的口舌之争罢了。

科尔文在审判他时做了密切观察,相信他神志正常无疑,如果彭瑞斯真的神志正常,那么,控方对谋杀的推论却没有解释清楚本案的各种令人惊异的事实。

他还应该再做点什么事吗?科尔文一次又一次地自问这个问题。但这个疑问总是导致另一个问题,他还能再做点什么事吗?在他如此的精神探索中，侦探难得偏离一个要点，而每当他偏离了，他总是又回到这一点，那就是，彭瑞斯，以其顽固的沉默，已经为他自己的定罪负了主要责任。如果一个人被指控为犯了谋杀罪，却拒绝解释那些指向他，并把他看作是凶手的行为，那么其他人又怎么能帮助他呢？沉默，在某些情况下，是有罪假设最为坚实的证明。一个人是其自己行为的最好评判，如果他可能以其生命为代价来支付沉默的罚金，他依然拒绝说话，他必定有其最为充足的理由而缄口不言。那么，除了他意识到有罪之外，彭瑞斯还可能会有什么其他理由，希望通过法律的漏洞逃避后果呢？

然而，科尔文无法接受把这个论点看作令人信服，所以他尝试着忘掉这个案件。但是，这个疑案的那些未解疑点，那是他自己在客栈调查时发现的。这些疑点在他各种零星闲暇时刻里不断地浮现在脑海里，在夜晚，在他散步时。而每次出现时都伴随着一个想法，他并未在此案中尽到最大的努力，只是允许被告的沉默影响了他的判断，松弛了他想解开自己最先发现的那些疑点线索所做的努力。如此一来，他又恢复到原先的起点，即给彭瑞斯定罪并未解开谋杀罗杰·格伦索普的谜案。

格兰德大酒店和那些住客让他感到厌烦。度假季节结束了，剩下少数几个住客都是老年人和普通人，倾向于饱食终日，晚餐之后则团着休息室的壁炉昏昏欲睡。聊天的话题无外乎天气啦、战争啦，还有食品问题。那位老年牧师依然在格兰德大酒店逗留，有时候，尽管其他高尔夫球友已经离开了，他仍寻求把话题转向高尔夫，但无人听他聊，只有他自己的妻子，她坐在他的对面，在休息室里最温暖舒适处，平静地为战争安慰基金编结袜子。弗莱涅谋杀案及其结果并未谈及。住客们有某种默许的相互理解，从不提及那个令人不愉快的事，即他们与那个依据本国法律被宣布为凶手的人同在一个屋檐下曾经生活了几个星期。

科尔文决定回到伦敦，尽管他本来打算在那个月里度假的计划尚未完成呢。他焦躁不安，心神不宁，烦闷不已，他觉得埋头工作就会有助于他忘记格伦索普案件。一天早餐时，他做出了这个决定。一个小时之内，他就付清账单，接受了格兰德大酒店老板对他的离开所表示的礼节性遗憾，然后开着车子，悠闲地向南，沿着悬崖公路，开向连接伦敦的主要公路。

重要结果屡次来自微不足道的意外事件。科尔文开车转向路边，以避免撞上一大群绵羊，却被路边松散沙土里的锯齿状尖锐石块刺破了轮胎。他车上没有备胎，牧羊人告诉他说，他能换胎的最近的小镇是费尔克罗夫特，但那不太可靠，因为费尔克罗夫特只是个小镇，没有修车店，而只有一个修车人修车的话，很有可能他没有合适的轮胎，或者同样可能的是根本没有轮胎。由于才离开德灵顿三英里，科尔文决定返回去修车，推迟离开格兰德大酒店，直到第二天。

他开着有一个轮胎泄了气的车子抵达了德灵顿，把车送到修车店，然后回到了酒店。因为离午餐时间还有一个小时，所以，他回来后在办公窗口停留了一下，通知接待员说，他回来了，再住到第二天为止。格兰德大酒店老板正好在办公室里，核查数字。后者听到科尔文把他改变计划的事通知女接待员时，抬起头来，告诉科尔文说，就在他离开不久，一个年轻女士来店里打听他。

"她叫什么名字？"侦探有点奇怪，便问道。

"她没说。当她得知你已经去伦敦时，她看上去非常失望，便立即离开了。"

"她长什么样？"

老板和女接待员同时形容了她一番。在前者的眼里，来访者漂亮年轻，金黄色的头发，肤色非常清澈。女接待员没有丝毫偏离处在她这个职位之人应有的礼貌标准，设法指出，在她作为女性的印象里，那个姑娘脸色白皙，一头红发。从他们的描述中，科尔文毫无困难地辨别出，那位来访者是佩吉。

为什么她会来德灵顿见他？显然，来访者与客栈里的谋杀案有所联系。科尔文回忆起他最后一次与她在沼泽地边缘的谈话，那是在他见到她走出死者房间后的一天。

他急忙出去，希望能找到她。她非常可能是在莱兰乘火车来的，会原路返回。科尔文看看手表。那时已十二点一刻了，在一点半之前没有火车去莱兰，科尔文从他对本地火车时刻表的了解中就记得那么多了。因此，除非她步行回弗莱涅，那么很容易找到她，非常可能她已经在悬崖的某个地方了，或者在海边。不知怎的，佩吉似乎属于大海和大自然。难以想象把她放在传统的背景里。

他在海边找到了她。她当时坐在步行道旁的一个庇护处里，两手抱着膝盖，烦躁不安地看着一条渔船从黄沙中被拖出来出海去了。听到他的脚步声，她四下看了看，一看到是他，便从庇护处里出来，迎上去了。

"格兰德大酒店的人告诉我说，有人来找我，所以我猜想是你。你想见我？"

"是的。"她没有对他的返回表现出惊奇，如换个姑娘就会惊奇了。她站立着，两手依然紧扣，放在身前，眼中出现恳求的神色。科尔文注意到她的脸容瘦了，在她的目光深处隐藏着不安的阴影。

"我们一起走走吧，你可以对我说说你想说的话，好吗？"

"谢谢您。"

他从海边转身走向悬崖，心里断定这少女远离人类居住地和人群，就会感到更容易自由地开口交谈了。他们一起静静地走了一段距离，那少女步子轻快，目光直视前方，仿佛是沉浸在思绪之中。

他们来到了一处陡岸，那里有一堵矮墙，把低岬和一座古老的教堂庭院分割开来了，庭院正在快速崩裂，坠入大海。佩吉停下了，手扶着墙，看向大海。太阳光从乌黑的云层裂隙中照射出来，照亮了阴沉灰暗的海水，泛出斑驳的金色。科尔文，希望诱导她开口说话，便指向大海水面上阳光和阴影的美丽效果。

"我憎恨大海！自从战争开始，根本不知道海底躺着多少死去的水手男孩，用他们死亡的眼睛直视着，目光穿透了海水的重压，寻找天上正义公正的上帝，但他们只是徒劳地看着，所以我再也不看大海了。"她把目光从大海收回，激动地看向他，"您也并不在意大海。您只是想让我放松下来，帮助我说出我想说的话来。您真是太好了，但没必要。我感到我可以信任您，我必须信任您。我只是个女孩子，在这个世界上我不敢信任其他人了。那都是关于——他。您见到他了吗？您和他说过话了吗？他说到过我吗？"

"我只是在审判时才见到他。"科尔文以他敏锐的理解力回答道，"我没有机会与他单独说话。"

"我在报纸上读到那次审判的消息，"她继续说道，"他们说他疯了，为了试图救他的命，但他没有疯，他太善良了，不会疯的。啊，为什么他杀了格伦索普先生？他们会为此而杀了他吗？您很聪明，您不能救他吗？我来此恳求您救救他。自从他们把他带走后，无论我走到哪里，我都看到他的眼睛，他责备地看着我，好像呼唤我去救他。昨天夜里，我在祖母房间里，我觉得就看到他站在那里，听到他的声音，就像曾经说话时一样。在夜里，我醒来，觉得我听到他在轻轻地说：'佩吉，最好说出实话。'今天早晨我再也忍受不了了，就来找您。"

"那么，你过去就认识他？"

"是的。"少女那毫无畏惧的清澈目光迎接着科尔文那凝重的眼光，"我过去没有告诉您，不是因为我害怕信任您，我从一开始就喜欢您了，但是我害怕如果我告诉您所有的一切，您会觉得他有罪，不会再去帮助他了。可那天您在沼泽地对我说话时，您相信他可能无罪。"

"你怎么知道的？"

"我听到您对警官说过的，盖洛威警司，您在弗莱涅的第一天夜里晚饭以后。我经过酒吧客厅时，您和他正在谈论这个谋杀案，我就听到您说，您认为也许是其他什么人干的。那天以后，您看到我在沼泽地旁边时，我害怕告诉您实话，因为我觉得如果您知道了，您可能会走开了，不再去想办法救他了。"

"那么，你最好把全部实话告诉我吧。你现在说的话不会让彭瑞斯变得更糟了，但也许有可能帮到他。你是什么时候第一次遇到他的？"

"在发生那事前差不多三个星期。我习惯出去走长长的路，只要我能离开祖母的话，那天我走到很远，到了莱兰。一会儿，他沿着沙滩走来，经过我身旁时他看了看我。马上，他又走回来，停下来问我，还有比沿着海边公路更近的路回德灵顿吗。我对他说不知道，他就停着和我说了一会儿话。他告诉我说，他在诺福克度假，在乡间漫步打发时间。

"我会告诉您全部事实。我第二天返回了那个海岬，希望我可以再见到他。我到那里，过了一会儿，就看到他沿着沙滩走过来了。他看到我时向我挥挥手，好像我们是老朋友了，那天下午，我们一起谈了更久。

"自那以后，我差不多每天下午都看到他，只要我能离开，我就去那个海岬，他总是在那里。我们曾经相遇的地方从公路上看不到，有一些杉树遮挡着，我觉得从来没被任何人看到过。他对我说了他的情况，但我没有告诉他有关我自己或者我家的任何事。我知道他是个绅士，我觉得假如我告诉他说我父亲开了个小客栈，他也许就再也不想见到我了，那是我无法忍受的事。我对他说了我的教名，他很喜欢，就称呼我的教名，但我不会对他说我的其他名字。

"他来客栈的那天晚上，我们在下午就像平时一样在海岬见面了，我们一起说着话，直到我该回家了。那天，他非常不安，我看到他面色那么惨白，一副病态，我很担心。我问了他，他就告诉我说，他那

213

天早晨有点病，他非常担忧缺钱了。我感到很不快乐，因为他为钱烦恼，他看到了，就说他感到很遗憾他对我说了此事。

"我离开他的时候，已经比平时晚了许多。我应该每天下午去照顾我祖母的，每当我去海岬时，我一般都找安去她房间，直到我回来。我总是非常小心，要在我父亲从沼泽地打鱼回来前回到祖母房间里。假如他回来，发现我不在，他就会大发脾气，那我就没法再出去了。那个下午我离开海岬时差不多是四点了，我走得非常快，这样就能及时回去。我回到家里时已经快到黄昏了。

"我直接去了祖母房间，这样安就能下楼去为格伦索普先生准备晚餐了，他一般快到天黑了才回来。我陪祖母坐着，直到过了六点钟，然后，因为安还没有送祖母的茶点来，我就下楼去厨房里自己拿。安在准备晚餐，非常忙，她告诉我说，半小时以前，有个年轻的绅士来客栈了，他将和格伦索普先生一起在楼上吃晚饭，并在这里过夜。我很惊奇，因为我们客栈难得有住客。我问了安有关他的几个问题，但她能告诉我的很少。查尔斯，那个侍者，走进厨房准备拿东西上楼去，他告诉我说，那个来客是个年轻人，很英俊，看上去是个绅士。

"我拿好祖母的茶点，从厨房沿着通道过去时，竟然听到了彭瑞斯先生的声音，在酒吧客厅里。我起初想，我肯定是搞错了，此时，客厅的门开了，格伦索普先生和彭瑞斯先生出来了。我太吃惊了，也太害怕了，差点把我端着的托盘掉落了。假如他们看向侧面通道的话，他们就会看到我了。但他和格伦索普先生转向另一个方向，走上楼去了。然后，查尔斯走过来，端着一个晚餐托盘，也上楼去了。那时我知道彭瑞斯先生就是要和格伦索普先生一起吃晚饭的绅士，并且在此过夜。

"我不知道该怎么办。我端着祖母的茶点上了楼，悄悄地走过他们吃饭的房间，因为我不想让他看到我，直到我决定好该怎么办。那个房间门关着，他们没法看到我，可我能听到他们在里面说话。当我走进了祖母的房间后，我试图想想最好该怎么做。我起初的想法是，他发现了我是谁。随后，我又觉得他可能是碰巧来这里，以我不知道的方式来的，因为他和格伦索普先生一起吃饭，并和他在一起。然后，我猜想他是不是可能和格伦索普先生认识，格伦索普先生自己也是个绅士似的人，他来此是请格伦索普先生帮助他的。我从来就没对他提过有关格伦索普先生或者我自己的任何事。

"我决定那天夜里设法去见他，让他知道客栈就是我的家。如果他碰巧来到客栈，最好让他别在我父亲面前见我，因为他感到惊奇的话，也许会说以前见到过我了。我父亲就会非常生气，如果他知道我一直在和一个陌生人见面。所以，我沿着通道走了几次，希望看到他从吃饭的客厅出来。但有一次我父亲走进了他们吃饭的客厅，他差点看到我，所以我不敢再过去了。

"夜里十点多，祖母开始焦躁不安，每当有暴风雨要来了，她总是这样的，我就只好陪着她，让她安静下来。她在那样的情况下，我能比任何人做得更多，留下她一人，那不安全。有时，我父亲会过来，陪她坐一会儿，然后去睡觉，但这个夜晚，他没过来。随着暴风雨的来临，她的情况更加糟糕，我坐在她身旁，握着她的手，安慰她。过了大约半个小时，雨突然停了，就像雨突然下了一样，祖母就睡着了。我知道她直到天亮都没事了，所以我就在夜里离开了她。

"我转身去我房间时，我觉得我看到另一条通道里有亮光，我就下去看看。我想大概彭瑞斯先生也许在上床前看书呢。

"我悄悄地走到通道的拐角，朝那里看看，心想也许我会见到他，和他说话。通道里没人，但格伦索普先生的房间门半开着，有光线透出来。

"我真不知道我怎么会去格伦索普先生的房间的。我自那以后试图想想清楚，但做不到。我只知道对于彭瑞斯先生在客栈里，我感到苦恼，感到不安，害怕他会对我生气，没有告诉他有关我自己的实话。在那之前，在那个下午和他见面后，回家路上，我感到很不快乐，因为他缺钱了，希望我能做点什么帮他的忙。暴风雨时，我坐着陪祖母，这些想法一直在我脑袋里出现。

"当我看到格伦索普先生的房间门开着，里面有光线，所有这些想法好像都一起回到了我脑袋里。我记得格伦索普先生总是对我那么友好善良。我听到父亲那天早晨告诉查尔斯说，格伦索普先生要去希思菲尔德的银行取一大笔钱，用来购买克兰利的地。

"我觉得当时我还有个混乱的想法，我去向格伦索普先生吐露心事，请他帮帮彭瑞斯先生。大概我还没有让自己想清楚，但我自己也记得不是很清楚了，因为我突然冲动，沿着通道飞快地奔过去，就怕万一自己还没到那里他就关上门了，因为我知道，假如他关了门，我就不会有勇气敲门的。从半开的房间门，我能看到房间里从门到窗户的地方，看起来好像是空了。我在门上轻轻敲了敲，但没有回应。就在那时，我才注意到房间的窗户大开，一股风直吹进房间，使得门后的光线在房间里照出忽隐忽现的阴影。

"我感到很奇怪。我知道格伦索普先生总是使用床头灯的，从来不用蜡烛，我知道床头灯不会照出阴影来，因为有灯头玻璃。我不知道我担心什么，但我知道全身慢慢地有了一种恐惧的可怕颤抖，还有某种比我强大的力量逼迫我不顾恐惧，走进了房间。"

217

佩吉的实话

　　"他躺在床上，确实死了。他的胸口有血迹，他的两只手伸了出来，好像要把那个杀他的人推开一样。在桌子上，靠近床头，有一支点燃的蜡烛，那是蜡烛光照出的忽隐忽现的阴影，我在走进房间前就看到了。在床上，靠近枕头，有一个火柴盒，我记得拿起了它，放在蜡烛台旁边，我是机械地做的，因为我也不知道自己在干什么，而我以后才回忆起自己的举动。我还有更清晰的回忆，记得脚碰到了什么东西，就弯腰捡了起来。那是一把刀，一把白色刀柄的刀，刀刃上还有血迹。我站在那里，手上拿着刀，然后就清晰地想起来了，我看到过查尔斯端着晚餐托盘——上面就有这把刀——从我面前经过，送上楼去，当时我站在靠近厨房的通道，我就是在那里发现彭瑞斯先生到客栈了。

"我不知道我在那里站了有多久，手里拿着刀子，看着尸体，也许只不过一会儿。好像有两个人在我身体里，一个人在催促我赶紧逃离，另一个人使我站在原地无法动弹，目瞪口呆。

"随后我听到楼下有声音。一阵极大的恐慌攫住了我，我的脑袋晕晕乎乎了。房间角落里的阴影好像都长满了嘲笑的眼睛，我觉得听到了鬼鬼祟祟的脚步声悄悄地上楼了。我不敢站在那里，但我太怕了，不敢走进漆黑的通道。随后我的目光落在蜡烛上，我就拿了起来，正要从房间冲出去，这时我想起来手里还拿着刀子。

"我不知道该怎么办。我想保护他，但我心里有某种感觉，不让我把刀子拿走。我朝房间四周看了看，想找个地方把刀子藏起来，我的目光落到墙上的一幅画，靠近房门。我快速把刀子藏在那幅画的背后，随即就逃离了房间。

"通道里没有人，我回到了自己的房间，锁上了房门。我想我肯定晕过去了，或者失去了知觉，因为我扑到床上以后就什么都不记得了，等我恢复意识，黎明的光线已经钻进了我卧室的窗户。我很冷，头昏脑胀。我爬进被窝，连衣服都没脱，就睡着了。我醒来时已经是大天亮了，我躺在床上听到了厨房里的钟敲了七下。

"我起来，走进了祖母的房间。过了一会儿，安来了，端来了茶。

219

她告诉我说，彭瑞斯先生一早就走了，没有吃早饭。她还告诉我说，她发现格伦索普先生的房间里没人，但钥匙插在门外。她担心他发生了什么事，所以她就派人去找了昆斯米德警官。我没有告诉她在夜里我看到的事。我就想一个人待着，想想清楚。我不明白格伦索普先生的尸体怎么会从他房间里消失。我想，我真希望我立刻醒来，发现我在夜里看到的只是个噩梦而已。但安过了一会儿又来了，告诉我说，格伦索普先生的尸体已经在高岗上的深坑里被发现了，罗纳德先生，她是这么称呼彭瑞斯先生的，被怀疑谋杀了他。

"她告诉了我这事后，我觉得好像我的血液都结冰了。我知道那是真的，我知道他杀了格伦索普先生，因为他缺钱，但我知道，尽管有这一切，我还是想保护他、帮助他。我就整天待在祖母的房间里，决定保持沉默，不告诉任何人我在那天夜里看到的事。但有一件事让我感到担心，那就是那把刀子，我把它藏在墙上的那幅画背后了。我有一次试图去那个房间把它取出来，但房间门锁上了，我不敢要钥匙。

"然后，下午警察从德灵顿来了。当您和他们一起走进我祖母的房间时，我不知道您是谁，但我一看到您我就担心了，尽管我尽力不想让您发现。我知道您比其他人更聪明。但您的眼睛好像直接看着我，在我的灵魂里搜索。后来，我问父亲您究竟是谁，他说，您的名字是科尔文先生，您是伦敦的侦探。我曾读到过您的事，我知道您很有名、很聪明，在见到您以后，我觉得您肯定会发现我的秘密，把彭瑞斯先生送进监狱。

"那天夜晚，我下了楼，听到您和那个警官在你们吃饭的房间里谈论，我就在门口听着。当我听到您说您不肯定谁是凶手时，我非常吃惊，因为直到那时，我觉得很确定，您会认为彭瑞斯先生有罪。我相信假如您发现了那把刀子，您会改变主意，安对我说过，警察知道格伦索普先生是被一把刀子杀死的，那把刀子是彭瑞斯先生在晚餐时用的。我的脑袋里有了一个主意，假如能在您发现它之前就拿到那把刀子，您也许就会继续认为是其他人犯了谋杀罪，也许就能说服警方也这么去想了。

"我就决心在那个夜晚去那个房间里取出刀子。我知道门是锁上了，但警官把钥匙放在酒吧客厅的壁炉台上。在夜晚，我就一直待在楼下的通道背后，等待机会去拿钥匙。你们两人在那里待得很久，我觉得没有机会了。

"您上楼去睡觉后，盖洛威先生叫查尔斯给他拿点白兰地。查尔斯走出房间去拿酒了。盖洛威先生跟着他进了酒吧。他在那里的时候，我就悄悄地进了房间，拿到了钥匙，把我自己房间的钥匙放在原处。我觉得警官不会注意到钥匙的不同，但那是我必须得冒的风险。然后我就奔回自己的房间了。

"虽然我拿到了钥匙，我还是担心了一段时间，不敢用它。但我实在无法忍受进入那个房间的想法，可要去那里，我还得经过您的房间门，我不喜欢那样。

　　"然后我就悄悄地出去，沿着通道尽量地轻声，手里提着鞋子，因为我下了决心，拿到刀子后我会拿着它穿过沼泽地带，去防浪堤，把它扔进大海里去。那是我感到您肯定找不到它的一个地方。我拿着一支蜡烛，但我不敢点燃它，直到我经过了您的房门，就怕万一您醒着，看到了亮光。我到了格伦索普先生的房间后点燃了蜡烛，打开了房门，尽量轻地转动钥匙。可它还是发出了声音，我站着倾听，觉得听到您的房间里有动静。我就吹灭了蜡烛，走进了房间，拿出钥匙，从里面锁上了门。

　　"我不知道站在黑暗里听了多久，但我知道我没有像我起先预料的那样害怕。我不断地告诉自己，格伦索普先生活着的时候总是对我很和善，他现在死了，不会害我的。我没有朝床上看，但紧靠着门，尽量竖起耳朵听外面通道的任何声音。但过了一会儿，我在锁了门的黑暗房间里开始感到害怕了，各种可怕的想法都在脑子里冒出来了。我想起读过的一个故事，有个男子在一个锁上门的房间里和一具尸体在一起，等到早晨，大家发现他疯了，而且尸体的位置移动过了。我觉得格伦索普先生好像从床上坐起来看着我，但我不敢回头去看。我知

222

道自己必须走出房间，不然就会尖叫起来了。我点起蜡烛，摸到了画背后的刀子，开了门。蜡烛一点亮，我就感到有点勇气了，我朝门外看看，然后才走进通道。我什么都没看到，一切都好像很安静，所以我就走出房间，锁了门，下楼去了。

"一旦我出了客栈房子，我就能看到友好的星星，所有的害怕都消失了。我对沼泽地非常熟悉，所以我能在任何时间找到路穿过去。在我的心里，我有个感觉，我很勇敢，我帮助了他。当我在防浪堤上把刀子扔进了大海后，我感觉似乎很轻松快乐，回到房间后，一上床就立刻睡着了。

"在您在第二天对我说话之前，我还不知道您已经看见了我，还跟踪了我。但您叫住了我，说您有话对我说，那时我就知道了。然后，我意识到您在观察我，我告诉您的事已经解释了我去那个房间的原因，这事又在我脑袋里冒出来了。我不知道您是不是相信我，但我不太在乎，因为我知道您不可能看见我扔进海里的东西。那个秘密只要我保守就一直不会泄露，您也没法逼迫我违反自己的意愿说出来。"

佩吉结束了她的发言，抬头渴望地看看科尔文，想知道他是如何看待她说的话，但她从侦探那高深莫测的脸上什么都看不出。科尔文正在迅速地思考着，他相信客栈老板的女儿因为一个秘密所带来的压力太沉重，难以独自承受，所以这次对他说了实话，但是，他心里快速地思考了一下她叙述的要点，他看不出这番话对谋杀案提供了任何额外的启示。她袒露的唯一的新事实就是她和彭瑞斯事先就已认识。她还在无意中透露出她和彭瑞斯陷入了恋爱，无论如何，她的叙述证明她深深地爱上了彭瑞斯，所以她发挥了非同寻常的性格力量，尽力保护他。但在了解了这些事之后，也未能朝破解谜案前进任何一步。他怀着微弱的希望，想引导她说出真正有价值的事，所以他转向她，说道：

"你的叙述里有一点我不太清楚。你说在那天上午，当你听到人们从深坑里打捞出格伦索普先生的事，你就知道彭瑞斯先生就是凶手。为什么你那么肯定这一点？是因为你捡起了行凶用的刀子吗？刀子是一条线索，警方的推论当然是彭瑞斯为了行凶而在晚餐时偷偷地藏起了那把餐刀，但是，就其本身来说，它难以成为一条令人确信的线索。还有其他什么事让你肯定是他犯下了这个罪吗？"

"是的，还有点事。"她慢慢地说。

"我也是这么认为的。那么，你是指火柴盒吗，是不是？"

"是的，是火柴盒。"她重复了一下，这次声音轻微。

"为什么火柴盒就让你那么肯定呢？"

"我必须要告诉您此事吗？"她说着，无助地看着他。

"当然，你必须告诉我。"科尔文脸色严峻，"正如我之前告诉你的，现在没有什么事你做了或者说了能够伤害他，帮助他的唯一希望就是说出全部的实话。"

"那是他的火柴盒。上面有他姓名首字母的图形。"

"你带来了吗？"

作为回答，她从衣服前胸掏出了什么东西，带着心碎的神色，放到科尔文的手上。那东西是一个小小的火柴盒，一面有个珐琅质的军团徽章，另一面有首字母组合图案。科尔文仔细地察看。

"我看到缩写字母是 J.R.P.[1]，"他说道，"你怎么知道是他的姓名缩写？你知道他的名字？"

"是的。我和他在一起时，他曾经用那个火柴盒里的火柴点香烟。有一天我请他给我看看，他给我了，我就问他这些缩写字母代表什么，他告诉我这几个字母代表他的名字，詹姆斯·罗纳德·彭瑞斯。随后他对我说了他自己和他的家族，而且，他说，他在乎我，但他不自由。"

她声音低低地说出了最后几个字，站在那里看着他，就像一个少女吐露了她心里最神圣的秘密，为了帮助她的情人。但科尔文没看向她。他打开了火柴盒，摇出了里面的几根火柴。几根火柴掉在他的手掌上。这几根是蜡火柴，火柴头是蓝色的。他看到了火柴后突然眼中闪过了

1　缩写字母J.R.P.代表詹姆斯·罗纳德·彭瑞斯，是彭瑞斯的英文全名，三个字的第一个字母即为首字母。——译注

光亮，那神色既奇怪又愤怒，以致一直看着他的少女畏缩了。

"那是什么？您发现了什么？"她叫道。

"可惜啊，你起初没有对我说实话，而是欺骗了我。"他严厉地回答，"听着，客栈里还有谁知道你今天来找我？我想他们不知道，但我想确认一下。"

"没人知道。我告诉他们，我去莱兰见裁缝。"

"那就更好了。"科尔文看看手表，"你还有时间去赶一点半的火车回家。你最好立刻就走。我会在今晚某个时间去客栈，但你必须确保没有让任何人知道我会去，或者你今天见过我。你明白吗？我能相信你吗？"

"能，"她回答，"我会做你让我做的任何事。但是，噢，在我离开前，请告诉我，你是不是要去救他？"

"我没法说，"他回答，声音温和点了，"但我会尝试帮助他。快走吧，否则你就赶不上火车了。"

意外的发现

在回格兰德大酒店的路上，科尔文构思了他的计划。他进店去吃午饭时，在办公窗口停了一下，告诉女接待员说，他改变离开的时间了，保留他的房间，但预计会离开两三天去乡村。女接待员眼光调皮、头发蓬松，问侦探是否找到了来见他的年轻女士。听到科尔文凝重地告诉她说找到了，她就微笑了一下。显然，她从住客的改变计划里嗅到一丝浪漫。

由于侦探希望他要重新进行的这次调查尽量别引起注意，他决定不开车去弗莱涅。午餐之后，他在手提包里放了一些必需品，赶上了去希思菲尔德的火车。到达了那个路边车站后，他先后向上了年纪的职员——此人担任站长、搬运工、车站清洁工——打听了穿越田野去弗莱涅的最近路径，听到了他们用浓重的诺福克方言给出的最清晰的指示后，拎起手提包上路了。

去弗莱涅的公路长达五英里，走小道穿过田野就不到四英里了。科尔文快速行走，不到一小时就抵达了沼泽地上隆起的高岗。沼泽地带边缘的村庄在阴暗的下午光线里看上去灰蒙蒙的，阴郁凄凉，荒芜空寂，呼呼的大风从北海带来了苦涩的寒冬预示。一条新近形成的沼泽地水道把客栈与村庄分割开来，那水道伸出了黏滑的舌头，越过公路，形成了一个水塘，青蛙在水里吵闹喧哗得不亦乐乎。

就在科尔文走下高岗时，客栈的前门打开了，客栈老板憔悴的身影出现了，手里拿着钓鱼线。他在客栈的招牌下暂停片刻，生了锈的铁锚标志摇摇晃晃，他抬头看向天空，只见天低云黑。他这么做的时候，转过身来，看到了科尔文。于是他便等他走近，等来客先开口说话。他没对科尔文的出现表现出惊奇，但他那鸟样的脸并不适合用来表达人类的情感。也许一只巨嘴鸟倒会轻易地表达出高兴、悲伤，或者惊讶了。

"下午好，班森，"侦探愉快地打招呼，"要去钓鱼的话，天快要下雨了，是吗？"

"所以我没法决定去不去，先生，"对方回答，"在世界的这个地方，乌云不一定总是意味着下雨。云层似乎聚集在沼泽地多了点，有时乌云就这样聚集几天也不下雨。但我今晚还是别去钓鱼了。这些地方的大雨一会儿就把您淋透了，沼泽地里根本没有躲雨的地方。"

"那么，你就能够来关照我了。"

"无论如何，我都会这么做的，先生。"对方快速回答。

"我想回伦敦之前，在这里住上几天。我对考古研究也有兴趣，当然啦，诺福克海岸的这个地区有丰富的古代文化和史前遗迹，你很了解的。"

"是的，先生。许多科学界的绅士们曾经同时来访此地。去年我们有位先生在客栈里住了一小段时间，叫加德纳博士，大概您听说过他。他对高岗上的茅屋区非常感兴趣，他回伦敦后就此写了一本书。然后就是可怜的格伦索普先生了。他谈起那些古董货从来不知疲倦。那些古董都在附近地方的地下呢。"

"确实如此，我也想来做些自己的调查了解，所以我今天下午就来了。我把汽车和行李都留在德灵顿，我在那里住店，我想，没这些东西，你会感到安顿我更方便一些。我相信你可以安顿我的，班森，对吗？"

"嗯，先生，您知道这里很简陋，我也没什么可以提供给您。但假如您不介意的话——"

"一点不介意。你不必为我麻烦。"

"那好，先生，我会很乐意尽力让您感到舒适。请进吧。这边走，先生——我必须得问问安有关您住哪个房间，然后带您上楼。"

　　客栈老板打开了酒吧客厅的门，请科尔文原谅他失陪，他去问女佣了。几分钟后，他回来了，后面跟着行动笨拙的安。矮胖的农妇一看到侦探便行了个礼，接着以歉意的口吻，伴随着呼吸杂乱，矮胖体态像果冻似的动着，解释说，她很遗憾，有点措手不及，没有预计有来客，但是，没法让科尔文先生住之前住过的房间，因为她那天已经把东西都搬出去了，所有的东西都放得乱七八糟的，更别提那里面潮湿得很。只有可怜的格伦索普先生的房间，当然，那不合适，隔壁的房间，就是那个可怜的年轻先生睡过的房间。不知科尔文先生是否介意那个房间。如果他不介意，她可以把那个房间弄得相当舒适，马上就在厨房里把干净的床单烘干。

　　科尔文感到自己有理由庆幸客栈要他住的就是他想要仔细检查的房间。幸亏另一个房间里搬空了，这会省得他半夜里悄悄从一个房间走到另一个房间，还要冒着可能被人发现的风险。他告诉安说，彭瑞斯先生睡过的房间很好，并让她不必为他再去麻烦了。但安本来非常担心，她心里有关卧室的负担刚卸掉，就又提到了晚餐问题。在那方面，她也是措手不及。客栈里没什么可吃的，只有一点冷羊肉，还有点昨天留下来的野兔汤。她能热一盘汤，那汤原本很好，冻结得像果冻似的，再加上羊肉做的炸肉卷，送上餐桌，还有一些蔬菜，最后是布丁，那样可以吗？科尔文微笑地回答那太好了，安就退出去了，保证在一小时内就送上晚餐。

科尔文在酒吧客厅里度过了那段时间。客栈老板自己送来一些走私的著名白兰地，很乐意地接受了侦探的邀请，喝了一杯。有一个老式的长脚酒杯盛着棕色的白兰地放在面前，客栈老板渐渐变得多话了，科尔文原本没发现他会如此多话。客栈老板聊了客栈在古老的走私时期发生的许多奇怪的故事，每当白兰地被搬上海岸后，就会存放在客栈的地下通道里，几乎就在税官们的眼皮底下。根据本地历史记载，对这些一直和国王的税官们过不去的人来说，这个客栈建造在山坡上就有了个更好的藏匿地方。有个叫克兰利的本地名人，他就是卖地给格伦索普先生的那个农民的无法无天的祖先，据说当时他是诺福克最厚颜无耻的走私犯，这很能说明问题，考虑到沿海地区人口，有大量的人在那些日子里从事走私活动。

克兰利是个本地英雄，他也英雄般地喜爱白兰地，便自由自在地走私。传说他有一次在一些谷仓和干草堆上点火，发出警告给他的一些同伴，他们正在"运货"，说有陷阱在等待他们。因为放火而遭受损失的农民们试图把克兰利扭送到法官面前去，但他带着一些上等的白兰地，把自己封闭在客栈里，抗拒农民们几个月，依靠面包和白兰地过日子，从客栈房子南面的圆形窗口对派来捉拿他的士兵射击。至于克兰利和他那伙亡命之徒的最终命运如何，本地传说各不相同。

根据某些权威说法，他们穿过沼泽地逃出去，离港出海了。但故事的另一个版本说，他们被抓住了，就在客栈里审判了，然后不光彩地被吊死了，一个接一个，就吊在客栈门外悬挂着锚的那根柱子上。这个版本还增加了一点内容，克兰利最后的要求是喝个痛快他为之丢了性命的著名老白兰地酒，可是把酒给他后，他一口气就喝干了，把酒杯扔在刽子手的脸上，然后一跃而起，把头套进绳索，化为永恒。在客栈房子的外墙上还能见到当时围剿克兰利和随从的确凿证据，那是国王的部队用子弹打出来的凹痕，他们想击中从圆形窗口里开火的走私者们。

就这样，客栈老板漫谈下去，直到查尔斯走进来，拿着餐桌布，这让他想起时间过得真快，他退出前结结巴巴地为他坐在那里聊了那么久表示歉意。胖胖的侍者庄重地向科尔文鞠躬行礼，接着铺上了餐布。他做完了这一切，就离开了房间，回来时拿着一瓶红葡萄酒，他放在壁炉火前，开始温酒——他用手拿住瓶子温着。然后，他拿起酒瓶，对着光线看看，再小心地放在桌子上。

"你对酒的知识在弗莱涅没什么用，查尔斯，"科尔文评论道，"我想你不属于这些地区吧。"

"对啊,先生。我是在伦敦土生土长的。"侍者回答说,声音轻如耳语。

"你为什么要离开伦敦呢? 一般来说,比起世界上任何地方,伦敦人还是更喜欢他们的城市。"

"我在那里会饿死的,因为我丧失了听力。伦敦把一切都从你身上拿走了,但什么回报都没给你。我很感激班森先生雇用了我,考虑到我的痛苦。没有一家伦敦的旅馆会给我一份工作的。但尽管我确实这么说了,先生,我认为我对班森先生还是有用的,我赚取我的生计,他还给我几先令。我尽力替他减少麻烦事。"

这倒是千真万确,因为科尔文在上次来访这家客栈时即已观察了他。这个耳聋侍者在各方面都是这家客栈的真正经理,使客栈老板得以自由地过他的独居生活,而他则照料酒吧和酒窖,帮助安,服侍难得来此的游客。无疑,这样的安排对彼此都很合适,尽管不太可能对双方都有利可图,因为在这样一个地方,也就是勉强度日罢了。

科尔文突然从盘子上抬起头来,看到侍者的黑眼睛紧盯着他,目光犀利。一遇到侦探的眼光,查尔斯立即目光低垂。不过,对后者的行为,科尔文本来就没有多想,因为他知道查尔斯耳聋,不得不观察他服侍的客人的嘴唇,以便读取他们嘴唇动作的含义。但如果查尔斯只是观察他的说话,他就不会在他被注意到时,感到被迫移开目光了。突然地垂下目光是一个人惊讶时的一种迅疾的无意识行为。侦探意识到，查尔斯并未接受他提出的第二次入住客栈的理由。查尔斯显然在怀疑那个理由遮盖了某种隐秘的动机。

科尔文吃完了晚餐，掏出一盒雪茄烟。抽出一支雪茄后，他从佩吉那天给他的火柴盒里取出一根火柴，点燃了雪茄。

"你以前见过这个火柴盒吗，查尔斯？"他问道，把火柴盒放在桌子上。

侍者拿起小小的珐琅质银色火柴盒，仔细地观看着。

"我见过，先生，"他说着，把火柴盒送回来，"是彭瑞斯先生的。"

"你怎么会认出来的？"

"珐琅质的字母，先生。那天夜晚在餐桌旁，我就注意到了，当我拿着彭瑞斯先生的烛台，他就用这个火柴盒里的火柴点燃了蜡烛。"

"点燃蜡烛后，他把火柴盒放进口袋里了吗？"

"是的，先生，放进他的背心口袋里。"

"在谋杀案发生后，这是在格伦索普先生的房间里捡到的。一条强有力的线索，查尔斯！许多人被绞死的理由更少。"

"无疑是的，先生。"

侍者在他残疾的手臂上平衡好一只托盘，继续清理桌子。当他完成了任务后，他问侦探是否还需要他，因为如他不需要了，那他该去酒吧了。科尔文说不需要了，他就无声无息地退出去了，用他那只健全的手扶着装满东西的托盘。

科尔文坐在壁炉火旁度过了晚上的时间，一直抽着烟。很幸运，他有很多时间去思考，因为客栈并无任何阅读资源可以占据不速之客的心思。壁炉旁的壁龛里有几本书，但这些书只是 1860 年至 1870 年的《诺福克体育公报》合订本，还有一本《宽阔河段的钓鱼术》以及一本过时的《农民年鉴》。昔日里客栈的住客显然都是狩猎爱好者，因为在墙壁周围陈列着填充的飞禽标本，排列在玻璃器皿里的鱼，还有两支陈旧生锈的捕鸟工具和一根钓鱼竿悬挂在天花板附近。

九点后不久，客栈老板走进房间，拿着烛台，放在桌子上。他解释说，他习惯早点上楼，去陪他母亲坐一会儿，然后去睡觉。可怜的人期待着，他说，如果他去晚了，她就会烦躁不安的。

"现在谁陪她坐着呢？"侦探询问道。

"我女儿，先生。她总是等到我上楼去。"

"那么，你从不让她一人待着？"

"只有在夜里，先生。医生说，她在夜里可以一人安全地待着。她睡得相当好，考虑到这一点，虽然说，每当有恶劣天气时，我总是去她那里。大风呼啸着从海里刮过沼泽地会刺激她，在诺福克沿海，我们有许多这样的天气，尤其是在冬季的几个月里。我希望我能把她照顾得更好，但我办不到，总之，情况就是这样了。"

"你的情况很糟吗，班森？"

"非常糟，真的，先生。这让我夜里睡不着，寻思哪里是个尽头。但我不想用我的麻烦事来加重您的负担，我想我们都有自己的麻烦事要应付。我只是来送蜡烛，问问您，在我去睡觉前，您还需要什么吗？查尔斯已经去他的房间了，但安还没有睡。"

"告诉安，她不必为我而迟睡。我不需要什么了，我能自己回到房间去的。房间准备好了吗？"

"好了，先生。安刚才还在那里，铺上干净床单。也许您不会在意在您上楼时关掉煤气表上的煤气开关吧，它就在楼梯下面。如果您不在意这个麻烦，安就能去睡觉了。一般来说，我们这里早睡早起。没什么事需要晚睡去做的。"

"我会关掉煤气，我知道煤气表在哪里。班森，煤气怎么会只接通楼上两个房间，格伦索普先生曾经住的房间？接通邻近房间是个很容易的事，只要把煤气管通到楼上去就行了。"

"说得很对，先生，但煤气管接到楼上去是由格伦索普先生付费的，他来了不久就这么办了。他觉得他会喜欢的，他就付费安装了。但接通以后他难得使用。他说他发现他想在床上阅读时，煤气灯让他眼睛感到不舒服，所以他拿了个床头灯。"

"可是，那天早晨谋杀案发生后，他房间里的煤气开关半开着。"

科尔文沉思着评论说。

"大概是凶手打开的。"客栈老板低声提示道。

但在他的嗓音里有点轻微的颤抖，这瞒不过侦探敏锐的耳朵。

"那是可能的，但这一点在审判时没有得到澄清，现在，非常可能永远不能了。"他回答说着，专注地看着客栈老板，"而那个白炽灯头也断裂了。你换了个新的灯头上去吗，班森？"

"没有，先生。自那以后，这房间就不再使用。"

"灯头断裂真是件怪事。这是案件里另一个在审判时没有澄清的疑点。你觉得是谁打碎的？"

"我怎么知道呢，先生？"他那双鸟似的眼睛，有着不安的阴影，不自在地避开了侦探的目光。

"然而，你能尝试提出看法。为什么不呢？案件现在已经结束了，彭瑞斯，或者罗纳德，如他自称，被判了死刑。所以，你认为谁打碎了那个灯头，班森？"

"还有谁，只有凶手，先生，对吗？"

"那是警方的推论，我知道，但我怀疑彭瑞斯是否高到灯头足以撞到他的头。那灯头离地有六英尺多高呢。"侦探挑剔的目光投向客栈老板的身形，仿佛他是在用眼睛打量着老板的身高，"你身高超过六英尺了，班森，可能是你干的。"

那是个碰运气的猜测，但效果显著。客栈老板朝侦探晃了晃他长头颈上的小脑袋，带着一种奇怪的姿势，就像一只翅膀被捆住的老鹰在罗网里扑腾挣扎似的。

"你怎么能这么说！"他叫道，他的声音有一种新的刺耳语调，"我与无论什么事都无关。"

"你是什么意思？"侦探严厉地回答，"你认为我在暗示什么？"

"对不起，先生，"对方回答，"事实上我已经有段时间不太对劲了。"

他的声音出现了奇怪的颤抖，突然断了，科尔文注意到他伸出长长瘦削的手，仿佛是强烈反对他先前的激烈态度，剧烈地颤抖着。

"你怎么啦，老兄？"侦探敏锐地看着他，"你没有勇气了。"

"我知道没有了，先生。两星期前在这个房子里发生的事让我感到极其心烦意乱，我还没有恢复过来呢。我还有其他的麻烦事，个人麻烦。最近，我只好陪着母亲，很晚才去睡。"

"你最好吃几片安眠药，"侦探直率地说，"一个只有你这样胆量的人是不配在这种地方生活的。你最好现在就去睡觉。晚安。"

"晚安，先生。"客栈老板匆忙离开了房间，没再多说一个字。

科尔文坐在壁炉火旁，深思这次意想不到的事，直到厨房里的钟敲了十一下，提醒他该去睡觉了。他按照班森的要求，在楼梯底下关掉了煤气表上的开关。当他来到格伦索普先生被谋杀的房间外，他在门外停了一下，转动把手。门锁上了。

他正要走进给他安排的隔壁房间去时，一缕细铅笔粗细的亮光刺破了通道里的黑暗，那通道从他站立的通道分岔出去。他便站着看那光线变得越来越亮、越来越大，有人沿着另一条通道走过来了。一会儿后，客栈老板的女儿出现了，手拿蜡烛。她快速走向站立着的侦探。

"我听到您上楼去了，"她轻声解释说道，"我一直在我房间等待着，耳朵听着。我想见您，但不要让别人知道，那很难。所以，我想我会等待。我想让您知道如果您想在任何时间见我，如果您需要我去做什么事，您从我房门下塞进去一张纸条就行，我就可以在您指定的任何时间去防浪堤那里见您。没人会看到我们在那里的。"

科尔文赞许地点点头。显然，这姑娘不缺少智谋和智慧。

"您来了，我太高兴了，"她真诚地继续说道，"今天离开您以后，我担心您会改变主意。整个下午我都在楼上的一个窗户口等待着，直到我看到您来了。您会去救他，对吗？"

她抬头看着他，面带微笑，尽管微微一笑，却给她的脸容增添了新的罕见丽色。

"我会尝试，"科尔文庄重地说，"你能告诉我，格伦索普先生的房间钥匙放在哪里吗？"

"挂在厨房里。您需要钥匙？我去拿来给您。如果安或者查尔斯看到我，他们不会像看到您那样感到奇怪的。"

她太急于证明自己对他有用，所以，不等他回答，便已迅速离开，无声无息地沿着通道奔去，下了楼。在很短的时间里，她就拿着钥匙回来了，把钥匙放到他手上。"还有什么事要我做的？"她问道。

"没有了，只是你要告诉我，你在哪里拿到钥匙的。我想再放回去，不让任何人知道钥匙已经用过了。"

"它就挂在厨房食具柜，第二个挂钩上。您不能搞错，因为那里有个挂锁和我父亲的钓鱼线挂在同一个挂钩上。"

"那么，这就是你能做的一切了。如果在任何时间想见你，我会告诉你。"

"谢谢您。晚安！"她没再多说一个字，离开了。

科尔文站在他的门口，看着她，直到她消失在通道，那通道通往她自己的房间。然后，他转身进入自己的房间，随手关上了门。

他走到窗前，一下子打开了。海雾弥漫，飘过寂静的沼泽地，宛如一片云，轻轻地触及他的脸，冷冷的，他站在那里，深思着事情的奇怪转向，促使他回到客栈去，从他两星期前放下的疑点开始，继续他对谋杀案的调查。在那个短暂的日子里，发生过多少事了！彭瑞斯已受到审判，被判死刑，就为了一个科尔文相信他根本没犯过的罪行。机会，不，命运，通过在他手里放下了重要的线索，指引他的步履来到此地，让他在一切都太晚之前，以他的智慧来弥补他过去的错误。

科尔文感到命运之手正放在他肩上，他从窗口转过身来，以强烈的好奇心，审视着这个小房间。室内的一切显得单调，却隐藏着一个秘密，挑战他用智慧去发现。那天夜里在罗纳德睡过的房间里发生过什么？他注意着一件又一件的家具。自他上次，也即发生谋杀案的第二天，来过这个房间后，似乎没有什么改变。靠窗有个盥洗盆架子，靠床边有五斗橱，梳妆台，还有一个大衣柜。如同他第一次见到这个大衣柜那样，科尔文看着这个家具，依然对它颇感兴趣。对这个小房间来说，这个大衣柜显得太大太累赘了，它大约有八英尺高、五英尺宽，却放在房间里最不方便的地方，在床边，离开那面隔开通道的墙不远。他打开大衣柜的双门，朝里看去：衣柜里空无一物。

科尔文在房间里做了一番井然有序的搜索，希望发现什么能对那夜的谋杀有所启示的东西。无疑，自从彭瑞斯睡过后，这个房间无人住过了，他也许会留下什么，也许是忘记的一小张纸，可能会有助于解开这诡异凶险的谜团。在侦查犯罪时，看似微不足道的物件常常会导致重要的发现，没人比科尔文更清楚这一点了。但尽管他煞费苦心地搜查了房间，却一无所获。

他正在如此忙碌时，一个轻微的沙沙声引起了他的注意，他看向房间的角落，声音是从那里传来的，他看到一个大老鼠蹲在踢脚板旁，两只邪恶的眼睛看着他。科尔文四下看了看，想找个家伙去打它。那老鼠似乎预知他的用意，"吱吱"叫着在房间里乱窜，最后消失在大衣柜的背后。

科尔文走近大衣柜，把它推开。就在他这么做的时候，他有一种难以描述的好奇感觉，似乎有某种无形的存在进入了房间，正在默默地关注着他。他的行为似乎不是出于他自己的意志，而是某种比他强大的力在推动着他。而且，他有一种神秘感，这整个事件中老鼠、大衣柜以及他的所为，都只是重复了在这个房间里之前发生过的事。

考虑到大衣柜的重量和大小，这柜子移动起来比他预期的来得容易。大衣柜的背后没有老鼠，只有在踢脚板下的一个洞，表明那是老鼠的出逃之处。但引起科尔文注意的是大衣柜原先占据的空间。为什么大衣柜安置在原先位置的原因很清楚了。潮湿渗透了这边的墙，并腐蚀了墙纸，所以一大块墙壁崩坍了。

在如此显露出来的墙壁上，有一个大约两英尺见方的木制活门，由一个按钮控制开关。科尔文按了按钮，打开了活门。一个漆黑的洞口对他张开了大嘴。

借助蜡烛光，他看到墙壁是空心的，那个洞口通向空心处的空间。在一座古老的房屋里，这种活门并不罕见，科尔文在其他有老式厚墙的房屋，见过类似的活门。那是过去的那代人使用的原始通风方式；

活门打开，自由流通的空气便渗入建筑，直达房基。但进一步检查，这个洞就显示出某种科尔文从未见过的东西——在墙另一边的相应位置上也有活门，通向格伦索普先生住的卧室。科尔文用手推了推，没有打开。毫无疑问，该活门被按钮固定了，就像这个活门一样。

科尔文仔细地检查了第二个活门，注意到木头受到虫蛀，缩小了点。因此，活门适合墙洞，但很松懈，在活门的一边有条很宽的裂缝，这引起了科尔文的注意。裂缝沿着整个活门都有，在顶部，也就是水平面上，有个部分的裂缝也许有一英寸宽。

科尔文神经紧张，预感有重大发现，便摸出了小折刀，打开了最大的刀刃，插进裂缝。小折刀插入，直到刀柄。他用刀沿着整个裂缝移动，毫无困难。无疑，这个活门通向隔壁房间。

科尔文小心翼翼地关上了活门，开始把大衣柜推回原先的位置。就在他这么做的时候，眼光落到了几小片躺在空地上的碎纸片上。他俯身捡起了纸片。这些是从一个笔记本上撕下的纸页，上面有字迹。科尔文试图把碎纸片拼凑起来，读读文字。但有些碎纸片不见了，他只能辨认出两个不连贯的字——"Constance（康斯坦丝）"和"forgive（原谅）"。

侦探缓慢地，几乎是机械地，摸出烟斗，点燃了，久久地站在打开的窗口前，凝视着深沉的黑暗，陷入了深深的思索，想着他的发现，以及这些发现预示着什么。

白夫人的传说和新线索

　　随着灰蒙蒙黎明的第一丝微光的出现，科尔文醒来了。他想测试一下警方的推论，认为谋杀案是由凶手从一个房间爬到另一个房间去实施的，但他并不想在试验时被客栈里任何人发现。

　　他卧室的窗户太小，难以钻出去，并且，从窗台到山坡的落差大于八英尺。在尝试了一两次后，科尔文先从窗户伸出了脚，钻出窗户一半时，他扭动着转了个身，直到他能够抓住窗台，然后放手掉落下去。掉落使得他的脚后跟深深地陷入山坡上的黏土中，在雨后，那地方又潮湿又黏糊糊的。

　　科尔文仔细地察看了一番他的脚后跟留下的凹印，然后走到隔壁窗户的下方。要爬进这个窗户很容易,这个窗户更大,离地落差更小,到山坡最多五英尺。科尔文跳上窗台,用手试了试窗户。窗没锁上。他推开下部的窗玻璃,进入了房间。

他直接走到床边,边走边注意到,他的脚步在地毯上留下了外面的红土泥屑,与谋杀案发生后那天上午在房间里发现的红土泥屑相同。他接下来检查了房间中央枝形吊灯上断裂的白炽灯头,仔细地测量了煤气灯喷口、床边还有房门的距离,这么做时,他观察到煤气灯几乎与床脚成一条线。这一点他先前就注意到了,当时盖洛威警司提示说,白炽灯头是被凶手搬运的尸体碰断的。科尔文那时觉得难以接受这个观点,但现在,鉴于最近的种种发现,对这次犯罪的新推论逐渐地在他心里形成了,看起来难以置信,凶手在其可怕负担的重压之下步履蹒跚,居然会不走通向房门的最近路线。

科尔文用细心的眼光检查过床之后,接着寻找墙上的小活门。那活门不太明显:墙纸显然是覆盖了房间里那一边的整个墙面,没有断裂之处。但更仔细地察看就发现了一条容易忽视的细小缝隙或者破裂,在暗绿色墙纸上几乎察觉不出,从靠近房门的一幅小画向外延伸了一英寸左右。把画取下后,这条缝隙更为明显,因为该缝隙延伸了整个空间。房间最后贴的墙纸,看其暗淡程度,可以判断那是长久以前的事了、活门被墙纸遮盖,而缝隙是因木制活门的皱缩造成的,正如科尔文昨夜注意到的那样。

科尔文用佩吉给他的钥匙开门出了房间，锁上了身后的门，拿着钥匙下楼去厨房了。天色依然还早，没人起床。他把钥匙挂在食具柜上的挂钩上，回到了自己的房间。

那天早餐时间，查尔斯声音沙哑地低声通知他说，他那天得去希思菲尔德，去查明啤酒商为什么还没有送啤酒来，已经过了规定时间好几天了。查尔斯主要是表示遗憾，在这段时间里，他的这位客人只能留给安，听凭她的仁慈安排了。随后，他让科尔文明白，他对女人做侍女感到很糟糕，但他答应会及时赶回来为科尔文提供舒适的晚餐服务。科尔文感到有点好笑，便告诉这人，别为了他而匆忙赶回来，因为安也能把他照顾好的。

早餐后，科尔文正在客栈门前抽雪茄，就看到查尔斯启程出发了，他矮胖的身躯艰难地爬上高岗，消失在高岗的另一边。紧跟着，客栈老板憔悴的身形从客栈出来，准备去钓鱼了。他看到科尔文，迟疑了一下，然后朝他走去，告诉他说，上午要去几英里远的一条河溪里钓鱼，最近的大雨之后，他已经在酒吧里听了一个晚上那里有鱼的事了。

"你和查尔斯都走了，谁来照管客栈？"科尔文微笑地问道。

客栈老板小心地把一根钓鱼线放进他褪色的粗花呢外衣旁宽大的口袋里，回答说，因为客栈没啤酒了，那客人也不太可能会有，所以离开了也不会丢失什么。客栈老板好像就已经把话说完了，但他还是徘徊着，看看他的住客，仿佛他心里有事。

"我不知道您是否喜欢钓鱼，先生，"一阵相当长的停顿后，他说道，"如果您喜欢，我会非常乐意在任何时候给您露一手。在这个地区钓鱼非常好，就和在诺福克其他地方一样。"

科尔文迅速猜想客栈老板心里所想的事。他一直在为昨夜酒吧客厅里发生的事担忧，希望通过这个笨拙友好的表示来消除住客心里他昨夜说话粗鲁的印象。而科尔文同样也想减缓他的害怕，所以便谢谢他的提议，站着和他聊了一会儿。科尔文的态度愉快自然，起到让客栈老板放心的作用，老板的行为里出现了明显都感到宽慰的样子，他祝愿侦探上午好，便踏上了钓鱼的远征之途，离开了。

一个上午科尔文都沿着沼泽地独自散步，思忖着夜晚和早晨的那几件事。他回到客栈里吃了早午餐，由安招待，她对他自在地聊起了自他上次来访后的各种琐碎小事，这些事构成了村里的日常生活。看起来，这些小事里最主要的是，经过长时间的安静后，尖叫深坑的白夫人又出现了，这是个出没在高岗上茅屋区的幽灵。科尔文想起杜尼和巴克洛斯曾提及，他们在看到彭瑞斯在树林边的那个夜晚，幻想过自己碰到幽灵的事，便问安谁是"白夫人"。安起初沉默不语，她承认自己对本地传统坚信不疑，她喝母亲的奶水时就一起喝下了这个信念，但人们认为谈论"白夫人"是不吉利的。然而，她那女性特有的传递信息的愿望很快就让她克服了恐惧，开始叙述起那个传说的全部细节内容。似乎在过去的几代人里，高岗上抛下格伦索普先生尸体的那个深坑一直有幽灵出没，名叫"白夫人"，她时不时地从深坑底部出来，身穿白色拖曳衣裙，沿着高岗上茅屋区游荡，凄惨地尖叫哭泣。她是谁的幽灵，为什么要尖叫，安说不出来。她的出现并不常见，有时候间隔长达一年之久，她先是从坑底发出尖叫，适时地预告她要出来了，然后再出现，让村民们关上门，避免在她游荡时碰见她。只要没人见到她，就不会有什么害处，但如果看到她的话，则对目睹者是致命的，此人肯定会迅速猛烈地结束生命。

安提到了好几个公认的灾祸，都是在遭遇白夫人后迅疾发生的事，包括她亲妹妹的丈夫，他一天夜晚在回家路上见到了她，就在第二天，他被一匹马踢倒了，当场毙命。安的祖母年轻的时候在一天夜晚回家路上听到了她的尖叫，但她心神镇定，立即脸朝下趴在地上，直到尖叫声停止，用这个办法，她躲避了见到白夫人，之后在八十一岁高龄时才舒服地躺在床上去世。

从这个农妇的故事里，科尔文推断，村里普遍的印象是，格伦索普先生遇害是因为他惊扰了尖叫深坑里的白夫人。而白夫人在长长的静默之后，被人听到尖叫了一次，两个夜晚后便发生了谋杀案。但这个警告并未打消格伦索普先生夜间在高岗行走的念头，尽管安出于她喜欢和尊敬老绅士的缘故，甚至忘记自己的地位，恳求他别在夜间出去。但他嘲笑了她，还说假如他遇见了白夫人，他会停下来，和她聊聊她的祖先。这些都是他说的原话，当时让她胆战心惊，虽然她没想过他要过多久才会在棺材里为他的愚蠢行为后悔。假如他听从了她的劝告，他可能还活在他幸福的日子里，因为她毫不怀疑，他那天夜里散步时遇见了白夫人，结果就遭遇了厄运。

安结束时郑重地劝告科尔文，要他待在客栈里，夜晚别出门，希望他珍惜生命。自从谋杀案发生后，白夫人异常活跃，几乎每个夜晚都会尖叫，好像在寻找另一个牺牲者，因此，整个村庄都害怕外出。安勉强地承认，她自己从来没有真正地听到过白夫人的尖叫，她在任何时候都能熟睡，但有人听到了，有许多人呢。此外，就在可怜的格伦索普先生的尸体被运出客栈的那个夜晚，查尔斯在关闭客栈时看到高岗上有白色的东西，他难道没有听说过吗？科尔文回答说没听说过此事，安就让他确信，整个村庄都相信查尔斯见过白夫人，把他看作是死人一般，许多人都在猜测他那不可避免的厄运的降临方式。

谈论白夫人的传奇一直持续到午餐结束，然后，科尔文在外面闲逛，抽着雪茄，实际是在对凶手走去深坑的路途地面再做一番勘察。尸体是被凶手从后门搬出去的，穿过了分割客栈和村庄的那片绿地，随后上高岗去了深坑。那片绿地现在部分地浸泡在水里，通向高岗的那行脚印也被以后的几场大雨冲刷掉了，但在出了绿地的松软土壤表面还留着科尔文的脚印，依然清晰，所以，之后就显示出搬运尸体去深坑的那人走过的路径。

科尔文仔细地勘察了深坑。深坑边缘潮湿滑溜，有些地方泥土被冲刷掉了。坑壁往下一段距离都长着茂密的灌木和桦树。科尔文在坑边跪下来，凝视着深坑内部。他试了试坑内如蛇形一般蜿蜒交错生长的攀生植物的承受力。看起来依靠这些植物的支撑爬下深坑比较容易，只要有植物生长着就行。但这些植物长得有多深呢？

就在他如此沉思时，他听到了深坑另一边小树林里传来一阵"噼噼啪啪"穿过矮灌木丛的脚步声。片刻之后，一个男子提着一只野兔，身后跟着一只杂种狗，出现了。原来是杜尼。他紧紧地盯着科尔文看了看，随后朝他走来，咧嘴一笑，认出了科尔文。

"您在看主人是怎么被扔进深坑的？"他问道。

"我想知道这个深坑笔直下去有多深，"科尔文回答，"看起来找个斜坡也只能下去一点，对吗？"

"我对深坑什么都不知道，我不想下去，"杜尼先生回答，往后退了几步，脸色稍稍发白，"别去干涉她的事，主人。这是个奇怪的地方。"

"怎么啦，怎么回事？"

"您从来没听说过这深坑有鬼吗？就像很多人说的那样。周围的人都不敢谈尖叫深坑的白夫人，害怕带来厄运。"

"今天我听说了一点有关她的事。她和布莱克·沙克有什么关系，就是你告诉我的那条幽灵狗？"

"这不是好笑的事，主人。您指的是我和比利·巴克洛斯对您说的我们那天夜里在那个树林边见到那个家伙的事？好，就在我们见到他以前，我们听到了最最古怪的声音，有点像呼啸声，也有点像尖叫声，就是从这个坑里发出来的。我估计，我们听到的就是深坑白夫人的尖叫。我们很幸运，我们没看到她。"

"我想起来那时你提到过她什么的。"

"哦，她是非常坏的幽灵，"杜尼先生说，讨好地摇摇头，"她今年出了深坑，就是那个人被扔下去的地方，她在树林里、在高岗上游荡，叫出可怕的声音。可以听到她，我们都听到她为那事尖叫，但要是见到她，就会在一个月里遇到流血而死的可怕下场。所以他们把这个坑叫作'尖叫深坑'。我在想，格伦索普先生，他总是喜欢夜里在树林和高岗的路上走走，然后他遇到她了，所以他就有血腥的下场了。我相信，她看到了那个躲在树林里的年轻家伙，我们在那天夜里看到了他。瞧瞧，他发生了什么！他肯定要被吊死了，这就是一个暴力的下场，也许不一定残暴流血。"

"假如这是本地人的信念，我想知道是什么人下到深坑里，去打捞格伦索普先生的尸体。"

"没人会去，只有赫沃德。我也不愿下去，但赫沃德从布罗兹来，不知道这个地区的沼泽地。还有，他不是基督徒，不在乎鬼怪幽灵。我常常听到他说的。"

"格伦索普先生被谋杀后，白夫人被人看到了，是真的吗？"

"她的尖叫被听到了，肯定的。比利·巴克洛斯，他住在高岗附近，在金色之锚酒吧告诉我们说，发生谋杀案后，接连两个夜里都把他吵醒了，叫得像老公猫，但比利知道那不是猫叫，太可怕了，吓得直喘气。那个班森手下的耳聋胖家伙问他是什么时候，比利说，不记得时间了，大概是夜里十点或者再晚点。然后，胖家伙说在同一天夜晚大约就在那个时间，他去关客栈门，看到有白色的东西飘向那个坑。他当时想，那也许是雾气，可那天夜里沼泽地上没什么雾气，但他现在说他看到的肯定是尖叫深坑里出来的白夫人。'那么让上帝帮帮你吧，可怜的胖家伙，'比利说，他很严肃，'听到她尖叫没什么，看到她才是麻烦。'从此那可怜的胖家伙被吓坏了，村里没有人会在夜晚靠近深坑，不，两星期以来。"杜尼先生转身坚决地离开了深坑，去叫唤他的狗了，那狗正坐在坑边附近，眨着眼睛看着主人，懒洋洋地伸着舌头。"我走了，就怕万一在村里昆斯米德看到我。我是在旷野上抓到这个东西的，正大光明，但很难让昆斯米德相信。好了，我走了。上午好，主人。"

他步履艰难地穿过了高岗，他的狗紧跟着他。科尔文也正要转身离开，此时他看到了一小块脏污褪色的纸片，躺在深坑边缘附近，大雨把一些泥土冲走了。他俯身把纸片捡了起来。那是一张白纸，大约五英寸长、三英寸宽，相当空白，但有个非常明显的水印，由许多平行起伏的线条组成，相互靠得很紧，横穿纸片表面。虽然水印不同寻常，科尔文却觉得看上去奇怪的熟悉，他试图回忆过去在哪里见过这种水印。但记忆是个狡猾的东西。虽然科尔文凭记忆立刻认出纸片上的水印，此刻他却无法想起来在哪里见过，这水印看上去就像某些老相识的脸那样熟悉，但他们的名字却一下子想不起来了。最终，科尔文暂时放弃了努力，把纸片夹在钱包里，他明白，记忆迟早会在无意中完成回忆的任务，虽然现在询问它时，它拒绝承担。

科尔文花了整个下午做了另一次孤独的散步，没等他回到村庄，暮色就已降临。他在抵达客栈时，朝茅屋区瞥了一眼，大吃一惊，看到有个白色的东西慢慢地在尖叫深坑边缘移动，最后消失在树林里了。这景象里有某种怪异的、幽灵似的东西让科尔文一时震惊了。随后，他的目光落到了海雾上，海雾笼罩在沼泽地上，像白色裹尸布一般，于是他微微一笑。他看到的不是尖叫深坑的白夫人，而是一团螺旋状的海雾飘过高岗而已。

这景象又把他的心思带回了那天他听到的种种传说，一会儿之后，当他坐在晚餐桌前，他随意地问了查尔斯一句，问他是否相信鬼怪。这胖胖的家伙，突然抬起他的黑眼睛，仿佛是确定科尔文是否认真说话，然后回答说他不信。

"听到你怀疑鬼怪，我很吃惊，查尔斯，因为我听说深坑的那个幽灵，也就是被称为白夫人的幽灵，已经特别照顾你，让你看到了特别的外貌。"科尔文嘲弄地说。

"我现在明白您的意思了，先生。我起先没理解。是这样的：过去的几天夜里，几个村民在酒吧里谈论这个幽灵，有一两个村民坚决相信，声称他们听到她在前一个夜里游荡，又是呻吟，又是尖叫，据说那是她的习惯。我倒是更多地出于开玩笑，就对他们说，我在前一个夜里去关闭客栈时，看到高岗上有白色的东西。但整个村庄就听进去了，认为我看到了白夫人，而且他们认为，因为我已经看到她了，所以我是个注定要遭厄运的人。这里周围的乡下人都很无知，相信迷信，先生。"

"你真的看到了什么东西吗，查尔斯，在你提到的那个夜晚？"

"我是看到了有个东西，某种长长的白色东西，就像一根移动的白色柱子，如果我可以这么说。我看着看着，它就消失在树林里了。"

"那很可能是海雾。今天晚上，我也看到了相同的东西！"

"非常可能，先生。我想那不是幽灵。"

科尔文没有就这个话题再谈下去，尽管他对查尔斯的说法和那天下午杜尼在深坑边的说法有着巨大差异感到震惊。

查尔斯清理了餐桌后，科尔文坐着抽烟，一直沉思到很晚。在他确信客栈里其他人都去睡了后，他就去了厨房，从食具柜的挂钩上取了格伦索普先生的房间钥匙。他回到自己的房间后，第一个行动就是推开了大衣柜，打开了他昨夜发现的活动门。他看看手表，发现那时已是十一点多。他决定再等半个小时，然后开始进行他深思熟虑的试验。到了午夜，他就会相当安全，不用担心会被发现。他躺在床上打发中间的这段时间，可他太疲劳了，所以几乎立即就睡着了。

他醒来时吃了一惊，坐了起来，两眼直瞪着一片漆黑的黑暗。一时间，他没意识到自己身处的环境，随后听到一阵鬼鬼祟祟的脚步声经过了他的门口，这声音让他清醒了。脚步停止了，科尔文觉得似乎就在他的门外。接着是一只手摸着锁的声音，随即是门闩"唰"地拉开了，门发出"吱嘎"一声。真相在侦探的脑袋里一闪而过，有人进了隔壁的房间。他侧耳倾听，听到划火柴的声音，片刻之后，一束狭窄的光线透过他打开的活门，衍射进了他的房间。

科尔文悄无声息地下了床，通过小活门缝隙看向隔壁房间。墙壁另一边的那幅画使他的视野变窄了，但通过那幅画旁延伸出去一英尺左右的缝隙，他还是能清晰地看到隔壁房间的那个部分，床就放在那里。

在床边借着蜡烛光搜查床旁写字桌的正是班森，客栈老板。

　　他正在寻找什么东西，在写字桌的各个抽屉里翻看着，拿出了纸张和信封，带着狂怒的绝望力量，撕开了那些信封，时不时地停下来，回头看看，仿佛他在期待看到某个幽灵从阴暗的角落里冒出来。他的搜寻看来毫无结果，因为他立刻又以同样狂热的匆忙方式，一股脑地把那些纸张塞回了抽屉，快步穿过房间，走出了墙壁另一边观察者的视野，因为挂在墙壁另一边的那幅画阻止了科尔文看到床脚以外的地方。虽然看不到客栈老板，但他偷偷摸摸的快速行动，他手里摇曳的蜡烛光，这清楚地表明他还在房间的那个部分继续寻找，但从缝隙里看不到。

　　几分钟之后，他又出现在科尔文的视野范围里，看上去身上落满了灰尘，头发凌乱，脸上滴下了汗珠，他以一个粗野的动作，几乎是绝望的动作，抹了一把脸上的汗水，把前额的长发往后一甩。那是科尔文第一次看到他前额没有遮拦，接着他注意到客栈老板的左太阳穴上有块深深的伤痕，一阵兴奋传遍了他全身。紧接着，客栈老板快步走出了房间，科尔文听到他轻轻地随手关上了门。

　　科尔文又等了一会儿。当一切都显得安静了，他小心翼翼地在黑暗中打开了房门，试了试隔壁的房门。锁上了。

　　那么,这个客栈老板还有另一把钥匙可以打开被害人的房门。可是,他在寻找什么呢？钱？格伦索普先生遇害当天从银行取出的国库券纸币至今未被找到……钱——纸币！

借助人脑那隐秘并难以解释的处理功能，科尔文联想起那天下午在深坑边捡到的那张纸片，上面有清晰的起伏线条构成的特殊水印，他先前见过：那正是第一期战争国库券纸币上的政府水印。

科尔文点燃了他自己房间里的蜡烛，从钱包里取出那张纸片，以新的强烈兴趣审视了一番。对此已经毋庸置疑了，肮脏的白色纸片上的水印的确是国库券水印。但是，这种水印被设计专用于保护国库券，防止纸币伪造者的水印，又怎么会出现在一张肮脏的纸片上呢？

正当他站在那里，翻来覆去地看着手里的纸片，对这问题困惑不已，问题的答案却在他的心头闪现了，那答案太简单，而且太不寻常，以致他迟疑了一下，不敢相信是有可能的。但对那张纸片进一步察看消除了他的疑惑。机会在他手里放上了另一条线索，而且是他最为重要的发现，以帮助他解开罗杰·格伦索普被谋杀之谜。但要证实这条线索，他有必要下到深坑底部。

发现失窃的钱包

漆黑的夜空，橙色的月牙正在下沉，此刻，科尔文悄悄地出了门，走上了去高岗之路。但夜晚的黑色正在快速地消退，新的一天灰蒙蒙的黎明将要来临，在沼泽地上，各种鸟儿开始活动，在芦苇丛里鸣叫呼唤。

科尔文等待着黎明的第一丝曙光，然后再尝试攀下坑底。他的计划是先借助藤蔓植物下去，下得越深越好，剩余距离就使用绳索，他会把绳索固定在生长在坑壁上的灌木上。他意识到他成功的概率取决于深坑的斜坡，还有坑壁上的灌木植物向下生长的深度，但这个尝试是非常值得的。有人帮助会使这任务变得更容易些，但科尔文最希望的是，在其调查的这个阶段，避免广为人知。如果他个人行动失败了，他还会有足够的时间考虑寻求帮助的问题。

开始下深坑前，他谨慎周到地制定了计划。他先是试了试他在客栈的杂物间里找到的绳子，那根绳子纤细，却结实，足以承受比他还要重的人。绳子长度不超过十五英尺，但如果长在坑壁上的耐寒攀缘植物能够支撑他下去十到十二英尺的话，那么，绳子的长度也就足够了。试过绳子后，他把绳子盘绕起来，放进了他右边的衣服口袋里，把绳子的一端露出来。接着，他打开了小折刀，把它和一支蜡烛以及一盒火柴一起放进了另一个口袋里。然后，他打开了手电筒，抓住沿着坑壁长出来的攀缘植物，小心翼翼地往坑底下去了。

起初的八到十英尺深度，下去时毫无困难。然后，原本为他提供立足处的灌木突然没有了，他伸出脚去想踩在另一个立足处，却踩了个空，只有滑溜溜的坑壁。科尔文用左手紧紧抓住生长在他头顶上面的植物，用手电筒照亮了他下面黑乎乎的坑底。有一两处攀缘植物的卷须长得稍高，荡来荡去，就像下垂的蛇，但植物的生长在那一点上就停止了。他的下方，在手电筒的照射下，赤裸的坑壁光滑潮湿，显现着微光。

科尔文把自己往上拉了一点，踩住了一个可靠一点的立足处，从口袋里掏出了绳子，挑选了垂挂在他附近的一根结实一点的枝条，想把绳子系在枝条上。他用空出来的一只手，花了点时间，最终满意地完成了，然后，他让绳子往坑底垂下。接着，他拉了一下绳子，试试是否结实牢靠。让他感到失望的是，他第一次用力一拉，"咔嚓"一声，系着绳子的枝条断了。他再把绳子系在一根更粗的枝条上，也没有更好的结果；这些植物显得很脆弱，分别测试时，都无法承受沉重的负担。那是网状般交错杂乱的枝条和细条为长在坑壁上的攀缘植物提供了足够的坚韧性，足以承受他的体重。单独一根并无多大的承受力。

科尔文很不情愿地意识到，依靠这些枝条的脆弱承受力，再往下去是愚蠢之举，所以他决定放弃这次尝试。

他正要往上攀登时，手电筒的灯光让他看到了自己依附的那部分坑壁，他注意到测试枝条时扯掉了一大片植物的多叶屏障，露出了坑壁黑乎乎的黏滑表面。科尔文惊讶地看到了一个小挂钉，上面缠绕着钓鱼线，挂钉就钉在裸露的土上。有人已经下过坑道，在那里钉上了挂钉，从挂钉的外表来判断，挂钉很干净，新近制作，那就是最近的事了。钓鱼线垂吊在黑乎乎的坑里，它的另一头是什么？再也想不出藏匿值钱东西的更好地点了。纤细的钓鱼线依附在黏滑的坑壁上让人难以察觉，科尔文意识到，如果不是幸运的意外事情显露出固定了钓鱼线的挂钉，他永远也不会发现它。挑选一个藏匿地点如此大费周章，并甘冒风险，这就说明那东西值得藏匿。侦探对悬吊在坑底的东西有某种强烈的预感，于是，他就更紧地抓住头顶那些缠绕交错的植物卷须，开始拉那根钓鱼线。钓鱼线的另一端不重，拉上来很顺利，一英尺一英尺地通过了他的手掌，最终，他看到了一个椭圆形小包，紧紧地捆好并系在钓鱼线末端，打了个结。

　　科尔文借着手电筒的光，检查了小包。那是一个男用钱包，外表是黑色摩洛哥皮革，是一个有用的大物品，又厚又沉。银色的缩写字母"R.G."印在钱包的一面，侦探倒是不需要这缩写字母所传递的信息，以便让他明白钱包的主人和里面的东西。

　　科尔文把挂钩拔了出来，正要把钱包和钓鱼线放进口袋里，但转而一想，他又把挂钩放回原处，并试图解开将钱包捆绑在钓鱼线上的结。用一只手确实难做，于是他把钱包放进自己的口袋，挑起钓鱼线上一个又一个的结，最终把钱包从钓鱼线上解了下来。他把自己的钱包系在钓鱼线上，再把钓鱼线放回坑里原处。他接下来重新覆盖好原来挂钩位置上被扯掉的绿叶。当他尽量还原好原来的藏匿处的外表后，他敏捷地攀上了地面。

　　接触到新鲜空气后的第一步便是检查钱包里的东西。正如他所预料的，钱包里塞满了第一期国库券纸币。他没有取出来点数。一只在树林边缘好奇地看着他的秃鼻乌鸦，此时发出鸣叫，警告他有人类眼睛窥视的危险。

那么，这里便是他调查的终点，还有一个发现，使得他有必要比他预料的要早点离开客栈。没什么事还需他去做，只有通知有关当局他新发现的事实，指出这些事实所指向的人，让令人震惊的非正义公平的行为得到纠正，这个非正义公平的行为宣判了一个无辜之人耻辱的死刑。此事要做得越早越好。法律总是抓捕快而释放慢，在撤销一个被错判的人，尤其是指控重罪，如谋杀罪的情况下，更是如此，因为有许多手续要办。只有在找到最具说服力的新证据的情况下，陪审团的裁决才能被推翻，没人比科尔文更清楚这样的证据尚未取得。但他第二次重访客栈所发现的附加事实，即使它们本身还不足以推翻不利于彭瑞斯的裁决，却也为这个罪行提供了一个全新的视角，假如立即跟进的话，就会揭露出真正的凶手，证明彭瑞斯的无辜。唯一的问题是警方是否会使用他交到他们手里的线索，以他希望的方式加以使用。假如他们不愿意……但科尔文拒绝考虑那种可能性。他的思绪又回到诺福克郡警察局局长身上。他感到能够坚定地相信，克罗梅林先生一旦肯定在格伦索普的案件上存在着正义流产的现象，他会迅速行动的。

他有必要以某种方式安排自己离开客栈，使之不致引起怀疑，还需要监视深坑，以防万一有人企图去取他那天早晨发现的那笔钱。科尔文经过考虑，决定请求昆斯米德警官的帮助。他与昆斯米德的简短接触让他确信，这个村警谨慎聪明。

他走进村子，找到警官的住所时天色还早。他敲了敲门，没立即得到回应，但过了一两分钟后，门闩拉开了，警官的脸露出来了。可当他一看到来访者是谁时，他便请客人原谅，让他穿好衣服。他很快就回来了，把科尔文带到他办公的房间里。

"昆斯米德，"侦探诚挚地说道，"我得去诺威奇，我不在的时候，想请你为我做一件事。我将告诉你一件事，你要严格保密。格伦索普案件里有新的事实发现。你还记得格伦索普先生的钱吧，被认为是彭瑞斯偷的，但从未找到过。今天早晨，我在抛尸的深坑里找到了。"

"您是如何下深坑的？"昆斯米德问道。

"我抓住藤蔓植物，下得尽可能低。我准备了一根绳子为剩下的落差距离使用，但它倒没用上，因为我发现格伦索普先生的钱包被一根线悬吊着，下去约有十英尺。这就是。"

昆斯米德仔细地察看了钱包和其中的钱币，把它还回去时说道："您认为彭瑞斯回来，藏身在树林里，就是为了拿回这些纸币？"

科尔文被这句话的穿透力吓了一跳。

"不，正好相反，"他回答道，"你的推论来自一个孤立的事实。这必须和新近发现的事实联系起来看，而这些事实给这个案件一个新的方向，倾向于开脱彭瑞斯的罪名。"

"那么，我宁愿不知道，"昆斯米德平静地回答道，"或许我不应该知道得太多。您看，那也许会变得很尴尬，在不止一个方面，如果事情结果是如您所说的那样。您想要我干什么？"

"我不在的时候，我想要你监视深坑，主要在夜晚。这极其重要，我不在时，不能让那个我相信是盗贼和凶手的人逃离。到目前为止，我认为他还没有任何怀疑，实际上可以肯定的是，没人看到我下了深坑。但假如他碰巧要下深坑取钱，却发现东西不在了，他就会知道他已经被发现了，便会立即逃离，以求安全。那是必须要防止的。"

"怎么做到？"

"你必须逮捕他。"

"我不明白那要如何做，"昆斯米德回答，"我无法承担责任，逮捕一个只是下深坑的人，那是违反法律的。"

"为了克服那个困难，我把我自己的钱包系在深坑里那根线上了，"科尔文回答说道，"那是一本黑皮革的钱包，和格伦索普先生的一样。如果盗贼下了深坑，他不太可能会发现不同，直到他上了地面。你就可以逮捕他，作为偷窃我钱包的贼，里面还有一些钱呢。你可以制作一个我报案失窃的正式登记。"

"哦，我听说过您是个出色的家伙，科尔文先生，现在我相信了，"昆斯米德回答道，哈哈大笑，"真想不到，您会想出这么一个下深坑的计划！但既然您来报案了，那就是我的责任，登记一下，留心您那个失窃的钱包。我会监视深坑，如果有人下去，就逮捕他。"

"如果有人试图这么干的话，不会在白天，只会在夜晚，你可以相信这一点。我想要你在夜间监视。那个无辜人的生命就取决于你的警惕。那将是两个夜晚，最多三个夜晚。我在这三天里肯定会回来的。"

"您可以相信我，"警官回答道，"天色黑了我就去深坑，在树林边监视，直到天亮。"

"谢谢你，"科尔文说道，"我很肯定当你知道什么是利害关系，你会这么做的。我有个主意，你的警戒不会受到干扰，但我希望是安全地做。我想，你不会害怕鬼魂吧？"

"您已经听说了尖叫深坑的白夫人了？"昆斯米德问道，好奇地看着对方。

"我听说了，但还没有听到她的尖叫，或者看到她。你呢？"

"我不能说我听到或看到，我住在村庄的另一头，我在夜晚从不外出。但有许多村民，主要是金色之锚酒吧的常客，他们准备好按《圣经》起誓他们听到她的尖叫，如果不是见到她的话。自从谋杀案发生以来，白夫人把整个村庄都吓坏了。"

他在说到"谋杀案"这三个字时，语气里似乎有点不一样，这引起了侦探的注意。

"那么，在谋杀案发生前，没多少人谈论鬼魂吧？"他问道。

"很少。我被派驻此地两年了，根本不知这个鬼魂的存在。当然，这是个根深蒂固的本地传统，每个村民在孩提时期就听到过这个故事了，大多数人相信它。许多人实际上觉得他们在大约上个星期里听到了来自高岗的呻吟声和尖叫声。这是个荒凉孤独的地方，没什么可谈论的，一个这样的故事不多时就传遍了。"

"那么，鬼魂重现和在据说是鬼魂出没的深坑里藏钱，你认为在这两者之间有某种联系吗？"

"在这方面推断不是我的责任，先生。我把这留给更有才智者，假如他们认为这么做合适的话。我只是个村警。"

"但你已经推断出这个传说是通过金色之锚酒吧的闲聊传播出来的。是从那里开始的吗？"

"可以说是，也可以说不是。一个傻乎乎的家伙，叫巴克洛斯，一天夜晚冲进了酒吧，说他听到了白夫人的尖叫声，而查尔斯，那个侍者，声称他在同一个夜晚看到了某种白色的东西。这就是传说的开始。"

"我也听说了。但是自那以后又是什么让它一直在传播呢？"

"哦，我自己从来不去客栈，但一个本地警察在像这样的一个小地方也听到了所有的流言。我听到的是，这个话题每天夜晚都会在酒吧里提起，不是客栈老板就是查尔斯，大家议论直到关门为止，那时愚蠢的村民们就回家去了，一路上挤在一起，就像一群羊似的，不敢东张西望，害怕看到白夫人。"

"班森和查尔斯都相信鬼魂吗？"

"他们看起来好像信。"警官的语调有些不确定。

科尔文站起身来正要走，昆斯米德看着他，态度有点犹豫不定。

"也许您会回答我一个问题吧，先生。"他低声说道，仿佛是害怕被人听到，"坑里生长的那些植物，您抓着它们往下爬，但这些植物能支撑重量吗？"

"这些植物能支撑比你还要重的人，如果你在考虑下深坑的话，"科尔文笑着说，"那是团结就是力量的一个例子。攀缘植物的卷须交错纠结，所以变得和绳子一样坚韧。"

"谢谢您。您回来后，什么时候来此地？"

"非常可能天黑以前，但肯定那时已黑了。同时，当然啦，你不能对任何人吐露一个字。"

"我不太可能会这么做的。我将密切监视深坑，直到我再次见到您。"

"没错。再见。"

"再见，先生。"

科尔文回到客栈时离七点还差几分钟。前门如他离开时那样，关闭着，但没锁。房子里一片安静：没人起床。他随手锁上了门，去了自己的房间，很高兴自己进出客栈都无人看见。他进房间后，锁了门，点数起钱包里的钱。那些钱都是单一的国库券纸币，只有一张五英镑的纸币。钱包里没有其他东西了，只有一张褪色的剪报，有关化石海绵。科尔文把纸币放了回去。把钱包放回了贴胸口袋里。他接着利用客栈的简陋资源，尽可能好地完成了盥洗，又忙了一个小时左右，写好了调查的笔记。

吃早饭时，他看到客栈老板经过了他半开的房门，他就把老板叫进了房间，告诉他马上把账单拿来，因为他那天上午要回德灵顿。听到住客的要求后，客栈老板没说什么，一会儿后，查尔斯送来了账单。科尔文付账时随意地问查尔斯是否碰巧知道上午从希思菲尔德开出的火车的时间。

"十一点有一班去德灵顿的火车，先生，"侍者说，拿出一张油迹斑斑的火车时刻表，"九点三十分也有一班，但去车站要走很长的路，您没法赶上，因为没有其他办法，只有步行，您知道的，先生。"

"十一点的火车对我合适。"科尔文说着，看了看手表。

"我帮您拿包吧，先生？"

"不，谢谢。我还没有收拾东西呢。"

科尔文没过多久就上楼去了，决定收拾包，尽快离开此地。他正要走进房间，就看到佩吉出现在通道尽头。她看着他，羞怯、渴望地微笑着，向他走了一步，仿佛有话要对他说。科尔文装作没看到她，匆忙进了房间，关上了门。他怎么对她说，她那么天真地把他召回客栈？怎么告诉她，要拯救她情人对她来说要付出什么代价？说到这一点，其他人肯定会把消息告诉她的。他快速地收拾着东西，急于离开这个让他感到厌恶的地方，扔掉变得可憎的掩饰。他从未如此深切地意识到，当卷入人们称为机遇的奇特命运激流中，作为自己行动主人的人是多么渺小。

等他提着手提包从房间出来时，佩吉已经不见了。他下楼时，客栈老板正站在通道里，科尔文经过他时对他点点头。他在新鲜的早晨空气中呼吸得更自在了，步子轻快地向车站走去。

一个小时以后，他抵达了希思菲尔德，发现火车还有差不多半个小时才到。他利用了最初的十分钟发了两份电报。一份给在诺威奇的诺福克郡警察局局长，另一份给伦敦的奥克汉姆先生。在后一封电报里，他指出在彭瑞斯案件里又有新发现，要求律师尽快去诺威奇，他可以在那里的旅馆里等他。

说服律师奥克汉姆

科尔文中午到了德灵顿，接着去格兰德大酒店取信件和吃午餐。在冷飕飕的餐厅里吃了冷得发抖的侍者端来的冷餐后，他去存放着他汽车的车库，开车去诺威奇了。下午晚些时候，他抵达了大教堂之城，直接去奥克汉姆先生住过的旅馆。在订房间时，他告诉接待员，自己在等待伦敦来的奥克汉姆先生，要求后者来到时立刻通知他。做好了这些安排后，侦探离开了旅馆，去了城市图书馆，花了一两个小时，从法律法规和刑事上诉法里做了摘要笔记。

等他回到旅馆吃晚餐时，接待员告诉他说，奥克汉姆先生不久前已经到达，请科尔文先生和他共进晚餐。科尔文就走进了餐厅，看到奥克汉姆坐在一张大餐桌旁独自进餐，在上菜的间隙时间中，拿起一份《伦敦晚报》阅读着。科尔文走近时，他抬头看到了，便站起来和科尔文握手。

"这可是意想不到的惊喜，"侦探说道，"我没想到您会在第二天上午前赶到这里。"

"我本已经安排明天来诺威奇，但考虑到您电报的紧急性，我就决定赶下午的火车，"律师回答道，"请和我一起进餐吧，科尔文先生，我们可以以后再谈事务。"

科尔文同意了，晚餐结束后，奥克汉姆先生毫不掩饰地急切转向他，说道："好，关于您说的消息，科尔文先生。但是，首先，我们去哪里谈？"

"在这里和任何其他地方一样，没人能听到。"

律师随着他的目光，扫视了几乎空旷的餐厅，便点点头默许了。他把椅子向侦探拉近了一点，要求他开始。

"目前，我还没有非常多的消息告诉您。但自从您的客户詹姆斯·罗纳德·彭瑞斯被判刑，我回到发生谋杀案的客栈，发现了新的证据，这相当大地增强了我原先的信念，认为彭瑞斯是无辜的。不过，我在调查中到达了一个阶段，需要您的协助，完成我的调查，然后我将带着发现去当局。对于您这样富有经验的人，我没有必要多说，要推翻陪审团对一桩谋杀案的裁决是世界上最为艰难的事情之一。"

"您发现了什么？"

"一样东西。"科尔文拿出了钱包，在桌上展示了其中的东西，"这就是被害人的钱包，里面装有丢失的纸币，这是彭瑞斯被认为谋杀他的原因。控方放弃了抢劫的指控，但在指控对此犯罪的推论里偷窃构成了一个重要的部分，并用来证实杀人动机。"

"您在哪里找到这个钱包的？"

"在抛尸的深坑里，系在一根线上，悬吊在坑的深度一半的地方。"

"这可真是个有趣的发现，"奥克汉姆先生回答道，若有所思地把鼻子上的金丝边眼镜推了推，凝视着白色桌布上的黑色钱包，"就我个人来说，这就证明我一直的想法，那就是十二树的彭瑞斯不会犯抢劫罪。因此，据此推理，人们可以争辩说，由于彭瑞斯没有犯抢劫罪，而控方认为是杀人谋利，那么，彭瑞斯肯定无罪。但控方更可能认为，彭瑞斯抛尸深坑，他后来藏匿了钱，躲在树林里想去拿出钱时，他被捕了。真正的要点是，科尔文先生，您能证明不是彭瑞斯先生把钱藏到深坑里的吗？"

"无论如何，我相信我能证明，抛尸深坑的并不是彭瑞斯。"

"您真能办到的！那么是谁干的？"

"眼下我还没准备好回答这个问题。我这次重访客栈，除了发现钱包之外，还有许多其他的发现，尽管这些发现本身微不足道，却符合我目前对谋杀的推论。但在透露实情之前,我想测试我的推论直到极致,以完成我的调查。我也有可能是错了,尽管我不这么认为。当我采取了额外的步骤完成了我的调查后,我会去郡警察局局长那里,如我现在看待的那样,为他重现犯罪情景,然后请求他采取行动。"

"那么,您为什么要我来呢?"

"帮助我完成我的任务。我部分的推论是,彭瑞斯故意保持沉默是为了保护某个人。被定罪人的律师可以见他,即使他已被判死刑。我要您带我一起去见彭瑞斯。"

"出于何种目的?"

"为了让他开口。"

"那是毫无作用的。"律师有点激动地说道,"自从裁决以后,我见过他两次,恳求他说话,如果他有什么话要说,但他声称没什么可说。"

"然而,您的失败之处将是我的成功之时。彭瑞斯是无辜的。"

"那么,为什么他不说出来,甚至到现在,更是如此?"

"他有他的理由,对他来说,这些理由足以让他保持沉默,即使身处绞刑架的阴影之下。"

"为什么您认为他会向您吐露,而他却拒绝向他的专业法律顾问透露?"

"他不会乐意向我透露。我希望能让他松口,这完全取决于我能否成功地让他大吃一惊。这是我现在不对您多说的原因之一。您如知道了这个事实会妨碍我处理困难的局面。微小的不由自主的动作或者眼神可能就会让他有了戒备，机会就此丧失。在我去找警方之前，我获得彭瑞斯的陈述并非绝对必须，但如果他的陈述与我对犯罪的推论吻合，那将在我对警方重现犯罪情景时，极大地增加我的论据。"

"您的办案方式让我觉得很奇特，科尔文先生，"律师固执地说道，"作为彭瑞斯先生的专业法律顾问，我肯定有权得到您的充分信任。但您要求我以极其非专业的方式，在黑暗中莽撞行事。其实还有更恰当的方式行事。我对您坦率地说吧。此次我来诺威奇是为了最后一次催促彭瑞斯允许我对其定罪提起上诉。见面已经安排在明天上午进行。"

"他先前拒绝上诉？"

"是的，已经两次了。"

"我可以问一下，您是以什么理由寻求得到允许提出上诉？"

"假如他同意，我早已根据刑事上诉法第四节向高等法院提出上诉了。"回答谨慎。

"那意味着您在固执您原先的辩护，即彭瑞斯无罪是因为精神错乱。因此，您申请许可，以精神错乱为由，提出对判决的上诉，这只是让您能够上诉法院，请求撤销判决，理由是彭瑞斯无法对其行为负责。即使您的上诉成功，他仍将作为精神错乱的罪犯而关在监狱里。总之，您意图固执辩护意见，正如我在审判之前就对您说过的那样，只有非常渺茫的成功机会。依我之见，在上诉法院这件事上，已经没有成功的机会了。您以精神错乱为由，却没有足够的证据使辩护成功。法官在其审判总结发言中，明确地表示亨利·德伍德爵士认为彭瑞斯精神错乱是错误的，据此，他就对陪审团做了相应的导向。

"在我看来，法官是对的。我并不认为彭瑞斯精神错乱，或者甚至受制于癫痫发作时的冲动而丧失理智。如果您要问我的意见，我认为他依然是遭受弹震症造成的后遗症，就如许多其他勇敢战士遭受相同的弹震症一样，他试图掩盖这个事实。我得出的结论是，彭瑞斯在德灵顿的格兰德大酒店里的异常行为，虽然亨利爵士据此提出癫痫性狂怒的推论，其实只是其精神上的烦恼和一次空袭的震惊对其原先受损的神经系统所产生的综合性后果而已。彭瑞斯是个神智正常的人，和你我一样，而我最近在谋杀现场所做的调查已经让我确信他还是个无辜之人。问题是，您是否会出于专业规矩而阻止证明他的无罪？"

"您尚未向我出示任何证明，却让我确信他是无辜之人。您的叙述对我是个极大的震惊，您不能期望我相信您毫无根据的假定。如果没有您尚未出示的最令人信服的证据，那将极其难以置信。我准备了审判时的辩护理由，我也只允许那个辩护理由提出来，因为没有其他方法了，证明他有罪的证据如此之多，而彭瑞斯面对证据时的固执沉默则确凿地表明他有罪。"

"然而，您错了。问题是，您打算协助我纠正那个错误吗？"

"您还没有证明给我看那是个错判。"律师诡辩道。

"奥克汉姆先生，让我给您说清楚，"侦探严厉地说道，"我是出于礼貌请您前来，因为，正如我之前所说，我喜欢以通常的方式行事。由于您逼迫我直率地说，我还有另一个理由，那就是我不希望独自行动，让您显得渺小，或者有损您的专业声望。如果散布出去说，您的一位无辜的客户由于您在审判时错误的辩护，差点被送上绞刑架，那将是奥克汉姆和彭丢尔斯事务所的负面广告，假如您仍然固执己见，事实绝对如此。您本可以阻止如此丑闻成为公众谈资，但假如您打算站在专业规矩的立场，那么您也应明白，我已准备好独自行事。我有足够的影响力，从监狱长那里获得许可，与被判有罪的人见面，我将如此行事。我已发现了此案充足的额外证据去拯救彭瑞斯，我打算去救他，有您或没有您的协助都行。您有您的方式，但那是个错误的方式。现在我打算以我的方式行事了。我只要求您信任我几个小时即可。在我见了彭瑞斯之后，您是否愿意陪我去见郡警察局局长，悉听尊便，我将对他说出一切。这就是我最后的决定。"

"我将按您的要求做，科尔文先生，"律师略一停顿，回答道，"并非因为我惧怕后果，而是因为您让我确信，在确证我的客户无罪方面，即使机会渺茫，我这方面设置任何障碍都是愚蠢和错误的。请您务必原谅我的犹豫。我已是老人了，而您的叙述让我太震惊，我还未能够意识到其后果。在试图从绞刑架下拯救十二树的彭瑞斯性命的问题上，我不会拘泥细节。我想我可以与监狱长协商一下，允许您陪同我明天上午去见彭瑞斯。会面将在十二点进行。我们可以从这里一起去监狱，如果那适合您的话。"

"那非常适合我。在会面之前，请您告诉我，彭瑞斯与威洛吉小姐的订婚情况。"

"我真的对此所知甚少，"奥克汉姆先生说，显得对此问题有点感到惊奇，"但是，我听说彭瑞斯战前在伦敦遇到威洛吉小姐，经过非常短暂的接触，便订婚了。一些居心不良的人说是那姑娘的姨妈把她硬推给彭瑞斯的。她的姨妈是布鲁尔太太，一个有钱的厂商寡妇，一个富有进取心的小人物——"

"我见过她了。"

"我忘了。嗯，您知道那种女人，渴望进入上流社会。也许她认为她侄女和十二树的彭瑞斯的婚姻会为她打开进入上流社会之门。无论如何，我记得当时曾有许多流言蜚语，大意是说，她使出了浑身解数，以促成这桩订婚。而在另一方面，现在说说也没什么坏处，罗纳德·彭瑞斯的父亲为了金钱的缘故，也差不多同样热衷于这场婚姻。因为彭瑞斯家族远非富裕。从这个观点来看，婚姻似乎是足够合适的方式了，一方是金钱，而另一方是出身与教养。在此情况下，我不能确定有多少爱情，或者年轻人的感情是否在双方都是深沉热烈的。没有理由说我为什么现在不应该提这些事，因为婚约已经取消。彭瑞斯被捕后不久就取消了。"

"是那位年轻姑娘提出的？"

"是那个姨妈，当着她的面。那是在她们去希思菲尔德辨认彭瑞斯身份的第二天。布鲁尔太太一旦确定没有搞错，如她起先预料的那样，而且很可能会引起许多令人难堪的公众关注，她就对整个事情表现狂怒。她说遭此番羞辱，她永远也无法在上流社会里抬起头来了，诸如此类。此事发生都因为我问威洛吉小姐是否想在他等待审判时见见她的情人。那姑娘回答了，非常冷淡，说，在他摆脱了悬挂在他头上的可怕指控后，她有足够的时间见他。她说话的方式好像她认为自己深受伤害，也许她是的。然后，她姨妈就说了，坚持要求我转告彭瑞斯，婚约解除了。我就问威洛吉小姐，是否这是她所希望的？她回答，是的。第二天，我告诉了彭瑞斯，但我并不认为那让他感到有什么担忧。"

"我也不认为会有担忧。"科尔文微笑着回答。

彭瑞斯吐露真言

　　第二天上午十一点多，科尔文发现奥克汉姆先生已经在旅馆大堂里等他了，后者告诉他说，已经做好必要的安排，让他在与彭瑞斯会面时在场。科尔文克制着没问他是找什么借口获得监狱长许可自己在场的，只是表示自己已经准备好了。奥克汉姆先生回答说最好立刻就去，并让服务员叫出租车。

　　到达监狱之后，他们经过了双重的大门，奥克汉姆先生一进大门便转向左边的一扇门，走了进去。那门通向一个装饰平常的办公室，墙上贴满了监狱的各种规定。柜台后有个站立式办公桌，面对着门，一个高大魁梧的男子，身穿蓝色制服，佩戴银色肩章胸牌等饰品，正忙着在一个大账本上写字。他身旁有一排排挂钩，挂着一串串巨大的钥匙，当他转身接待奥克汉姆和科尔文时，另一串类似的钥匙在他身旁晃荡着。奥克汉姆先生解释了他们的探监目的，并出示了会面许可。这个身穿蓝银制服的公职人员是入口处狱卒，他仔细看过了许可，推过来两张表格，让律师和侦探填写。那是法律规定的最后一道手续，一张无情的探监卡表格，上面写上了探监者的姓名和职业，然后被送到定罪之人那里，他必须在获准会面之前表示同意。

奥克汉姆先生和科尔文填好了表格，入口处狱卒接了过去，拉了一下绳铃。走廊里什么地方有个铃敲响了，片刻之后，一个狱卒打开了柜台另一边的一扇小门。入口处狱卒把表格交给他，他就拿着表格消失了。接着就是长长的等待，差不多半个小时过去了，那狱卒又露面了，由一个看守陪同。蓝银制服公职人员沉默地抬起了柜台的横板，示意奥克汉姆先生和科尔文由看守陪同，通过房间另一边的小门进去。

他们进去后，随着门在他们身后关闭，铃又响了一次。看守带着他们沿走廊一直走到较远的尽头，陪同他们进了一个房间，一个大套间，就像董事会的会议室一样，里面有一张桌子，两边放着几把椅子。那是监狱长的房间，会面就在这里进行。科尔文坐在桌子旁的一张椅子上，奥克汉姆先生坐在另一张椅子上，默默地等待着定罪之人的到来。

又过了一刻钟，房间另一边的门打开了，彭瑞斯被夹在两个看守中间，出现了。他们引导他走到桌子边，搬了一张椅子给他。他快速地瞄了一眼探监者，坐下了，两个看守就坐在他的两旁。带探监者进来的看守随后就朝奥克汉姆先生点点，示意会面可以开始了。

从年轻人投向探监者的短暂一瞥中，科尔文注意到他心情平静，镇静自若。他眼睛下面有着深深的黑影，嘴巴周围的肌肉绷紧，这显示出他度过了无数个不眠之夜和经受了精神折磨，可彭瑞斯的脸上毫无精神错乱或邪恶行为的犯罪感痕迹，却有着一个人打了一仗，赢了之后的平静表情。

奥克汉姆开始用他干巴巴的专业方式和他谈话了，仿佛是律师和其客户在神圣的私人房间里谈话，没有他人在场。的确，监狱看守坐在那里，官样的脸上毫无表情，倒也不妨视为家具物品一般，他们对两人谈论的私人事务漠不关心，没有表现出丝毫的兴趣。无疑，他们见过许多类似的场面，于是习惯便成了隔音材料。奥克汉姆先生的目的是催促他的客户同意提出对陪审团裁决的上诉，为此目的，他提出了大量论点和许多理由。年轻人耐心地听着，但律师结束说话后，他以终结的姿势，摇了摇头，表示了无可变更的拒绝。

"没用的，奥克汉姆，"他说道，"我已下了决心。你为我的案子承担了所有的麻烦，我为此感激你，但我无法改变我的决定。我将带着这个决定去经受一切，直到最后。"

"在此情况下，我再怎么催促你也没用了。"奥克汉姆先生生硬地说着，把他的眼镜放进口袋里，一副恼怒的神色，"科尔文先生就此问题有话对你说。也许你会听他的。他相信他能帮助你。"

"他帮助逮捕了我。"彭瑞斯说着，对侦探显出了一副稍稍冷漠的表情。

"但不是判你有罪。"科尔文说道，"我希望帮助你。"

"你想要我怎样？"彭瑞斯语调冷淡。

"首先，我得说，我相信你无罪。"

年轻人稍微耸了一下眉毛，仿佛是表示对方的意见他毫不关心，但他保持着沉默。

"我来此是请求你，即使在这么晚的时刻，打破你的沉默，说明你那天夜晚在客栈的行为。"

"你还是省省来此的麻烦吧。我没什么可说的。"

"这就意味着你继续拒绝说话。你可以回答一两个问题吗？"

"不。"

"你不想对我说说，你为什么对那个凶杀之夜你看到格伦索普先生房间里的事保持沉默吗？"

"老兄，你怎么发现的？"彭瑞斯的镇静消失在勃然大怒的声音和神色里，"你知道了什么？"

"我知道你想保护的是谁。"侦探回答,两眼紧盯着彭瑞斯的脸,"你错了。她——"

"我恳求你沉默!别提名字,看在上帝的分上。"彭瑞斯的脸色突然发白。

"你有权确保我保持沉默。"

"怎么办到?"

"你自己说出来。"

"我永远不会这么做的。"

"那么,你就是在逼迫我去找当局,把我的发现告诉他们。尽管你反对,我仍会救你。"

"你认为我想得到拯救,就那样做?"

彭瑞斯绝望地耸了耸肩,转身对着奥克汉姆先生。"为什么你带科尔文先生来?"他凶狠地问律师,"来折磨我?"

没等奥克汉姆先生能回答,科尔文大声笑了起来。一个响亮的,明确无误的满意笑声。笑声听上去与这个地方奇怪的不协调。

"彭瑞斯,"他说道,"你已经告诉了我所有我来此想知道的事。你是一个杰出的英国青年,但灵活性不是你的强项。在这个案件里,你的举动就像一个堂吉诃德式的年轻傻瓜,徒劳地把你自己卷进了一团绝妙的混乱。那姑娘和你一样天真,你们真是一对傻瓜!是的,我就是这个意思，"侦探继续说着，用一个安慰的微笑回答了年轻人的惊讶表情，"你认为我想牺牲她来拯救你吗？好了，也许，当我告诉你那个夜晚究竟发生了什么，你就会回答几个问题了。在上床前，你坐下来，从你的笔记本里撕下了一页纸，写了一封信。那封信是写给威洛吉小姐的，解除婚约。写完之后，你上床了。那时大雨如注。

"你肯定差不多立刻就睡着了，睡了半个小时，也许更长一点，因为你醒来时雨停了。你听到了房间里一个轻微的声音，便点了蜡烛，看看是什么东西。房间的角落里有一只老鼠。你想起身对它扔个什么东西，但你一动，那老鼠就窜过房间，消失在床边的大衣柜背后。你就推开了大衣柜，然后——"

"看在上帝的分上，别说了！"彭瑞斯说道。他的脸色变得灰白，两眼直瞪着侦探。侦探的目光直刺他心里的秘密，他准备为此秘密而死，但此秘密却被拖到了光天化日之下。"你怎么会知道这一切的？"

"现在这并不重要。你透过墙壁看到的事让你下了决心，要尽量快速离开这个客栈，也促使你撕掉了你写给威洛吉小姐的信。

"你做的事错了。首先，你曲解了你通过墙上的活门所看到的事。你认为佩吉有罪，并在一清早就离开了客栈，这样，你不但令人伤心地冤枉了她，还给你自己带来了嫌疑。佩吉出现在那房间里纯属偶然。她去请格伦索普先生借给你钱，帮助你解决麻烦，但她发现房门开着，就冲动地走进去，却发现他已经死了，被谋杀了。在床边，她捡起了一把刀，就是你在晚餐时用过的餐刀，还有这个东西。"

科尔文从口袋里取出了彭瑞斯的火柴盒，放在他面前的桌子上。

"由于那把餐刀和这个火柴盒，她以为你有罪。"

"我！哎呀，我进了房间后根本就没离开过，"彭瑞斯叫了起来。"我把火柴盒忘在我和格伦索普先生一起吃晚餐的那个房间里了。我睡了一会儿后，醒来时听到了房间里的声音，就像你说的，我想点蜡烛，却找不到火柴盒了，然后我就想起来我把它忘在客厅里的壁炉台上了。碰巧，我在背心口袋里找到了一根掉出来的火柴。"

"在审判后，佩吉来我住的格兰德大酒店找我，告诉了我她所知道的事。"科尔文继续说道，"她做得好。因为我第二次去客栈找到了许多事实，这让我确证了你的无罪。"

"那么，真正的凶手呢？"彭瑞斯问道，声音有点迟疑，没看侦探。

"现在，我们还没有达到这一步，除非你还有什么话要对我说，能够进一步揭露那个夜晚的事。"科尔文对年轻人投去了敏锐且探询的目光。

"我会回答您想问的任何问题。这是出了那么大洋相后，我起码能做的事了。看到佩吉在那个房间里给我的震惊剥夺了我的判断力，我应该对她了解得很多了，但您必须记得，我不知道她在客栈里，直到我通过偶然发现的墙上活门，看到她站在床边，手里拿着餐刀。那天我开始时跟踪她回家，因为我希望更多地了解她。结果，在海雾中我迷路了。我在沼泽地遇见一个人，他指点我去村庄和客栈。"

"她听到了你的声音，看到你上了楼，她就等待着，希望在她去睡觉前见到你，因为她想避免在她父亲面前遇到你。当她看到格伦索普先生的房门开着，她一时冲动，就走进去了。"

"我已经为自己的愚蠢行为受到了公平的惩罚，"彭瑞斯说道，"我冤枉她了，没法得到她的原谅了。"

"你没多少可责怪自己的，除了你的顽固沉默之外。那真是太堂吉诃德式的了，即使事情是像你所想象的那样。没人有理由去愚蠢地牺牲他自己的生命，你还有许多生活的期盼呢，你有你在生活里的责任，没人比你更知道这一点了，一个为国勇敢作战的士兵。事实上，你的沉默对我来说，是本案的谜题之一，甚至现在，在我看来，你肯定还有比保护那姑娘更深的动机，因为你原本可以坚称自己无罪而不会牵涉到她。"

"您是个非常聪明的人，科尔文，"对方缓慢地说道，"我保持沉默还有另一个原因。"

"什么原因？"

"我应该是一个癫痫患者。我碰巧了解了一点那个可怕疾病的进程，在我看来，似乎最好还是去死，即使死在刽子手的手上也行，而不是活着，成为我朋友们和亲戚们的负担，尤其是我死了，我就能保护我爱的那个姑娘。所以当为我辩护失败了，我反倒很高兴。我宁可死，也不愿背着精神病罪犯的恶名活着。所以，您看，那终究并不是我这方面的重大牺牲。"

"是什么让你回到你被捕的树林里的？"

"为了见她。我不知道我是否想和她说话，但我特别想再见到她一次。那天早晨我离开了客栈后，我不知道我可能会成为谋杀案的犯罪嫌疑人，但是，在我看到了那个夜晚的事以后，我极度不高兴，而我并不在乎我所做的事或者我去哪里。我没走回德灵顿，反而朝相反的方向穿越了沼泽地。我行走了一整天，走过了荒凉的沼泽地区，那天上午没见到一个人，只有一个捕捉鳗鱼的老渔民，后来，还有一个收工回家的劳工。我看到那劳工时极其疲乏，我请他告诉我哪里可以休息和吃点东西。他就指了一条穿越沼泽地的捷径，他说，那条路通向一个小村庄和一家客栈。我走上了他指的小径，但我在越来越黑的黑暗里迷路了。在沼泽地里逛了一段时间后，我看到了一段距离外有个小屋窗户里的灯光，就去那里问路。住在那里的人是个愉快的老年妇女，可能没听说过谋杀案的事，因为她对我很好，给了我茶和食物。然后，我再向客栈走去，当我走到路上时，我就坐在路边，休息一会儿。

"我坐在那里时，有两个男子过来了。他们没有看到我在阴影里，但我听到他们在说谋杀案的事，从他们所说的话里，我才知道我成了嫌疑人，而且整个乡村地区都在搜查我。我觉得不可思议，所以我第一个反应就是逃离。我坐在那里，等到那两个人的声音在远处消失了，我就离开了大路，匆忙穿过了一些田野，寻找藏身之处。走了一段距离后，我来到一个大仓库，孤零零地在那里。门开着，我走了进去。我没有火柴，但我在地上摸到一些干草或是稻草。于是，我就躺了下来，拉了一些盖在身上，睡着了。

　　"我原本只想在仓库里睡一会儿，但我太疲乏了，所以睡了一整夜。等我醒来时，天已大亮。一开始，我不知道自己在哪里，随后就回想起来了，我一下子害怕得跳了起来，决定尽快离开仓库，因为我知道那不是个安全的藏身场所,任何时间都会遭到搜索。可还没等离开，我就听到越来越近的响亮声音，我知道会被看到。于是，我就匆忙地四周看看，想找个躲藏的地方。这仓库就是一个大的空棚，有一两个架子，上面堆满了苹果，地上还有许多稻草。声音越来越近了，在绝望中，我干脆又躺在地上，把稻草拉来盖在身上，直到完全遮挡得看不到了。

　　"仓库门打开了，有人往里看看。我从覆盖着我的稻草缝里能清楚地看到他们，三个渔民、一个农场劳工，他们显然没看到我。从他们

288

的谈论中，我估计他们已经组成了一个搜索队，并来此仓库搜查。很明显，他们并不急于这么做，因为他们只是从门口往里看了看。其中的一个人，用很宽慰的口气说，不管我在哪里，我都不在那里面。一个渔民回答说，他预计那时我早已远走高飞了。他们在门口站了一会儿，谈论着谋杀案的事，然后就离开了。

"我在仓库里待了一天，但没人走近我。天黑了，我就在口袋里装上几个从架子上拿来的苹果，出去了。我整夜都在闲逛，到天快亮时，我发现自己靠近了一个火车站。过去我去过乡村的那个地区，所以我知道自己在哪里了，离希思菲尔德不远了，离弗莱涅穿过田野大约三英里。乡村地区几乎一片空旷，所以不安全。就在我穿过一片田地时，我发现了一个小草棚，在树丛里几乎难以发现。草棚的门开着，我能看到里面空无一人。我走进去，躺下来，睡着了。

"我醒来时，已经是黄昏了。我关节酸痛，全身发冷，所以我开始行走，让自己暖和起来。就在那时，我记得很清楚，我又渴望再见到佩吉。我为自己的弱点咒骂了自己一番，知道我所知道的，或者自以为我知道的，上帝原谅我。

"我发现自己又尽量快地走回弗莱涅了，实际上并不快，因为我缺少食物，很虚弱，脚也太疼痛了，所以我蹒跚而行。但不知怎的，我还是走完了三英里，来到了树林，在那里，我钻进了一些灌木丛里，

289

躺了一整夜，我觉得，有时在打瞌睡，有时又很清醒，有时有点头晕。就在那里，您第二天发现了我，对此，我很高兴。我快完了，就在此刻，我看到您透过灌木看过来，就很高兴地出来了。那时，我不在乎会发生什么事。现在，我把一切都告诉您了。"

年轻人说完了他的经历，把脸埋在手中，仿佛是被他所回忆起的精神痛苦体验和他所忍受的一切压垮了。

"我想，还不是全部。"科尔文过了一会儿说。

"我已经告诉您一切重要的事了。"彭瑞斯说道，没有抬头。

"没有，"侦探坚定地回答，"你还没有告诉我，在谋杀发生的夜晚，你透过墙上的两个活门，看到的所有情况。"

彭瑞斯抬起头来，看着对方，睁大了惊奇的眼睛。

"您指的是什么？"他问道，声音轻如耳语。

"我指的是，你保留了你看到尸体被搬出去的情景。"他口气严肃地说。

"您是个人，还是个男巫？"彭瑞斯猛然叫了起来，"上帝啊！您怎么发现的？"

"通过推测，如果你愿意相信的话。"对方冷静地回答，"听着！这个案子已经有许多情况都被隐瞒了，所以我们不能再这样下去了。就因为你之后看到的事，你就把你的怀疑双重地加在那姑娘身上，是吗？

我是这么认为的。"他继续说着，彭瑞斯点点头，没说话，"佩吉离开房间后多久，尸体才被搬走的？"

"时间不长，"彭瑞斯回答说，"她走出房间后，我就坐在床边。我没有关上我发现的小活门，也没有把大衣柜推回去。我太不知所措了。过了一会儿，大概十分钟吧，我看到光线又照进了洞里。我走过去，看着，上帝知道为什么，我看到有人偷偷进入房间，手里拿着蜡烛。他走到床边，'哼'了一声，提起尸体放在肩膀上，扛着出了房间。我爬到门口，向外一看，就看到他在下楼。上帝在天上，太可怕，太可怕了！

"我等到什么都看不到了，就关上墙上的活门，把大衣柜拉回原地，决意等天一亮就离开这个该死的客栈。这些天夜晚在牢房里，每当我听到看守的脚步声沿着走廊传来，再消失在远处时，就会回想起那个夜晚，我是如何站在门口，听着那脚步声摇摇晃晃地走下楼梯的。"

"那么，你清晰地听到了脚步声？"侦探问道。

"清晰无比。这楼梯是石头造的，您知道的。"

"你上床前，曾把靴子放在门外，等待女佣擦干净吗？"

"是的。"

"你从门口向外看的时候，靴子还在吗？"

"不记得了。但我知道，早晨的时候，靴子在，弄脏了，沾满了泥上。我把靴子拿进来，正要穿的时候，那个女佣敲门了，端着早茶。

我手里提着靴子去开了门。她主动提出要帮我擦拭一下靴子,正要拿走,但我把她叫回来,说我不能等到擦好靴子了。我太急于离开那个地方了。"

"你还记得你是什么时候掉了一个橡胶后跟的?"

"那肯定是我前一天散步时。我在前几天才装上去的。在德灵顿,我碰巧对一个鞋匠提起说,我走路时,左脚的后跟有点别扭。他建议我试试橡胶后跟,可以减轻压力,于是就替我装上去了。过去我从来没用过橡胶后跟,当我沿着沼泽地旁走路时,觉得很不舒服。橡胶后跟好像在潮湿的地面上容易粘住。"

"现在,还有一两个其他疑点,我要你说清楚。你在德灵顿的格兰德大酒店里为什么要用詹姆斯·罗纳德的名字登记?"

"那只是突发奇想的念头。我从前线回来后,很厌恶伦敦和社会。那些经历过可怕战争的人一般都学会去看大多数事情的真正价值,而在此时刻,伦敦社会上的轻浮的举止、势利的行为,还有虚假的言行等让我感到恶心,感到厌恶。他们在客厅里设法吹捧我,让我说说话,为他们增添乐趣。他们把我的照片放在插图报纸上,采访我,诸如此类的事。我所做的算什么!什么都不是!和那些每天都战斗在前线的好男儿相比,我太微不足道了。所以,我就离开了伦敦。我走进格兰德大酒店时,没有想过不用我的全名登记。那想法是奇怪地突然冒出来的。这是我见过的第一张登记表，在前线待了差不多一年半以后，这是我住的第一家旅馆，所以，我把两个教名，詹姆斯·罗纳德，写错地方了，那是写姓氏的地方，是第一个栏目。我看了一下表格，看到了我的错误，但那个姑娘，认为我已经填写好了，就从我手上拿走了表格。然后，我突然想到那就让它去吧，这会防止让那些傻瓜们为我担忧。"

"你怎么会缺钱，不得不离开格兰德大酒店的？"

"我实际上没钱，只有我父亲给我的津贴，通过他在伦敦的开户银行每季度给我的。我离开伦敦时，口袋里只有几个英镑了，没想过钱的事情，直到有一天早晨，格兰德大酒店老板拦住我，彬彬有礼地要我付清账单，因为我对他是个陌生人。那时，我才第一次意识到十二树的彭瑞斯和单纯的詹姆斯·罗纳德这两个姓名之间的区别。我很愤怒，告诉他说，他应该在两天后拿到钱，我会立刻和我在伦敦的开户银行联系的。我立即写了信，请他们给汇点钱来。钱来了，就在我被赶出格兰德大酒店的那天上午，我看到了信在架子上，收信人是 J.R. 彭瑞斯，但有什么用呢？我无法取信，因为我登记的名字是詹姆斯·罗纳德。我在这地方不认识任何人，我没法请人帮忙。我想过对格兰德大酒店老板说明真情，但他脸上的神色足以让我那个想法变得不可能。

"所以，我就去吃早餐，极其愤怒受到如此对待，身体感到很不舒服。你知道了在早餐桌上发生的事。我感到极不舒服，想离开我的座位，去吸几口新鲜空气，那时，那个医生，亨利·德伍德爵士，跳起来拉住了我。我想把他推开，但他太强壮了，我失去了知觉。我知道的下一件事，就是我躺在自己的房间里，听到有人在说话。你离开房间后，我决定尽快离开这家格兰德大酒店。我把东西装在一个小手提包里，下楼时告诉酒店管家，他可以保管好我的东西，直到我付清了账单。然后，我步行去莱兰－胡普，在那里我和佩吉约会，如您所知。我好像到处都像个傻瓜似的，"年轻人说着，露出了后悔的微笑，"我的弹震症给我留下了糟糕的劳累。我不想再提它了，但它确实在影响我的脑袋，你知道的，而且，我觉得我不会总是像这件事里我表现的那样，再当傻瓜了。"

"你的神经在齐柏林飞艇对德灵顿的袭击时受到点惊吓，是吗？"科尔文同情地问。

"您似乎什么都知道。"年轻人说着，脸红了，"我感到很羞愧，确实是的。"

"你没有理由感到羞愧，"科尔文温和地回答说，"最勇敢的人往往在被炮弹折磨之后会以那种方式遭受痛苦。"

"这不是一个男人喜欢谈论的事，"彭瑞斯短暂停顿了一下，说道，"但如果您对这类事有经验，请告诉我，您是否见过一个人完全康复，我的意思是从弹震症中康复？"

"我得说，你很快就会康复的。你的神经经受了过去几个星期的经历，再也不会有什么事了。等我们把你从这里救出去后，你好好休息，会康复的。"

"还有一件事，这癫痫性狂怒症，究竟是什么？"彭瑞斯急切地问道。

"你没有谋杀过任何人，你也没有得过这种癫痫性狂怒症。"科尔文笑着回答。

"但亨利·德伍德爵士在审判时说我是癫痫患者。"彭瑞斯坚持说。

"他对癫痫性狂怒症的说法是错误的，所以，同样可能的是他对癫痫的说法也是错误的。他的推论是，你在格兰德大酒店正要去袭击餐桌边某个人，而你刚才告诉我们，你根本无意袭击他人，在我看来，你唯一的想法是走出餐厅。你既不是癫痫患者，也不是精神错乱者，但那时你正遭受弹震症的后遗症折磨。听我的劝告吧，忘记那个审判和你在那里听到的一切，或者，假如你一定要想起来的话，记得为控方证明的那个医生为你出具的心神正常和头脑清晰的优秀证明！等你恢复自由后，我会带你去五六个专家那里，他们非常可能会证实控方的观点。"

彭瑞斯第一次大笑了起来。

"您让我感到焕然一新，"他说，"我怎么才能感谢您所做的一切呢？”

　　“唯一表示感谢的方式就是指示奥克汉姆先生为你提出上诉，立即去做。您带必要的表格了吗，奥克汉姆先生？”

　　“带了。”律师说，在长长的沉默后发出了声音。

侦探科尔文详解案情

　　监狱里的探监会见结束后，在奥克汉姆先生和科尔文乘车去郡警察局局长的办公室路上，奥克汉姆先生没有谈论在监狱探监时发生的事。他默默地坐在出租车上，两手交叉紧扣，放在身前，直视他的前方，一副对一切都视而不见的神色。时不时地，他的嘴唇以老人的方式嚅动着，陷入了沉思，有一次他出声地喃喃自语：“可怜的孩子，可怜的孩子。”科尔文忍着没和他说话。他意识到奥克汉姆先生受到了一次震惊，最好还是让他去吧。

　　等出租车驶抵郡警察局时，奥克汉姆先生表现出恢复镇静的样子。他摸出了眼镜，擦拭干净，架在鼻梁上，瞥了眼手表。他们下车时，他有点像平常那样，问科尔文，他是否和郡警察局局长约好了。

"我给你们同时发了电报，"侦探回答道，"我请他把这个下午的时间留出来。"他微笑着做了解释。

一个在外面办公室的警官问了他们的姓名。他极快地回来了，说郡警察局局长很乐意见到他们，请他们这边走。他们跟在他身后，走进了一条走廊，进入一个装饰舒适的大办公室，克罗梅林先生在一个大壁炉旁的一张小桌子上写着什么。来访者进来时，他抬起了头，放下来笔，上前来招呼他们。

"我真高兴又见到了您，科尔文先生，还有您，奥克汉姆先生。请把椅子挪近壁炉，两位先生，空气中还有一股强烈的寒意。我收到了您的电报，科尔文先生，我听候您的盼咐，有足够的时间。您的电报让我相当吃惊。格伦索普的案件又发生了什么？"

"发现了新的事实，那些事实倾向于证明彭瑞斯无罪，虽然他被指控并确证犯了谋杀罪。"

"天哪！这是个非常严肃的声明。您有什么证据？"

"足以表明对本案采取进一步行动的合理性。那是个长长的故事，但我想，当您听了，您会觉得有正当理由立即采取行动的。"

还没等克罗梅林先生回答，刚才带科尔文和奥克汉姆先生进入办公室的那个警官来报，说盖洛威警司从德灵顿来，正在外面。

"带他进来吧，约翰逊。"克罗梅林先生说。他转向科尔文，补充了一句："我收到电报后，便打电话给盖洛威，请他今天下午来这里。因为他整理好对彭瑞斯不利的案情，我觉得最好让他在场，听听您要说的事。我想，您不会反对吧？"

"完全相反，我非常乐意请盖洛威来听听我要说的话。"

警官回来了，陪同盖洛威警司进来了，后者一看到他上司的两位来客，便显出相当吃惊的神色。他对科尔文略点了一下头，看着郡警察局局长，满脸疑问。

"科尔文先生对格伦索普谋杀案又观察到了新的事实，盖洛威，"克罗梅林先生解释说，"我请你来是让你听听是什么事实。"

"什么样的事实？"盖洛威问道，快速地瞥了侦探一眼。

"科尔文先生会给我们解释的。"

"要解释的话，我不得不回到我们调查的开始，回到我们坐车从德灵顿到弗莱涅的那天，"侦探说道，"我们去那里时心里带着强烈的假定，认为彭瑞斯就是罪犯，因为先前了解到有关他的一些令人怀疑的事实。他缺乏金钱，他在格兰德大酒店登记时没用真名，在他离开格兰德大酒店那天早餐时的行为举止，表明他性情失衡。有一句法律公理说，人们的心智容易被先前已知事实或相信影响，我们出发去调查这个案件，就是在那个强烈的假定影响下，认为彭瑞斯，而不是他人，就是凶手。

"我们去客栈调查中发现的证据符合这个推论，促使警方排除了其他推论的可能性，因为同时存在的许多疑点都符合认为彭瑞斯是凶手的假定。首先，有事实表明凶手是从窗口进入房间的。彭瑞斯被安排睡在受害者隔壁的房间里，都在客栈无其他人居住的部分，可以很容易地从一个窗口爬进另一个窗口而不被他人看见或听到。第二，事实是，谋杀是用一把圆柄的餐刀进行的。彭瑞斯在和格伦索普先生一起共进晚餐时，使用了这样的餐刀，事后又发现餐刀丢失了。第三，我们了解到天亮后不久，他即匆匆离开了客栈，拒绝等到他的靴子擦拭干净，并用国库券纸币付账。

　　"然后，发现了脚印通向深坑，在那里抛尸，而这些脚印无可置疑地是由彭瑞斯的靴子留下的。失窃的纸币在一个人极其缺钱的情况下暗示着一个强烈的动机，而使用国库券纸币付账表明，尽管不是非常强烈，他给女佣的是失窃纸币中的一张纸币。这些都是对彭瑞斯不利的间接证据要点。在不同的程度上，客栈老板、耳聋侍者，还有女佣的陈述都支持了那个推论，提供了额外的理由增强了那个信念的可信度，即彭瑞斯就是凶手。最后，也是最有说服力的证明是，彭瑞斯在受到指控时保持沉默，不过，在此刻，尚未进入案情叙述，因为那时他尚未被捕。

　　"正是在我们进入被害者房间后，对于不利于彭瑞斯的间接证据的确凿性，我心里产生了第一批怀疑。推论认为彭瑞斯在谋杀了格伦索普先生后，扛着尸体，下了楼，再上了高岗，去了深坑。凶手是从窗户进入的，粘在地毯上的红土泥屑足以证明确凿，但假如彭瑞斯是凶手的话，他从哪里拿到雨伞，用来在暴风雨中遮挡自己？凶手拿着雨伞这一事实已经被证实，我们发现一小块伞面被靠近窗户下的一个钉子撕下，并挂于其上。再次疑问，为什么一个人从一个窗户出去进入另一个窗户，要自找麻烦用伞撑只有几英尺的距离？他会知道，当扛着尸体去深坑时，他无法撑伞了，因为扛尸体需要他两只手才行。还有，彭瑞斯事后又是怎么处理那把雨伞的？

"伞面碎片，还有凶手进入房间后在窗口附近放了雨伞而留下了一摊积水，这个线索确切地确定了凶杀时间是在十一点到十一点三十分之间，因为那个夜晚猛烈的暴雨再晚点就停止了。假如彭瑞斯是凶手的话，他就等到暴雨停了，才搬运尸体。在窗外凶手进入的地方没留下脚印，因为它们被大雨冲刷掉了。在另一方面，通向抛尸的深坑的脚印清晰可辨，确凿地证明凶手扛着尸体离开客栈房子时没有下雨。我感到不太可能的是，一个人在杀了人之后会冷静地坐在被害者旁边，等待大雨停止，然后才处理尸体。他的自然本能是藏匿他犯罪的证据，越快越好。

"然而，这些疑点都是次要的，只是稍微动摇了一下律师们所谓的不利于彭瑞斯的案情概率。但是，更重要的一点是我的发现，掉在地毯上的蜡烛油迹块是两种类型的，一种是蜡，另一种是牛脂，这意味着凶杀之夜有两个不同的人到过这个房间。格伦索普先生并不使用蜡烛，而是使用床头灯，格伦索普先生也不使用房间中央的煤气灯。然而，我们勘察房间时，煤气开关稍稍打开，那灯泡和白炽灯头被撞碎了。谁打开了开关，还有谁撞坏了灯泡？彭瑞斯没有高到足以头撞灯泡。盖洛威警司的推论是，可能是凶手把尸体扛上他肩头的时候撞坏的。

"一个或更多的建立起间接证据的所谓相关事实破灭了，使得一个完美理想的间接证据可能被减弱了，但还没被击败。有两种间接证据。一种是，对犯罪的假设依赖于一连串的链环，形成证据链。而另一种是，间接证据被编织起来，成为一股股绳子。这是间接证据的理想情况，因为某几股线被割断了，但绳子依旧存在。对彭瑞斯不利的情况让我觉得就像一根链子绝不会比其最脆弱的链环坚固。在这个间接证据链里对彭瑞斯不利的最坚固链环就是通向深坑的脚印。毫无疑问，这些脚印是由他的靴子留下的，但间接证据也像证人一样会说谎，在这两种情况下，那些貌似最为真实的有时被证明为最大的说谎者。撇开脚印的线索不谈的话，不利于彭瑞斯的案情就在其最关键的链环上断裂了。不利于他的案情里其余的间接证据，虽然足以令人怀疑，却是不能排除其他的解释。脚印是确凿的事实，这个链环维系着证据链上其他的链环。

"但是，排除脚印的线索并没有更容易地解开犯罪之谜。从我踏足这个房间起，我就感到这是个令人困惑的深沉谜案，从警方的推论观点或其他任何假设来看，都是如此。假如彭瑞斯确实是犯了谋杀罪，那么，那第二个进入房间的是谁呢？而假如彭瑞斯没有犯谋杀罪，那么是谁干的？

"那个夜晚，在我的房间里，我寻求构建两种不同的谋杀案推论。我首先从警方的视角彻底地检查了案情，以彭瑞斯作为凶手。鉴于自审判以来的发现，没必要再花费时间谈我怀疑彭瑞斯是否犯了谋杀罪的理由了。我当时就对盖洛威警司解释过这些理由，他肯定记得，我指出警方的推论在某些方面让我感到缺乏逻辑，总体来说，远非令人信服。在此推论中有太多的不确定因素，太多的猜测假定，太多的急于下结论。就拿我当时强调过的那一点来说。警方的推论原先从彭瑞斯在德灵顿的格兰德大酒店里的奇特行为开始，这从他们的观点来看，预示着杀人狂。在我看来，没有证据能证明这一点，尽管这个观点在彭瑞斯的审判中被辩方提出了。我亲眼看见了当时早餐桌旁的场景，并且，在我看来，亨利·德伍德爵士匆忙行事，错误地冲上去拉住了彭瑞斯。在彭瑞斯的行为里根本没有什么反常证明这种做法是合理的。他就是有点冲动，仅此而已，从我自那以后所听到的来看，他有理由冲动。无论他在早餐桌或此后在他房间里，他都没有任何让我觉得是精神错乱、神经病的，或暴力气质的行为。他只是遭受神经伤害。重要的是，在回顾导致这个案件发生的种种事实时，我们要记住，彭瑞斯因遭受弹震症而从军队退役，还有在格兰德大酒店那个风波之前的两个夜晚，德灵顿遭受了空袭。弹震症受害者总是容易受到空袭影响。

　　"即使警方的推论在这一点上是正确的，我仍感到难以想象的是，一个有杀人狂倾向的人在实施谋财害命时居然表现出如此冷血的谨慎和狡诈，正如在金色之锚客栈里发生的那样。控方在审判中避而不谈这一点。我此时提到这一点只是为了支持我的论点，即不利于彭瑞斯的间接证据绝非确凿，因为它原本就部分地取决于推断的事实，而间接证据的前提并不能使之合理。

　　"接下来，谋杀现场的房间里的种种发现，以及某些在室外发现的痕迹，并不符合警方不利于彭瑞斯的观点。盖洛威警司在见过尸体和检查过客栈设施后，他所做的案情重现并未能解释清楚所有存在的事实。某些证据和线索与警方对谋杀案的推论不一致。我们所发现的事实并未增强推断彭瑞斯就是凶手的概率。我明白，在间接证据案件里，绝对证明在定罪时并非是非常重要的，但是，在另一方面，忽视与推论不相符合的事实即是走向另一个极端，因为，如此一来，你就冒着排斥其他推论存在可能的风险。

"在另一方面，当我寻求用其他假设来解释犯罪时，我发现自己处处感到困惑。房间里出现过两个人的情况就是令人困惑的因素。凶手在暴风雨里通过窗户进入房间，点燃了他带来的牛脂蜡烛，直接走到床前，行凶杀人。然后，他一直等到雨停后，再扛着尸体下楼去深坑抛尸。但是，那第二个人，那人拿着蜡制蜡烛，掉下了几滴蜡油迹块，处于破碎的煤气灯泡下面，此人又是怎么回事？他是在不同的时间进入房间的吗，为什么？为什么他手里拿着蜡烛，还要点燃煤气灯？为什么他会如我之后查明的，离开房间，下楼去打开煤气表上的开关呢？

"暂时排除彭瑞斯，我做了下一个尝试，想用两个其他的假设来配合我发现的线索。假定谋杀是由外面的一个村民干的，或者是由客栈里的人干的呢？对于前一种推论有许多可能性，我曾向盖洛威警司提出过，他随后就做了调查，宣称没有证据可支持谋杀是由外来人干的的推论。而谋杀是由客栈里的人干的这一推论则使我把注意力转向了客栈内部。暂时排除彭瑞斯，谋杀发生之夜，客栈里有五个人，客栈老板、他女儿、他母亲、侍者、安。那姑娘不可能谋杀，当然也无法搬动尸体。疯老妇人也许可能进行谋杀，假如她可以走出房间的话，但她不可能把尸体搬运到深坑。女佣也不可能。通过如此的排除，就剩下客栈老板和那个耳聋侍者。

"出于一个目前尚无必要解释的原因，当我第一次看到遇害人的尸体时，我的思考就转向了那个侍者。他是凶手的可能性被一个轻微的线索增强了，我发现在被害人的卧室窗户下的黏土上有线条状痕迹。那窗户离开外面的地面大约五英尺，而那侍者，又矮又胖，如没有东西垫在脚下，不可能爬上去的。但那侍者又不太可能搬尸体去深坑。他的右手臂残废了，只有一个非常强壮的人，有两条强壮的手臂，才可能做到这一点。

"剩下来的就是那个客栈老板。除了彭瑞斯之外，他就是那夜客栈里唯一的人了，他能够把尸体搬下楼梯，并抛尸深坑。虽然他瘦削，我得说他是个具有很强体力的人。在回顾这个非同寻常案件中的所有案情时，令人吃惊的是，从一开始，某种怀疑并没有转向他。他手头非常拮据，他几天前就已知道，格伦索普先生将要去银行取三百英镑，当彭瑞斯那个夜晚偶然去这家客栈找个住处时，他不太可能知道这个情况。并且，在客栈里，只有客栈老板的身高足以使他头撞吊灯，撞碎格伦索普先生房间里的煤气灯泡和白炽灯头。他非常熟悉客栈里的通道和去深坑的路径，远远超过一个像彭瑞斯那样的陌生人。我们在勘察脚印时，我被这个事实震惊了。从客栈到深坑口，脚印留下的路径毫不偏离正道，这就表明对路径的熟悉程度了。那个在黑暗中扛着尸体的人对地面的每一英寸都烂熟于心。

"事后诸葛亮很容易，但是，当彭瑞斯被捕后，我的思考和怀疑越来越针对客栈老板了。可彭瑞斯的态度改变了这个案件的整个方面。他在树林里犹豫不决地回答我的问题，他宿命论似的接受不利于他的指控，让我觉得等于承认有罪，于是，我就放弃了调查，回到了德灵顿。

"可是，我错了。那个错误让我很难原谅自己。彭瑞斯的犹豫不决，他的沉默，在这桩如此离奇神秘的谋杀案中，他的态度在概率的平衡上又算得了什么呢？考虑到我已经取得的种种发现，这些发现指向了一个最令人困惑的谜案，我不应该因为彭瑞斯面对指控时出现了令人费解的沉默而偏离我的正道。你们知道了随后发生的事。彭瑞斯固执于他的沉默，被审判，被定罪，判处死刑，就因为那种沉默，迫使辩方依赖以精神错乱为由的辩护，而他们却无法维持这个理由。

"我第二次回到客栈，倒不是出于我的意愿，而是因为四天前在德灵顿，客栈老板的女儿佩吉告诉我的隐情。在验尸审理前的夜晚，佩吉去了躺着被害人的房间。我没有看到她进去，但看到了她出来。她下楼后，匆忙穿过沼泽地，在防浪堤上朝大海里扔下了什么东西。彭瑞斯被捕的那天，我问了她。她给了我一个答复，实在难以可信，但在对他不利的间接证据累积之后，彭瑞斯的沉默让我从不同的角度去看待这个案件了，所以，我没有盘问她。而在审判之后，她来见我的目的却是承认，她先前没有对我说实话。她修饰过的故事显然是实情。她和彭瑞斯在两三个星期前，偶然在莱兰－胡普的海边邂逅，以后就秘密相会。这两个愚蠢的年轻人随后的行为令人信服地证明了，他们深深地爱上了对方。然而，佩吉从未告诉彭瑞斯她的名字或者她住哪里，因为她说，她知道自己的社会地位不同于他，但她不明白他怎么会在那天夜晚来到客栈。很自然，她对他意外的出现感到非常不安。在听到了他的声音后，她就等待着机会去和他说话，却被迫去陪她的疯祖母，直到很晚。

"在她去睡觉前，她走进通道，去看看是否碰巧他还没有睡。但格伦索普先生的房间里有亮光，她出于女孩子的冲动，沿着通道到了格伦索普先生的门外，打算对那位总是和善友好地对待她的长者吐露她的烦心事。房门半开着，她敲了门却没回应，她便走了进去。格伦索普先生躺在床上，已遭谋杀。在地上，靠近床边，她发现了餐刀和这个银色珐琅质的火柴盒。她就把刀藏在墙上的一幅画后。第二天夜里，她又做了一件非常大胆的事，走进死者的房间，取出了餐刀，不让警方发现它，因为那时她知道，那把餐刀构成了一个重要的物证，在此案中对她的情人不利。她扔进大海的是那把餐刀，但保留了火柴盒，因为她认出是彭瑞斯的。当她来找我时，她没打算告诉我有关火柴盒的事，如果她能瞒下来的话。到那一点为止，她已经足够坦率了，但她不想在那一点之后再深入下去了。

"彭瑞斯被定罪后，她开始女人般的感叹，假如她没有那么匆忙地假定他有罪就好了，随着时间的流逝，他的末日越来越近，她变得绝望了，作为最后的希望，她来找我了。她这么做可是好事。从她讲的事情中，尽管从表面上来看，使得不利于彭瑞斯的案子依然确凿，却偶然地带来了一条线索，让我对这个案子有了新的看法，于是我决定重返弗莱涅。那条线索就包含在火柴盒里。"

案件仍存的疑点

科尔文打开了银色珐琅质火柴盒，把火柴都倒在桌子上。

"我返回客栈后，把这个火柴盒给查尔斯看，他告诉我说，那天晚上，彭瑞斯和格伦索普先生在楼上的客厅里一起吃晚饭时，彭瑞斯用过它。因此，这是一个合理的推断，在谋杀之夜，他手里没有火柴。

"这个事实非常重要，因为彭瑞斯的银色火柴盒里的火柴，正如你们看到的那样，是蓝头蜡火柴，而谋杀之夜在格伦索普先生房间里划的火柴是完全不同的火柴，英国生产的粉红色头木制火柴，所谓的战时火柴，软松木火柴杆。这种火柴杆容易折断，除非你捏住火柴头划。谋杀之后的上午，在格伦索普先生房间里，有两根折断的这种火柴，火柴头没有燃烧过。盖洛威警司在床脚捡到了一根，在煤气灯泡的碎片下，我捡到了另一根。在被害人的房间里找到彭瑞斯的火柴意味着几件事。首先，假如他除了他银色珐琅质火柴盒里的这几根火柴外，没有其他火柴了，他就既不是凶手，也不是那天夜里第二个进入房间的人。但如果我对火柴的推断是正确的，那么他的火柴盒怎么会在被害人的房间里呢？推断是这样的，彭瑞斯点燃了蜡烛，准备去睡觉时，把火柴盒忘在吃饭的客厅里了，凶手发现了，就带到格伦索普先生的房间里以便把嫌疑指向彭瑞斯。

"这个事实开启了有关犯罪的新的可能性，即彭瑞斯是阴谋受害者的可能性。就在我们察看通向深坑的脚印时，我想到了有可能另有其人穿着彭瑞斯的靴子，因为我过去见过这种诡计，但女佣的陈述表明，彭瑞斯没有穿上他放在门外有待擦拭的靴子，而是在早晨开门时手里拎着靴子。彭瑞斯今天上午告诉我说，他前一天夜里就把靴子放在门外有待擦干净，但在安送茶来以前就把靴子拿回来自己的房间了。因此，凶手有足够的机会，为其目的，穿上彭瑞斯的靴子，扛着尸体去深坑抛尸，回来后再把靴子放回彭瑞斯的门外。

"但是，佩吉迟来的坦诚不但表明彭瑞斯是邪恶阴谋的受害者，并且，缩小了谁可能策划的范围。那个策划者不仅是客栈里的人，而且见过火柴盒并知道它属于彭瑞斯。

"我返回了弗莱涅，恢复了差不多三个星期之前已经中断的调查，而从那一点起，我的新发现的进展非常快，都倾向于怀疑班森。第一个迹象是我评论他身高和说起格伦索普先生房间里破碎的煤气灯泡所带来的结果。那纯粹是碰运气的猜测，但我的话立刻让他陷入了可怜的激动状态。然而，我就让他想想，那只是碰巧随口说说而已。那天夜里，我被安置在彭瑞斯睡过的房间里，在那里我有了两个发现。第一个是存在着一个小活门，在大衣柜的背后，开向墙壁另一边对应位置上的小活门，那另一小活门开向格伦索普先生的房间。这样，就有可能让一个人在彭瑞斯住过的房间里如我一样地发现这两扇小活门，看到隔壁房间，当然，在某种条件下。我第二个发现是我第一个发现的结果，我在大衣柜下捡到了一封恳求信的碎片，那是彭瑞斯开始写给他未婚妻的，但随后又撕掉了。我过了好长时间才明白了这两个发现的全部意义。为什么一个人，写了一封恳求信给他的未婚妻，决定不寄出，而是撕掉了？最有可能的原因是发生了什么事，促使他改变了想法。那么，发生了什么事那么快地改变了状况？隐藏在墙上的小活门，可以看到隔壁房间，提供了对此问题的一个答案。彭瑞斯曾看过去，看到了——什么呢？我第一个想法是，他看到了凶杀，但那个推论不能解释他撕掉信的原因，而他被捕后保持沉默，除非，确实如此，是那个姑娘犯了谋杀罪。那个姑娘——佩吉！那个想法一闪而过，解

312

开了这个令人困惑的案子的最为奇怪的方面，那就是为什么彭瑞斯在被指控谋杀时，依然保持着顽固的沉默的原因。

"我想到我一直在摸索寻找的线索，还有回想起那姑娘陈述里的一句话，那是她第二次陈述。她不仅对我说了她想保护彭瑞斯的努力，还坦率地透露了她和彭瑞斯的关系，非常天真，但以偶遇的方式开始的，继而在孤独地方的幽会。我记得当她告诉我的时候，我印象最深刻的便是彭瑞斯他在对待这个姑娘时表现出来的绝对坦率。他始终对她坦诚而真挚，把真实姓名告诉了她，还谈了许多有关他自己的事：他的家族，他的前途，甚至他的经济困境。他还说得更多：他告诉她说，他已经订婚了，但如果他能重获自由，他会娶她。一个年轻人以这种口吻说话，那么他已经陷入恋爱了。佩吉单纯的陈述表明彭瑞斯深爱这姑娘如同这姑娘深爱他一样。'如果他能重获自由就好了！'就是这句话给了我解开这个谜案的钥匙。他开始写信给威洛吉小姐，解除婚约，以此获得自由。以后他又撕掉了信，因为他通过墙上的活门，看到佩吉站在被谋杀之人的床前，因而得出了结论，认为是她谋杀了他。

"如果你们觉得有点奇怪，彭瑞斯居然会对他爱上的女人匆忙做出了这个结论，你们必须得记住，情况往往不同寻常。佩吉把自己包裹在神秘之中，她拒绝告诉情人她住在哪里，她甚至没有把自己的名字告诉他。当他看向隔壁房间时，他不知道她就住在这房子里，因为在昨夜她一直躲避他，等待时机与他单独相见。结果，他一看到她就经历了一次巨大的震惊，而他又想起了她总是遮盖身份和动向的那层神秘，但有了某种恐怖凶险的意味，当他在如此该诅咒的情况下再次看到她时，她正站在死者的床边，手里拿着一把餐刀。

"彭瑞斯随后的行动便是，撕毁写给威洛吉小姐的信，匆忙离开客栈，还有面对指控时保持沉默，所有这一切都从如下事实得到了解释：他看到那姑娘在隔壁房间里，相信是她犯下了这恐怖的罪行。

"我现在谈谈那些指向班森是这个谋杀案里共谋的线索。我已经告诉你们，他对我碰运气的话甚感惊骇，那番话涉及他的身高和煤气灯泡的破碎。你们还知道他缺钱。下一个疑点相当奇怪。谋杀案发生后的第二天，班森对我们陈述时，我注意到他不断地抚着他的长发，使之向前额下垂。这个动作里有着比特殊习惯更多的意义。那天夜里我发现了墙上的小活门之后，我就让它开着，以便观察隔壁房间。在夜间，班森进去了，搜查了死者的房间。我不知道他在找什么，他没有找到，不管是什么东西，但在搜查中，他发怒了，把长发从前额往后一甩，在他的太阳穴上露出了一块新近痊愈的瘢痕。他把头发抚平得低垂的原因得到了解释：他想遮盖一个事实，是他撞碎了格伦索普先生房间里的煤气灯泡，因这事故而割伤了头。

"但他去死者房间揭示的不仅仅是他额头上的疤痕。班森是如何

314

进入这个房间的？自从谋杀案以后，这个房间一直关闭着。那天夜里当这客栈里的人都去睡了，我从厨房里食具柜上的挂钩上取走了钥匙，以便勘察这个房间。因此，班森是用另一把钥匙进去的。这是我们第一次知道还有另一把钥匙。到目前为止，我们都相信谋杀案发生后的早晨，人们发现插在门外的钥匙是唯一的一把钥匙。警方的推论也是部分地依赖于这个假设。班森还有第二把钥匙，并且对此默不作声，这就强烈地指向他在这个罪行的共谋行为。他知道格伦索普先生习惯于锁上门，随身带着钥匙，所以他获取了第二把钥匙，以便只要他愿意就能进入房间。假如他把此事告诉客栈里的女佣，这本来也不算什么事。当女佣想整理格伦索普先生的房间时，第二把钥匙会对女佣有用。但班森对第二把钥匙的存在闭口不提。我们在询问他有关钥匙的问题时，他也根本就没提。一个无罪的人就会立刻告诉我们，还有第二把开门的钥匙。班森闭口不提是因为他要隐瞒什么事。

　　"现在我来谈谈第二天的事。在下午，我调查了高岗和那个深坑，有了一个发现，随后我心里猜想，失踪的钱就藏在深坑里。我决定试试下去。我就在天亮前起身，因为不想让客栈里的人看到我。去深坑之前，我钻出了窗户，再爬进隔壁房间的窗户，就像假设彭瑞斯是那么做的一样。这个试验揭示了有利于彭瑞斯的另一小点。第一个窗户的落差有点尴尬，超过八英尺，我的后跟在窗下松软的红黏土上砸出了深深的凹痕。假如彭瑞斯是从窗户下去的，即使只穿袜子不穿靴，他的后跟印痕也应该很清晰。谋杀之后没什么雨水可完全冲刷掉脚印了。可我们在谋杀发生后的第二天上午去勘察那里的地面时，在他的窗户下并无这样的印痕。

"我接着就去了高岗，通过抓住深坑壁上的藤蔓植物下了深坑。大约往下十英尺，就没有植物生长了，没有绳子就不可能再往下了。但在一个人没有协助的情况下所能下到的极限距离处，我看到了一个挂钩，钉在坑壁上，一根钓鱼线悬挂下去。我拉起了钓鱼线，发现线上系着被害人的钱包，里面有他遇害当天从希思菲尔德的银行取出的三百英镑。

"现在让我根据新的发现来重现一下犯罪情况吧。班森急需用钱，他知道格伦索普先生那天上午从银行取出了三百英镑，全部都是小额现钞，没法追踪，而他有第二把钥匙这事表明，他在过去就已在策划某种行动了。我想，等所有的事实都大白于天下时，大家就会发现他还有第二把钥匙。当他得知格伦索普先生想去取一大笔钱的时候，他就准备了第二把钥匙。彭瑞斯碰巧在取出钱的那天到达了客栈，这很可能就让他考虑谋杀格伦索普先生，抢劫他的钱，在此情况下转移嫌疑，嫁祸于陌生人。彭瑞斯在他和格伦索普先生一起吃晚餐的客厅里遗忘了火柴盒，无意中帮助了他。班森估计住客离开了，便去客厅看看一切是否都收拾好了，在那里，他发现了火柴盒，于是决定那个夜晚就实施谋杀，并把火柴盒放在被害人的床边，作为一条指向彭瑞斯的线索。他下一个想法是，使用彭瑞斯在晚餐时用过的餐刀行凶，这个想法很可能是他在考虑使用火柴盒时想到的。

"很难解释，为什么班森选择从窗外爬进房间，而不是用他的第二把钥匙进去。他可能试图用钥匙开门，但发现格伦索普先生锁上了门，并把钥匙插在门内。或者他可能想到，彭瑞斯就睡在隔壁房间里，他如开门进入房间就会冒被发现的风险，所以就决定从窗口进入了。我们必须假定，班森随后就会发现，格伦索普先生的钥匙，要么插在门内的锁上，要么放在他的枕头下面，他就拿起了钥匙。他从窗口进入了房间，刺死了格伦索普先生，把火柴盒和餐刀放在床边。他下一个行动是找钱。但发现在牛脂蜡烛的光里很难寻找，便决定下楼去打开煤气开关。

"他不在时，恰逢佩吉走进了房间，看到了尸体，捡起了餐刀和火柴盒。然后她拿起床边的蜡烛台，害怕地逃离了。班森打开了煤气表上的开关后，回来发现房间里一片漆黑。他认为是风吹灭了蜡烛，他就走向煤气开关，想点亮煤气灯。他这么做的时候，头撞在灯泡上，玻璃割伤了前额，并撞碎了白炽灯头。

"班森发现蜡烛台不见了，出丁害怕，赶紧下楼取了另一个蜡烛。

他没法点煤气灯了，因为他把白炽灯头撞碎了。我想不出其他的可能性来解释我在煤气灯下发现的那些蜡烛油迹块，这些油迹块让我起初相信，在谋杀之夜，有两个人到过这个房间。这两个是班森和他女儿，但佩吉没有带蜡烛台进房间。我觉得看起来好像是班森，拿着第二支蜡烛，试图用它点亮煤气灯，但没成功。这个行为解释了煤气开关开着，并且直接在开关下面就有滴落的蜡烛油迹块。他随后就搜查了房间，直到他发现了装着钱的钱包。

"随后他把尸体搬去抛尸深坑的事，这让我觉得是他事后想到的。这个计划太凶残，太巧妙，也太完整了，无法一开始就在凶手的头脑里形成。那人把火柴盒和餐刀放在被害人的床边，为了把怀疑的视线转向彭瑞斯，那时他还没想过搬走尸体。这个想法是后来才有的，很可能是他第二次上楼拿着点亮的蜡烛，看到了彭瑞斯放在门外的靴子。我忍不住想，脚印的线索，在不利于彭瑞斯的案件中是如此至关重要，但是，就凶手而言，却是偶然所为。靴子会留下脚印，以后就会被辨认为彭瑞斯所为，这个想法过于狡诈，班森这样的人不可能事先想到的。那是元凶的手法，其犯罪思维远高于班森。

"我相信，他原本想把被害人留在房间里，觉得火柴盒和餐刀会把嫌疑指向彭瑞斯。但在谋杀了格伦索普先生后，他极度害怕罪行会暴露，尽管他把嫌疑引向了另一个人，所以他决定把尸体扔进深坑，希望这罪行永远不会被发现。他穿着袜子进入房间的事实支持这个推论，因为他非常清楚，他无法扛着尸体赤脚在粗粝的地面上走上几百码。他就顺手拿起彭瑞斯的靴子，穿上了，而如果他回到有点距离的房间里去穿自己的靴子，就会冒着被发现的风险和延迟时间。穿上靴子后，他就扛起尸体，走向深坑了。

"在这个案子里，还有两三个疑点，我无法完全满意地解开。为什么班森要把钥匙插在门外？难道只是个错误，是个疏忽？这些是所有的凶手很容易犯的，或者他是故意所为，希望传递出错觉，让人认为格伦索普先生出去了，把钥匙留在门外。下一个疑点是，我无法解释窗户下的箱子印痕。还有第三点，被害人尸体上的伤口方向，这让我当时就有些想法，我现在不得不认为是错误的。但我希望这些疑点在逮捕班森后，让他坦白，会得到澄清，因为我确信，根据我的观察，他会坦白。

"还有一两个疑点。班森是个热衷于钓鱼的人，他会花所有的空余时间在沼泽地里钓鱼。失窃的钱包是用一根钓鱼线悬吊在深坑里的。但我给予第二个疑点更多的重要性，自从发生了谋杀案以后，在客栈酒吧里，夜晚的议论中心就是本地的鬼魂，尖叫深坑的白夫人，据说是从远古就开始出没在抛尸的深坑，并且会给任何在夜晚见到她的人带去死亡。这个让村民们深深地相信的幽灵，在谋杀案发生前至少有两年没出现过了，但她却在谋杀案后的一两天又出现了，并且据说自此常常被人看见。在我看来，这好像是班森故意重新散布，为了让村民们远离深坑，因为在那里藏匿着金钱呢。

　　"今天上午，在奥克汉姆先生的陪同下，我去监狱见了彭瑞斯，想方设法让他打破了沉默。他陈述的内容，没必要对你们详述，证实了他的清白，也支持了我对犯罪案的推论。他没有看到谋杀的进行，但他看到了那姑娘走进过房间，之后又看到她父亲进来搬走了尸体。正是因为最后的景象让他消除了可能怀有的对姑娘犯罪的疑虑，迫使他得出结论，认为她和她父亲是这桩犯罪的同谋。但他太爱这个姑娘了，所以他决心保持沉默，保护她。"

郡警察局局长克罗梅林的决断

"这是个不同寻常的故事，科尔文先生，"郡警察局局长说，打破了侦探重现犯罪得出结论后的相当长的沉默，"您的推理技巧真是令人入迷。您原本可以成为出色的皇家检察官。"郡警察局局长的官方思维方式想不出其他更好的赞扬话了，"您的叙述似乎太令人难以置信了，但毫无疑问，您已经提出了进一步调查此案的理由。你怎么想，盖洛威？"

"在我看来，问题是，科尔文先生的那些发现真的意味着什么吗？"盖洛威回答道，"他建立起一个非常精巧、貌似可信的犯罪情况重现，但让我们扔掉纯粹的推论，坚持事实吧。这些发现意味着什么呢？除了彭瑞斯在监狱里的陈述说，他看到尸体被搬下楼梯——"

"你可以根本不用谈这些，"侦探简略地说，"我对犯罪情况的重现是独立于彭瑞斯的证词之外的，对异议持开放态度，而这开放态度早就应该有了。"

"这正是我想说的，"盖洛威直率地辩解说道，"那么，好吧，让我们来考察一下这些新的事实吧。如我所见，共有五个。找回彭瑞斯的火柴盒，发现两个房间之间的墙壁小活门，客栈老板额头上的伤痕，另外一把钥匙，还有深坑里发现的钱包。排除阴谋的想法，找回火柴盒成为对彭瑞斯不利的额外疑点，因为我觉得他没有其他的火柴，只有那个特定的火柴盒，还有他在背心口袋里找到的散出来的火柴，这些都是猜测的假设。抽烟者往往带着两三盒火柴。发现暗门倒是很有趣，但与犯罪没有直接关联。客栈老板头上的伤口看起来很可疑，但没有证据证明那是他在谋杀发生之夜在被害人的房间里头撞在煤气灯泡上造成的。正如科尔文先生自己指出的，班森还有格伦索普房间的第二把钥匙这件事没有多大意义。许多旅馆老板和客栈老板都有房间的复制钥匙。这个发现的意义是说，班森对这把钥匙的存在闭口不谈。无疑，他应该对我们谈论此事，但我也没有准备随随便便地接受他的沉默是一个有罪之人的沉默这个说法。他可能对此保持沉默是出于一种愚蠢的担心，害怕会把嫌疑指向他自己。这个推论看起来和科尔文先生的推论一样很有可能。剩下的是找回深坑里的钱。考虑到那个疑点，我觉得不可能忽视彭瑞斯在逃跑以后又回到树林的事实。对我来说，那表明，他自己把钱藏在深坑里，冒险回来，为了拿到钱而已。”

“比起我来，你倒是更值得郡警察局局长的赞扬了，亲爱的盖洛威，”科尔文和蔼地说，“你解决不利于你难点的才能在于忽视它们，而你细心地避免能说明问题的推理，这些倒是能让你成为理想的皇家检察官。”

“我不相信在犯罪案里的推理，”盖洛威回答说，在侦探的讽刺下脸红了，“我只是个普通人，我喜欢坚持事实。”

“那么，你整个不利于彭瑞斯的理由，除了一连串的推理之外，还有什么呢？”科尔文反唇相讥，“间接证据还有你在本案依赖的那些事实从来就没有完全证实。此外，你的事实与你原先的假设不符，在本案审理时不得不更改。既然我已经发现了其他事实和推理，这些都与另一个假设相符，你却闭上眼睛，对此视而不见，或者从中得出错误的结论。你提示说彭瑞斯肯定把钱藏匿在深坑里，因为他就是在这附近被捕，这就是一个建立在错误前提下虚假推理的典型例子，认为彭瑞斯在谋杀案之夜在那里藏钱。他不可能这么做，因为他根本没有绳子，他作为那地方的一个陌生人，怎么知道深坑壁上长满了藤蔓植物，足以承受一个人的重量？而选择深坑作为藏钱地方则说明了凶手对本地情况的熟悉。”

“您还没有告诉我们，您是如何推断出钱藏在深坑的。”克罗梅林先生说，他一直在检视钱包和其中的钱币。

"之前的下午，在勘察深坑口时，我在坑边发现了这张纸，被踩进黏土了。后来，我辨认出上面特殊的起伏线条水印是第一期国库券纸币上的政府水印。从这一点，我推断，钱就藏在深坑。那笔钱都是国库券纸币，如你所见。"

"恐怕我没有听明白您的意思，"郡警察局局长说，目光困惑地看着手里的肮脏纸片，"这张纸不是国库券纸币。"

"现在不是，也许吧，但它曾经是，"侦探微笑着说道，"起先，我对此困惑不已。我无法解释国库券水印是被设计出来防止伪造纸币的，怎么会出现在一张白纸上呢？然后我想到了。第一期国库券纸币印刷糟糕，使用了普通的黑色墨水，如果纸币浸入水里，墨水会消失。那是萨默赛特宫里的一个官员告诉我的。他还说，他们已经接到了好几起案例，军工厂的工人们，在收到了国库券纸币后，放进他们的工装裤口袋里，忘记了，直到工装裤从洗衣房里被送回来后，沾满了纸币上洗出的印刷墨水痕迹，纸币上什么都没留下，只剩下水印了。这让我想到，同样的情况也在本案中发生了。那个凶手正要下深坑去藏钱，偶然掉了一张纸币，踩在脚下，这张纸币就躺在露天里，经过风吹雨打、露水霑淫，每一点印刷墨水都消失殆尽了。"

"天哪，太聪明了，真是太聪明了！"盖洛威叫道。他拿起桌子上的一个放大镜，仔仔细细地察看着科尔文在深坑口发现的肮脏白纸片。"这曾经就是国库券纸币，果真如此，水印确定无疑。您得了一分，我办不到，我是个坦率承认的男人。您比我观察更细致，科尔文先生。我愿意承认您已经对本案有了某些有意义的新发现，尽管在我看来，您倾向于解读过度。但是，我当然认为应该对此深入调查。假如彭瑞斯今天上午对您的陈述是真实的话，那么，班森就是凶手，存在着司法误判。但让我怀疑彭瑞斯陈述真实性的是他之前拒绝说话。我不相信最后时刻的坦白。而他解释说他保持沉默是为了保护那姑娘，这给我感觉理由不充足。太堂吉诃德式了。"

"比这还要多呢，"科尔文回答说，"他有双重的动机。彭瑞斯听到亨利·德伍德爵士在审判时的作证，说他相信彭瑞斯患了癫痫。"

"那怎么构成了第二个动机？"

"是这样的。彭瑞斯是个容易激动，性格内向的人。他出于高度的责任感去了前线，但他在气质上对可怕的现代战争无法适应，在重压之下精神崩溃了。像彭瑞斯这样的人在因为弹震症而退役时感受很深切。他们感到平时小心隐藏的气质上的缺陷被暴露在光天化日之下了，想象他们在同伴们眼里被贴上懦夫的标签。我怀疑彭瑞斯离开伦敦，以另一个名字躲避在诺福克的真正原因是，他因弹震症而从军队退役。他想离开伦敦，躲开那些认识他的人。对于他受到伤害的精神，朋友们的同情类似嘲讽和冷笑。当亨利·德伍德爵士问他时，他小心地隐瞒了他是弹震症的受害者这个事实。事实上，彭瑞斯那天早晨在早餐大厅里的行为只是空袭对他紊乱的神经产生的影响，但他死也不愿对陌生人承认。在听到了审判时辩方提出的证据后，他得出了结论，他既是个癫痫患者，也是个神经衰弱者。在此情况下，他很可能相信，生活对他没什么意义了，而定罪则增强了他的决心，去牺牲自己的生命，作为对他深爱的姑娘的一点价值。"

"如果那是真实的，他一定是个非常有男子气的年轻人。"郡警察局局长说。

"假使那是真实的，该怎么做？"盖洛威真诚地问道，"彭瑞斯已被审判，定罪为杀人犯了。"

"定罪在上诉时会被推翻。"侦探果断地回答说。

"但是，有关班森，"盖洛威固执地说，"假如他就是凶手，如您所说的，他一听到彭瑞斯提出上诉，就会离开了。"

"如果你逮捕了他，那他就不能离开了。"

"以什么罪名呢？我无法以谋杀罪逮捕他，因为另有一人已经被判死刑了。"

"对。但你可以以他事后从犯的罪名逮捕他，理由是他扛着尸体下楼并抛尸深坑。"

"假使他否认这么做过呢？瞧，科尔文先生，我想尽全力帮您，但假如我犯过一个错误，我不想再犯第二个错误了。坦率地说，我不知道如何看待您说的事。可能是真的，也可能不是。但从警方的角度出发，假如我们逮捕他，我们的理由太少了。假如他要虚张声势地吓唬我们，我们就会陷入尴尬的境地。没人看到他杀人。"

"我理解你所说的话，因为来看你之前，我已经仔细想过了，"科尔文回答说，"假如班森否认我发现对他不利的疑点，或者做出不同的解释，那会很难证明他的话。但他不会，他会坦白所有他知道的事。"

"是什么让您这么想的？"

"因为他的胆量没有了。假如我那天夜晚看到他在那个房间里的话，我就当面质问，我就会从他嘴里掏出全部真相。"

"那您为什么没那么做呢？"

"因为我无权拘留他，我只是个私人侦探，我既不能逮捕一个人，也不能以逮捕威胁他。这就是我来找你们的原因。你们，有法律赋予的权利在背后支持，可以威胁班森，让他坦白。"

"我一点也不喜欢那样做，"盖洛威咕哝着说，"有风险——"

"然而，那是必须承受的风险。"那是克罗梅林先生干预了两人的讨论，他以非同寻常的果断态度说道，"我同意科尔文先生的意见，这是最好的实施方法。我会和你一起去，承担全部责任，盖洛威。"

"没必要了，"盖洛威马上说道，"我非常乐意去做。"

"我会陪同您和科尔文先生。这完全是个不同寻常的案件，我想看到最后，如果这就是最后的话。我对这年轻人的命运有着强烈的兴趣。"

"我也很想去，但有个约会让我没法去，"奥克汉姆先生说道，"我非常乐意把彭瑞斯的利益交到科尔文先生的能干之手。"他说着站了起来，向侦探伸出了手，"我们都错了，但您已经把我们从良心上不可弥补的错误中拯救出来了。我无法原谅自己有眼不识泰山。也许，您会在返回时告知我此行的结果。我将非常急于了解。"

"我将不虚此行，"科尔文回答说着，握住了律师的手，"我们最好赶五点钟的火车去希思菲尔德，然后步行去弗莱涅，"他转向其他人，补充了一句，"那会和开车去一样快，可汽车的声音可能会让班森有所防备。我们想出其不意。"

"假如他发现钱包不在了，他就会听到什么风声了，"盖洛威说，"我们在此谈论此事时，他可能已经逃离了。"

"我已经安排好了，"侦探回答，"我把我自己的钱包系在深坑里的钓鱼线上，让昆斯米德监视深坑。如果班森想带着我的钱包逃离的话，昆斯米德就会以抢劫罪逮捕他。我已经挂失了。"

"您倒没有留下很多事来碰碰运气啊。"盖洛威回答，带着有点冷嘲的微笑。

客栈老板班森的供述

那是克罗梅林先生的典型做法，使他们从希思菲尔德火车站开始的摸黑走长路变得轻松了一点，其方法是，一路上谈论科尔文的推论，班森散布尖叫深坑白夫人重现的事是为了促使村民们远离藏匿钱币的地方。克罗梅林先生的印象非常深刻，他是这么说的，因为科尔文具备的逻辑能力和高超的推理能力，后者借以重现了谋杀案之夜的隐藏事件，就像欧文凭一根骨头重现了早已灭绝的恐鸟，但他勉强接受推论的某个部分，那部分似乎是对神圣的著名的诺福克传奇的真实性产生了怀疑，而那些传奇至少有了两百年的传统。

克罗梅林先生并没有走到对那个说法确信自己信念的地步，但却宣称，有几个例子，开明人士和受过教育人士的例子，他们都见到过幽灵，结果都以早逝而告终。他引用了一个来访过的地方法官的例子，他在大约二十年前访问过这个地区，对传奇一无所知。一天夜晚，他骑马经过弗莱涅，听到了从高岗上树林里传来的阴沉尖叫声。他认为是有人需要帮助，便下了马，走上高岗去察看一下。当他接近深坑时，白夫人从深坑里出现了，用难以形容的哀伤眼光看着他，举起她的手三次划过她的脖子，然后就消失在深坑里。法官对自己所见极为震惊，回去后对接待他的主人说了这个经历。后者没有告诉他这个幽灵所带来的悲剧性意义，但法官在回到伦敦的三天后自行割喉去世。"想必，那已经超过单纯的巧合了吧？"克罗梅林先生结束时说。

"我不想逐渐动摇当地对尖叫深坑白夫人的信念，"科尔文说，脸上的微笑被黑暗遮挡了，"我所说的是，自从把钱藏匿到深坑后，白夫人的时常重现对那个藏钱的人特别有用。我向您保证，即使给那笔钱的两倍，也没有村民会走近深坑。还有许多人将来走进坟墓后，仍然确信，自从发生了谋杀案，他们听到过她夜间的尖叫声。"

"很难相信他们都搞错了。"克罗梅林先生缓慢地说。

"我不认为他们搞错了，至少，并不是他们全部。有些人很可能听到了尖叫。"

"那么，您是如何解释那尖叫的呢？"郡警察局局长急切地问道。

"我认为他们听到了班森的母亲在突然发疯时的尖叫。"

"天哪，那真是精明的奇想！"盖洛威警司窃笑道，"您不会损失什么的，科尔文先生。不管您对不对，没有丝毫的怀疑，整个村庄都陷入了幽灵恐怖，他们会像躲避瘟疫似的避开尖叫深坑。有一天我和一个弗莱涅农民聊天，他脸色苍白，让我相信，他连续三个夜晚都听到了白夫人的尖叫，当他手下的人天黑之后去客栈酒吧时，他们特意多走了半英里，避开那个深坑。他还告诉我说，村民中普遍认为格伦索普先生大概在之前一两个夜里看到过白夫人，然后就被杀了。"

"我也听到了这个故事，"科尔文回答说，"他有天黑后散步上高岗的习惯。看来他对科学工作有着强烈的兴趣。"

"他深深地沉浸在其中，根本无暇顾及其他，"郡警察局局长说着，叹了口气，"他的去世是英国科学界的重大损失，尤其是对他在诺福克的研究工作。在他的钱包里有一张剪报和钱放在一起，我对剪报非常感兴趣。那是一家伦敦刊物的评论，对他出版的有关在弗莱涅发现的一块燧石里的海绵骨针研究的小册子做了评论，那是他对科学研究的最后贡献，就在他遇害前两天才出版。多么巨大的损失！"

他们随着谈话，登上了高岗。在他们下面便是处于沼泽地边缘的小村庄，笼罩在白色的海雾之中。科尔文请同行者们暂停原地，而他则去看看昆斯米德是否在监视。他快步走过茅屋区，直到抵达深坑。

在那里，他敏锐的眼睛发现了一个黑黑的人影一动不动地站在树林的阴影里。

"是你吗，昆斯米德？"他低声问道。

"是的，科尔文先生。"那身影走出了阴影。

"一切都好吧？"

"很好，先生。自从您离开后，我从天黑到天亮，在阴影里监视着这个地点，没人接近深坑。我没有受到什么扰乱，甚至连白夫人也没有扰乱。"

"你干得非常出色。郡警察局局长和盖洛威警司和我一起来了，我们现在就要去客栈了。为保险起见，你最好在此再监视半个小时。在那段时间里，假如有任何人来到深坑，就拘留他，呼叫帮助。我就会过来，减轻你的压力。"

"非常好，先生，您可以信任我。"昆斯米德平静地说完，就回到他的监视岗位上去了。

科尔文回到了同行者那里，告诉了他们事情的经过。

"我想保险一点，以防万一班森看到我们时想逃跑，"他解释说，"他不太可能在没拿到钱的情况下逃走。现在，我们去客栈吧。"

"等一下，"郡警察局局长说，"我们到达那里后，您建议再怎么走下一步？"

"让班森自己过来，威吓他招供，"侦探简明扼要地回答，"我要你们的权威来威吓逮捕他。事实上，我宁愿您和盖洛威警司这么做。它会带来更大的威吓力。"

"就让盖洛威来吧，"郡警察局局长应答，"你就当我不在时那样行事，盖洛威，我希望你做科尔文先生请你做的任何事。"

"谢谢您，"侦探回答，"好，我们走吧。没时间可浪费了。可能已经有人看到我对昆斯米德说话了。"

他们走下高岗，来到平地，看到古老客栈的破败外墙在海雾中幽灵般的若隐若现。酒吧里灯光闪烁，可以听见里面高声谈论的话语声。科尔文摸到了门。它紧闭着。他响亮地敲敲门，里面的声音魔幻似的停止了，立刻就听到通道里有人过来的声音。然后门打开了，查尔斯的白脸出现在门口，手里的蜡烛高举过头，黄色的蜡烛光衬托着他，只见他瞪眼看向海雾中。他的黑眼睛从科尔文扫向其身后的人。

"抱歉，让您久等了，先生，"他以特有的奇怪耳语说道，听上去声音有点发抖，"但顾客们现在夜里都要把门锁上了。他们被这个幽灵吓坏了，这个白夫人，她被人听到尖叫了——"

"现在别去介意了，"科尔文回答。他已决定好如何行动，快速地走了进去，"班森在哪里？"

"他在楼上坐着陪他母亲，先生。要我对他说您要找他吗？"

"不用，我会自己去。带这些先生去酒吧客厅，然后你回酒吧去吧。"

科尔文摸黑上了楼。他经过了格伦索普先生遇害的房间和彭瑞斯睡过的房间，还有那个房间，从那里他曾看到佩吉深夜进入死者房间。客栈的那一侧如同谋杀案发生之夜那样的空荡和寂静，但一支点亮的蜡烛，放在一个陈旧的大厅衣帽架上，科尔文记得那夜在杂物间里见过，那蜡烛的光线在摇摆的阴影中摇曳着，有人试图借助令人愉快的微弱光线，徒劳地想避开潜伏在黑暗中的种种恐怖，殊不知烛光可比生命更快地熄灭。

科尔文拿起蜡烛，照着自己下了第二条通道，往疯女人的房间走去。他走近时，门开了，佩吉走了出来。她一看到侦探就往后退缩了一步。

"是您！"她低声说，"哎呀，为——"

"我来看你父亲。"科尔文说。让他深为感动的是，他看到了她眼里的乞求，她那可怜地下垂的嘴唇，还有她瘦瘦的脸庞。

房门敞开了，客栈老板出现在门口，站在他女儿身旁。在他背后，科尔文能看到那年老的疯女人在房间角落里的床上，含糊不清地喃喃自语，玩弄着洋娃娃。客栈老板鸟样的眼睛定定地看着侦探的脸。

"您来这里干什么？"他说道，他的声音明确无误地有着恐惧的语调，"您要什么？"

"我想在楼下和你谈谈。"侦探说道。

客栈老板朝左右急速地扫视一下，仿佛是一只落入陷阱的动物，本能地寻找逃生之路。随后，他的目光回到了侦探的脸上，一副决心已定之人的无可奈何神色。

"我和您一起下楼吧。"他说道，"佩吉，你得照顾好你祖母，等我回来。"

姑娘回到房间，关上了身后的门，没说什么，也没再多看一眼。科尔文再一次钦佩她那少有的女人气质。真诚地说，她有自控能力，这姑娘。

他和客栈老板沿着通道走去，下了楼，没说一句话。当他们走到楼梯脚时，班森迟疑了一下，转向科尔文，仿佛是问去哪里。后者朝酒吧客厅点点头，示意客栈老板进去。他紧跟其后，看到客栈老板一见室内的两个人时惊讶地吓了一跳。克罗梅林先生坐在桌后，但盖洛威警司站着，背对着壁炉。一阵紧张的沉默之后，后者开口说了。

"我们找你来问几个问题，班森。"

"我以为，也就是说，我相信，是科尔文先生想要见我。"

"别管你怎么想的，"盖洛威不耐烦地反驳说，"你完全清楚是什么事让我们来这里的。我将问你有关谋杀案的几个问题，也就是不到三星期前在这家客栈里发生的事。"

"除了之前我告诉您的，我什么都不知道，先生。"

"我们好好劝告你，为了你自己好，别撒谎，班森。为什么你没有告诉我们说你有格伦索普先生房间的另一把钥匙？"

一阵明显可感的停顿，然后回答来了。

"我觉得那没什么关系，先生。"

"那么，你承认有第二把钥匙了？"

"是的，先生。"

"非常好。"盖洛威警司拿出一个笔记本，记下了他的回答，"好，你把钱藏在哪里了？"

"什么钱，先生？"

"别装糊涂，老兄！"盖洛威警司拿出了科尔文从深坑里取出的钱包，送到客栈老板伸手可及的距离，"我指的是这个钱包里的三百英镑国库券纸币，格伦索普先生从银行里取出的，他被谋杀的那个夜里，你从他房间里拿走的钱。"

"我什么都不知道。"

在科尔文看来，至少看上去，客栈老板在看向钱包时，他脸上的表情很可能会被某个不带偏见的观察者误认为是真正的吃惊。

"我想你从来没有见过它，是吗？"盖洛威冷笑道。

"我从未见过。"

"也没有把它藏在深坑里？"

"没有，先生。"

盖洛威暂停了一下盘问，暗自感到困惑。班森对他最后三个问题的回答那么坚决，毫不迟疑，以至于他先前对科尔文的推论的某些怀疑又以双倍的力度回来了。但他以其最为好斗专横的态度接着问道："你也否认是你扛着格伦索普先生的尸体从他房间里出来，扔进了深坑吗？"

一阵突如其来的抽搐扭曲了客栈老板的脸，这个表情逃不过三个人紧盯着他的眼睛。

"我什么都不知道。"他虚弱地颤抖着说。

"那是瞒不住的，班森！"盖洛威一击之后，快速跟进，猛烈地摇了摇头，就像一只狗撕咬一只老鼠似的，"你被人看见扛着尸体下楼，就在那个发生了谋杀案的夜晚。你还是承认了好，迟早都一样。谎言帮不了你。我们已经知道了太多的东西，看你怎么逃避。我们毫不在意你把头发梳成这个样子。我们对你额头上的伤痕都知道了，知道你是怎么割伤的。"

一只木质钟，放在壁炉台上，每半分钟便沉重地滴答一下。然后，客栈老板，声音轻如耳语，说道："那是真的，是我扛着尸体下楼的。"

"为什么你先前不告诉我们呢？"

"这不会有什么不同的。"

"什么！"盖洛威警司的怒气和惊愕快让他说不出话来了。

"你保持沉默，而一个无辜的人几乎要为你的罪恶上绞刑架，可现在你还厚颜无耻地说没什么不同。"

"彭瑞斯先生是无辜的吗？"

"没人比你知道得更清楚了。"

"那么，是谁谋杀了格伦索普先生？"

"我们别玩这种欺骗游戏了，班森。"盖洛威先生的声音非常严厉，"你已经承认扛着格伦索普先生的尸体下楼了。"

"哎呀！"这可怜的人狂暴地叫了起来，就像一个人见到一个要吞噬他的巨浪时已经太晚了那样。"我明白你的意思了，你认为是我谋杀了他。但我没有，我没有！在上帝的面前，我是无辜的。"他大声叫道。

"我们不想听这种话，"盖洛威粗暴地打断了，"你已被捕，班森，罪名是这个谋杀案里的同谋，你说得越少，对你越好。"

"但是，我告诉你，我是无辜的。"客栈老板两只骨瘦如柴的手合在一起，那姿势几乎是绝望的可悲，"是我扛着尸体下楼的，但我没有谋杀他。让我解释。让我告诉你——"

"我劝告你保持沉默，老兄。把你的故事留到审判时再说吧，"警官回答道，"你最好准备好和我一起去希思菲尔德。我会和你一起上楼，给你五分钟时间准备。"

"让他把话说完，再带他走，盖洛威，"科尔文说道，在客栈老板和他的指控者对话中，科尔文一直敏锐地观察着客栈老板的脸，"我想听听。"

"我不明白那有什么好处，"盖洛威警司嘟哝着，"好吧，既然您想听，就让他说吧。但我先得警告你，班森，你说的任何话都可能被用于以后对你不利的证明。"

"我不在乎，我不怕真相被知道。"客栈老板回答。他从警官强硬的脸转向科尔文，仿佛在猜测他是否是个更公正一点的听众。"我没有谋杀格伦索普先生，但我在他被谋杀的那个夜晚去了他的房间，打算偷窃他的钱，"他开始说道，"我极其缺钱。啤酒商威胁要把我赶出客栈，因为我付不起钱。我知道格伦索普先生那天上午从银行取钱了，一时间邪恶蒙蔽了我，我决定去偷他的钱。我告诉自己，他是个有钱人，不会在乎这点钱的，但假如我被赶出客栈，那么我的女儿和我的母亲都会挨饿。

"我的计划是等大家都睡觉后，去他的房间，用我的钥匙进去，找到装着钱的那个钱包。我知道格伦索普先生睡得很死，我还知道他一般会锁上房门，睡觉时把钥匙放在枕头底下。

"那个夜晚我很早就回到了我的房间，等了很长的时间，然后去尝试。大约在十一点钟，下雨了，我就多等了一会儿，然后再离开房间。

我穿着袜子走路，这样就没声音了，我拿着一支蜡烛，但没有点燃。我走到房门前，站在外面听了一会儿，心想我也许可以通过格伦索普先生的呼吸来判断他是否睡着了，但我什么都没听到。我就轻轻地打开了门，在黑暗里摸索着走向床，希望找到他的衣服和里面的钱，那样就不用冒险点灯了。

"但我在黑暗里没法摸到衣服，所以我就划了一根火柴点蜡烛。我已决定，假如格伦索普先生醒来看到我在他床边的话，我就对他说出真相，请求他借点钱给我。

"借着蜡烛光，我看到格伦索普先生仰面躺着，两只手臂伸出。他身上没盖什么，被褥揉成一团，堆在床脚。我站着，看了他一会儿，不知道该怎么办。我没有意识到那时他已经死了，因为风从打开的窗户里吹进来，蜡烛光晃动起来，我看得不太清楚。我以为他一定是昏厥了，我就想我怎么才能帮他。由于蜡烛光在风里还在晃动，我就拿起烛台，向房间中央的煤气喷嘴走去，打开了开关，想用蜡烛点煤气。煤气点不着，然后我就想起来，我告诉过安在上床前关掉煤气表上的开关。我回到床边，把蜡烛放在桌子上，仔细看了看格伦索普先生。由于他还是那个姿势，我就用手摸摸他的心脏，看看是否还在跳动。我感到了什么东西又暖又湿，等我抽回手时，我看到手上都是血。

"当我意识到他已经死了，被谋杀了，我失去了勇气，冲出了房间，留下了蜡烛在床边燃烧着。我唯一的想法是下楼去，洗掉手上的血。直到我走到了厨房，我才想起来我把蜡烛忘在楼上了。我考虑我该先回去拿蜡烛，还是先洗手。我决定先洗手，就走进了厨房。

　　"我刚点了一支蜡烛，就听到背后的门开了，转身一看，看到查尔斯穿着衬衫和裤子从他房间里出来了，手里拿着蜡烛。他说从门下面看到有亮光，想知道是谁进了厨房，所以就起来看看。然后他看到了我的手，脸色就变了，他问我手上怎么会有血。

　　"我起初想把他搪塞过去，就说我在楼上砸伤了手。他没说什么，但站着看我洗手。我洗完了，他就说，如果我上楼去，他会和我一起去，因为他想起来他把开塞钻忘在格伦索普先生的客厅里了，早晨要用的。

　　"我看得出，他在怀疑我，假如他上楼的话，他就会看到格伦索普先生房间里点燃的蜡烛光，可能会进去看看。所以，在绝望中，我就对他如实相告，我去了格伦索普先生的房间，发现他死了。我问查尔斯该怎么办。他平静地听我说，但是当他知道我把点燃的蜡烛忘在格伦索普先生的房间里时，他说第一件事就是去把蜡烛拿回来，然后我们再商量最好该怎么办。

　　"我意识到那是个好建议，就上楼去拿蜡烛了。但是，当我走到门口时，我很惊奇地发现房间里一片漆黑。门半开着，正像我记得的那样，可里面没有一丝光线。我害怕极了，我站在黑暗里，注意听着。房子周围的大风'呜呜'响个不停，这让我想起来，先前我在房间里的时候，蜡烛光也在风里摇晃个不停，我就得出结论，肯定是风吹灭了蜡烛光。所以，我就走进了房间，用手沿着墙壁摸索着走。等我走近床，我划了一根火柴，再看蜡烛，它不见了。

"于是，我就知道有人到过房间了，我尽快地下楼，告诉了查尔斯，问他怎么想的。查尔斯说，很清楚，那个凶手，不管他是谁，自我离开后，又来过房间，发现了蜡烛，就带走了。我问查尔斯，那是为了什么呢？查尔斯想了想，说，在他看来，那人这么做是为了保全自己，万一他被抓到，就能证明那天夜里已经有人去过格伦索普先生的房间了。

"我看到了此事的威力，极其恐慌，就问查尔斯，他认为我最好该怎么做。查尔斯想了一会儿后说，为了我好，建议我把尸体搬走，藏在不太可能被发现的地方。他指出如果事情被发现了，我就会处境尴尬了。我自己承认过，我在那天半夜里去过格伦索普先生的房间，看到他死在床上就离开了，手上还有他的血，而且我房间的烛台点亮着放在他的床边。查尔斯指出说，如果尸体留在那里，这些事肯定会暴露，但如果尸体搬走了，安全地藏匿，那大家很可能会以为格伦索普只是失踪了。

"我被这些有力的说法吓坏了，接下来我们商量该把尸体藏在哪里好。我们都想到了深坑，但起初我不喜欢这个主意，因为我想，警官听说格伦索普先生失踪后，肯定会搜查深坑，因为他挖掘出土文物的地点都靠近深坑。另一方面，查尔斯却觉得那是个最可靠的地方，比海里还要可靠，肯定去那里抛尸好。他说，警方永远不会想到搜查深坑，直到尸体在那里时间长了，就看不出他是怎样死的了。也许深坑永远不会搜查，那样的话，尸体就永远不会发现了。

"我们就决定抛尸深坑。查尔斯说，我上楼去搬尸体时，他会在楼下望风。但我先去开了后门，去客栈另一边看看附近是否有人。大雨停止了，那个夜里又很黑暗，又有暴风雨，大家早就去睡觉了。粗粝的石头硌得我脚疼，我就想起来没穿靴子。我知道我不可能不穿靴子，扛着尸体一路走上高岗。我正要去房间里穿靴子时，我想起来我看到彭瑞斯的靴子放在门外。我就决定穿他的靴子，避免回自己房间穿靴子的风险。我的脚小，我觉得这靴子会适合我。

"查尔斯建议我摸黑走进那个房间，减少被人看到的风险，走进去以后才点蜡烛。我拿起蜡烛，但我说我会打开煤气表上的开关，以防大风吹灭蜡烛。现在，我什么都没保留。真正的原因是我想灯光亮点，确定钱是不是已经不在了。我想，凶手也许会忽视了偷钱的事。我希望发现钱，因为我太缺钱了。我上楼后就在彭瑞斯先生的房间外停了一下，拿起他的靴子穿上了。我摸黑走进了那个房间，想划根火柴，点亮煤气灯，找找钱。我估计错了距离，在黑暗里撞上了煤气灯泡，严重划伤了我的头。当我划了一根火柴后，我发现我没法点煤气灯了，因为灯头也撞碎了，所以我就点了蜡烛。

"搬尸体下楼太折磨人了，我对此事害怕得发抖，但想到如果让尸体留在那里，那对我风险太大了，所以就给自己鼓气壮胆。我站在床边，注意到格伦索普先生的房间钥匙就在枕头下，我捡起来，放进口袋里。然后，我把尸体扛在肩上，下了楼梯，一只手固定好尸体，另一只手拿着蜡烛。查尔斯在楼梯底下等我，他从我手里接过了蜡烛，照着我去后门的路。

"我走出房子后，晚出来的月亮开始在地平线上出现了，借着月光我很容易看到上高岗的路，走到深坑。那事真是可怕，我做完后很高兴。我回到后门，查尔斯在那里等着我。我们随后就关上后门，他去了厨房边的房间，我上楼去了自己的房间。我经过格伦索普先生的房间，看到房间门开着，我马上把门拉上，但我忘记拔出我第一次走进房间时留在门上的钥匙。

"早晨安告诉我说，格伦索普先生的房间里没人了，我就想起了钥匙，但我那时不敢把钥匙拔下来，因为我知道安肯定看到过那把钥匙了。之后，你们在问我有关门上的钥匙时，我很害怕对你们说我有第二把钥匙，因为我知道你们会追问下去的。

"当我听安说，彭瑞斯先生那天很早就离开了客栈，不愿等到吃完早饭时，我就感到是他犯了谋杀。一会儿后，查尔斯在酒吧把我拉到一旁，告诉我说，他那天一大早走上高岗，去看看是不是一切都没问题了，但看到我在黏土上留下穿过黏土直到深坑口的脚印。我听到此事很担心，因为我知道尸体肯定会被发现的。但查尔斯说，结果是，这倒是个幸运的碰巧事。

"查尔斯说，毫无疑问，彭瑞斯先生就是凶手。他不光是溜了，还有他在晚餐时用过的餐刀也不见了。查尔斯说他在前一天夜晚没有缺少过餐刀，但他那天早上清点餐具时发现少了一把餐刀。如果警方发现是彭瑞斯的靴子留下的脚印通向深坑，那就成为另一个对他不利的疑点。由于他无论如何都肯定要上绞刑架，我最好去通知昆斯米德警官，说格伦索普先生失踪了，还有彭瑞斯先生离开了，但别说我扛着尸体去深坑扔的事。即使凶手否认搬过尸体，也没人会信他。我觉得这建议不错，就照办了。我不知道假如我受到盘问，是否还能保守这个秘密，但从头至尾，似乎没人对我有任何怀疑。唯一让我感到害怕的是，你们中的一个先生问起我有关插在门外的钥匙，但你们问过就算了，继续问其他事了。

"现在，你们知道了整个真相。但我要说，我对搬运尸体保持沉默，因为我不觉得我伤害了任何人。我相信彭瑞斯先生有罪。现在你们告诉我说，他是无辜的。假如我有那种想法，我就会立刻说出真相，即使你们为此判我绞刑。"

侍者查尔斯的举动

"你还真是个可爱的坏蛋，班森。"盖洛威警司说着，朝客栈老板点点头，颇有凶猛的戏谑意味，"你真是一等的恶棍，凭良心说！但你用来欺骗我们的这番精心编造的话还不完整。既然你说到了此事，我们要你对格伦索普先生失窃的那笔钱是怎么藏到你抛尸的深坑里的事，谈谈你的说法，这算不算对你的编造能力施加了太重的压力？"

"可我不知道钱就藏在深坑里，"这可怜的家伙说道，不安地看看依旧放在桌子上的钱包，"我从来没有见到过这笔钱，尽管我对你们坦白过，假如我看到的话，我会拿的。那是实话，先生，今天夜晚我告诉你的每一句话都是实话！查尔斯会为我作证。"

"我不怀疑他会的。以后我会对那个恶棍有话说的。你们真是一对活宝。我不怀疑,你在搬运被害人的尸体时被他看到,你就贿赂他,让他保持沉默。你们一起策划让无辜的人被送上绞刑架,就为了保全自己。好,老兄——"

"等一下,盖洛威。"

科尔文开口说话了。客栈老板的供述对他而言犹如在昏暗的深渊里的一缕亮光,揭示了许多未被发现也想不到的丑恶之事,但却给他提供了智力拼图上那些缺失的拼块,他曾徒劳地长久寻找这些缺失的拼块。在盖洛威和客栈老板之间的短暂对话时,他的大脑忙于拼接整个错综复杂的恶行设计。

"我想问个问题,"他继续说道,回答了盖洛威的探询目光,"你是在几点去格伦索普先生房间的?我指的是你第一次去,班森。你能准确地定下来吗?"

"能,先生。我一直在自己的房间里看着手表,等待时间的过去。我最后看手表时是十一点二十分,大约五分钟后我就离开了我的房间。"

"那时还在下雨吗?"

"是的,先生,但不像先前那么大了,没等我走进房间,雨就完全停了,但风还在刮着。"

"那正是我认为的。班森的供述是真实的,盖洛威。"

"什么！"警官大声的叫喊和侦探平静的口吻形成了鲜明的对比，"你怎么看出来的？"

"他不可能杀人。格伦索普先生是在暴风雨时遇害的，在十一点至十一点半之间。班森说他直到差不多十一点半才走进房间。"

"如果这是你所想——"

"不是。"侦探的语调里透出些许的不快，"但班森的供述显著地填补了我重现里的空隙，非常完整，所以他不可能编织谎言保命，因为他不知道我们所掌握的一切。在这个格外复杂的案子里，时间节点就是一切。我原先的推论是对的。在谋杀案发生之夜，有两个人到过这个房间，不，三个人，但佩吉并不会对我的重现有任何影响。凶手撑着雨伞，保护自己免受雨淋，在大约十一点二十分进入房间，他杀害了格伦索普先生，拿走了钱，以相同的方式逃离——通过窗户。班森在十一点半从房门走进房间，当然不会更晚，在床边站了两三分钟后，奔下楼梯，如他所说的那样，忘记了放在床边点燃的蜡烛。他在楼下的这段空档里，他女儿走进了房间。班森回来拿蜡烛，发现不在了。假如他回来早一两分钟，他就会看到他女儿拿走了蜡烛，因为在佩吉对我的陈述里，她说她离开房间时，听到有人悄悄地上楼了。我当时以为她是想象的，但现在我毫不怀疑她听到的是她父亲再次上楼来拿蜡烛。最后，班森，在和查尔斯一起策划后，过了午夜后一段时间，扛尸体去深坑抛尸。"

"这纯粹是猜测而已。还是让我们坚持事实吧。班森自己供述，他邪恶地进入房间，搬走了尸体。"

"是的，但在他到那里后，只有死尸了。十分钟前格伦索普先生还活得好好的。"

"噢，科尔文先生，这扯得太远了，"盖洛威劝告说，"我再次说，不要用猜测从事。"

"这不是猜测。毋庸置疑，就在班森从房门进入房间前，凶手通过窗口离开了。"

"您是怎么知道的？"盖洛威问道。

"因为他从窗口看着班森的一举一动。"

盖洛威看起来大吃一惊。

"您说得也太玄奥了，"他说道，"翻出窗户的是彭瑞斯吗？"

"不，不是彭瑞斯，他像班森一样，是那个深藏的狡诈恶棍的受害者。"

"那么，是谁呢？"

没等科尔文回答，一个尖叫声响起来了，一个嘶哑可怕的叫声，在沼泽地的上空回荡着，其最高的声调上升至刺耳的强烈程度，然后戛然而止。在随后的缄默中，郡警察局局长紧张地看着科尔文。

"来自高岗，"他的说话声稍高于耳语，"您认为——"

科尔文读出了他没说出来的心里想法。

"我去看看是什么。"他简短地说了一句。

他打开了门，走了出去。在通道里，他遇见安浑身发抖，脸色怕得惨白。

"尖叫是从深坑发出来的，先生，尖叫深坑。"她低声说道，"是白夫人。别离开我，我要晕倒了。仁慈的上帝啊，那是什么啊？"她叫道，嗓音里又透出一股害怕的声调。此时，大门上有人重重地敲了一下。"看在上帝的分上，别去，先生，别去，要珍惜您的生命。那是白夫人在门外，又来这个不幸的地方索命了。您疯了，别去见她，先生，那必死无疑。"

但是科尔文快速地挣脱了她的拉扯，大步走向大门。他经过酒吧时，一眼瞥到了里面一张张畏缩恐惧的脸，挤在一起就像是一群羊似的，睁大了眼睛。海雾贯穿了门道，就像一层薄纸。

"是谁？"他叫道。

"是我，先生。"昆斯米德警官从海雾里冒出来，走进了通道，看上去脸色惨白，浑身发抖，"深坑出事了。我在树林角落里监视时，看到有人从海雾里冒出来，悄悄地爬上高岗，走向深坑。我等待着，直到他走到了深坑边，当他要爬下去时，我知道他就是您要抓的人，所以我走向深坑。他在坑里不见了，但我能听到藤蔓植物的'沙沙'声，他在往下爬。等了一会儿，我听到他又上来了，使劲抓着藤蔓植物，喘着粗气。等他完全出来了，我打开手电筒对准他，警告他站着别动。实在难以说清楚发生的事了，先生，但当他看到已经无路可逃了，便向后一跳，在潮湿的黏土上滑倒了，失去了平衡，往后摔下去，掉进深坑了。我冲上去，想救他，但太晚了。他倒下去时被藤蔓植物勾住，荡了一下，便大叫一声，掉下去了。"

"是谁，昆斯米德？"

"查尔斯，侍者，先生。"

"我们必须立刻把他捞上来，"科尔文说，"我们需要绳子和一些人手。你能找些绳子来吗，昆斯米德？酒吧里有些人，我们让他们帮忙。"

"我觉得他们不太会去，先生。他们都害怕尖叫深坑，还有幽灵。"

"我去和他们谈谈。同时，你去找几根绳子来。"

科尔文回到了酒吧客厅，对克罗梅林先生和盖洛威解释了发生的事，随后走进了酒吧。

"伙计们，"科尔文说道，"查尔斯掉进了高岗上的深坑，我需要一些人去把他拉上来。昆斯米德去找绳子。谁愿意跟我走？"

没有回应。那些村民们默默地互相看看，不安地扭动着身体。然后一个穿毛线衫和橡胶长靴的人说："我们没人敢去那个深坑，主人。"

"为什么不敢去？"

"生活很美好，主人。遇到尖叫深坑的白夫人就会突然暴死了。就像查尔斯身上发生的一样，他离开酒吧还不到十分钟呢！谁知道她下一个会要谁的命？"

"很好，那就待在这里吧。一群懦夫。"科尔文说着转身要走。

那些人的脸上显示出对那个称呼很不满，如同科尔文希望的那样。一阵短暂的停顿，然后另一个渔民走出来，说道："我是个诺福克人，没人说过我会害怕。我会跟您去，主人。"

"如果你去，汤姆，我也去。"另一个说。

等昆斯米德带着绳子回来时，自愿去帮忙的人不少了，这群人立刻就出发了。等他们到达深坑，科尔文说，最好两个人各用一根绳子下去，这样可确保用一条毯子把查尔斯拉上来，假如他只是受伤，没有送命的话。科尔文已经为此从客栈里拿来了一条毯子。

"我下去，算我一个，"那个在酒吧作为发言人说话的水手说了，"我曾经打过结，做吊床，也许我可以为那个可怜的家伙做得更快点，假如他没有完全丧命。"

"我和你一起下去。"科尔文说道。

克罗梅林先生把侦探拉到一边。

"我的好朋友，"他说道，"您觉得您下去是明智的吗？这个人查尔斯，假如他还有口气，可能会激起对您的报复心，寻找机会伤害您。"

"我不怕，"科尔文回答，"我为他布下了陷阱，所以，那是我的责任下去把他带上来。"

科尔文离开了郡警察局局长，回到了深坑边。接着，他就和水手开始下降深坑。他们拿着手电筒，带着一条毯子，和第三根绳子。他们小心翼翼地下降，直到他们带的手电筒亮光变得微弱了，最后在一片阴暗里完全消失了。一会儿后，绳子松弛了。救援者到达了坑底。随之而来的是，坑边的人们等待了一段时间，直到绳子抖动了一下，表示再往上拉。地面上的人稳定地拉了起来。不久，手电光又在坑里出现了，然后地面上的灯光显示出科尔文和那个渔民，支撑着两人中间那个松软的捆扎物，裹在毯子里，系在第三根绳子上。当他们到达地面时，人们拉他们出了深坑，他们带上来的捆扎物就放在靠近深坑口的地上。毯子解开了，露出了查尔斯的脸，在灯光的照射下，显得蜡黄、平静。

"死了？"克罗梅林先生低声问道。

"快死了，"科尔文回答，"他的背部摔断了。"

垂死的人睁开了眼睛，他那黑眼睛，一如往常地敏锐明亮，不停地朝站在他周围的人扫来扫去。他的眼睛停留在科尔文身上，他抬起了虚弱的手，向他示意。侦探便蹲在他身边，用手臂把他的头靠上去。苍白的嘴唇形成了一句话：

353

"再近点。"

科尔文的头低得更近了，那些站在垂死者旁的人能看到他对侦探的耳朵说着什么。他使劲说了几分钟，很匆忙，就像一个人知道自己剩下的时间不多了。然后，他突然停止了，他的脑袋奇怪地往后一倒，就像一个折断的洋娃娃。科尔文摸摸他的心脏，站了起来。

"他死了。"他说。

真相大白

"有几件事我没理解，"一会儿以后，盖洛威警司对科尔文说，"班森做了该死的坦白说是他搬走了尸体后，您是如何那么快就断定班森声称他没杀人，说的是实话？"

"部分原因是班森的供述是极其不可能编造的，因为那与事实相吻合的如此贴切。在他供述里涉及的各时间节点稍有错误便会证明他是说谎者。但我还有更多的方面可以判断。今天下午，我说过，我的案情重现并非完全满意，因为里面还有几个松散点。在那时，我相信他是凶手，我急于恐吓他说出真相，为了看看我的重现哪里有缺陷。他的供述证明，我原先对犯罪的想法是对的，而我的错误在于偏离了，忽视了我原先的线索，为了使新发现的事实与新的推论保持一致。我不应该丢掉我的第一个确信，即在谋杀发生之夜，格伦索普先生的房间里有过两个人。

"当班森做了供述，我就自问，查尔斯的行为会受到掌控班森这个愿望的支配，便于今后敲诈吗？但他不太可能会冒着生命危险，成为藏匿遇害人尸体的共犯！查尔斯，假如他无辜的话，肯定会想到班森就是凶手。他不可能会得出其他结论的。他发现一个人在深夜清洗手上的血，而这个人对他承认说他自己刚从一个他无权进入的房间里回来，在那里发现了一个死者。为什么查尔斯会相信，或者假装相信班森的说法？

"我突然想起来，在被害人窗户下的线条痕迹，这是我扔掉的线索之一，于是，这整个让人困惑不已的凶险的谜案在我心里变得清晰起来。谋杀就是查尔斯干的，如他进入窗户那样，就在班森进入房间前他出了窗户。查尔斯看到他离开的房间里有亮光，便在窗口看个究竟。蹲在窗外，他看到班森在房间里，检查了尸体，他看着就想到他老板和他自己有同样的想法，抓住有个陌生人在客栈过夜的机会，去偷窃格伦索普先生的钱，希望把罪责栽赃于睡在隔壁房间的人身上。查尔斯很快就明白班森到过那个房间的事可以转为对他有利。查尔斯在杀人时采取的种种措施，在房间里留下一些会把嫌疑引向彭瑞斯的线索，但客栈老板去那个房间对他来说，能更好地保证自己的安全。当班森离开了房间，查尔斯再次从窗户进入，跟着他下了楼。

"查尔斯临死前对我做了供述，填补了我省略的空隙。他说，他在窗口目睹了班森的整个行动。他看到班森在找钱，看到他摸摸尸体，看到他手上的血。当班森转身离开那个房间时，他忘记了那支蜡烛，就在那时，查尔斯心里突然产生了跟踪班森下楼的主意。他预计班森会下楼洗干净手上的血。查尔斯的想法是，跟在他后面，在他洗手时惊吓他。他轻巧地跟着他，也就是几英尺远。趁班森在划火柴点亮厨房里的蜡烛时，查尔斯溜回了自己的房间，点燃了自己的蜡烛，然后从他房间门里出来，好像是他在睡觉时受到了打扰的样子。借助班森的恐惧心理，他计划的其余部分顺利地实施了，班森为了自己的利益，答应去藏匿尸体，其实人就是查尔斯所杀。

"彭瑞斯最终被定罪的线索，通向深坑的脚印，对查尔斯而言，是个碰巧之事。想来很奇怪，机会把查尔斯刻意留在房间里的线索移走了，却居然又以一种不同的却是更有说服力的方式，把嫌疑引向了彭瑞斯，使查尔斯达到了目的。

"凶手的坦白澄清了我今天下午无法解决的那些疑点。他在大雨滂沱时进入了格伦索普先生的房间。他拿了个箱子，夹在手臂下，因为他个子太矮了，没有东西垫脚的话，他进不了窗户，他撑了一把雨伞

357

挡雨，却被窗下的钉子勾了一下，他点燃了一支从酒吧里拿来的牛脂蜡烛。

"还有一条线索，我原本已经发现，却又放在一边，也得到解释了。格伦索普先生尸体上的伤口让我觉得不同寻常。为了回答我的疑问，你们听亨利·德伍德爵士说，刀戳方向是倾斜的，从身体左侧刺进去，几乎平行地穿过肋骨，却是在右边穿透了心脏。格伦索普先生的手臂伸出去的方式，他的腿伸直了，这证明他遇害时是仰面躺着的。为此原因，刺入的方向表明查尔斯就是凶手。"

"我恐怕对这一点不明白。"克罗梅林先生说。

"查尔斯右手残疾，左手是唯一可用的手。那个杀害格伦索普先生的刀刺当时让我觉得是左手刺的。右手刀刺的是自然方向，在身体处于这个位置时，会从右向左，而不是从左向右。但是，我仔细地考虑了这个疑点后，得出结论认为，这个刀刺可能是使用右手者所为。这点我错了。"

"我不认为您有许多自责的理由，"郡警察局局长说道，"您原先对犯罪的看法是对的，您后来的案情重现在每个细节上都是对的，只是——"

"只是我挑错了凶手，"科尔文说道，微微地苦笑了一下，"我感到宽慰的是，班森的供述揭示了真相，如我期望的那样。"

"那让您看到了真相，"盖洛威说道，"我居然从未看到。我想还从来没有见过如此复杂的案子。"

"也没有什么新的东西，甚至在犯罪编年史上也是如此，"科尔文回答说，"但这个案件的确是令人困惑、非同寻常。凶手是个如此狡猾奸诈的恶棍，我也得对其智慧表示敬意，尽管那是不正当之事。他最为巧妙的一着是对尸体的处理。那保护了他免受嫌疑，完美得如同不在场证明。我之所以搁置了起先对他的怀疑，在很大程度上是因为我意识到此人有一只手残疾，不可能搬运尸体。在如此具有讽刺意味的情况下，凶手竟然说服了另一个很可能被怀疑为凶手的人，除非他搬走了尸体，这可是我未曾想到的。不管怎样，这是我侦探生涯中遇到的新手法。"

"查尔斯有着残疾手臂，居然还能爬下深坑，藏匿钱款，还真是个奇迹。"郡警察局局长说。

"他没有下去很深。用一只手攥住坑壁上生长的藤蔓植物往下爬并不困难，他还能使用另一只手把小挂钩插进软土里。他起初把钱藏在防浪堤，直到验尸审理之后，因其过于谨慎和聪明，才藏到了深坑。他把钱藏到深坑后，便重提了尖叫深坑白夫人的故事，使得轻信的村民们远离了那地方。他无须采取那种预防措施，因为那里确实是个理想的藏匿地点，我也只是碰巧在下深坑时才发现了藏匿的钱款。但他做事四平八稳。谋杀案发生之夜他还撑了雨伞就是一个证明。凶手一般不会带雨伞，但他带了，因为他担心，如果他衣服湿了，可能第二天会在他房间里被发现，从而把怀疑指向他。他选择在暴风雨势最猛烈的时机才犯罪，因为他认为那时自己最安全，能躲避被发现的可能性。

"那冷酷无情的恶棍用最后一口气对我说，他等待彭瑞斯被确定绞死了，他就会拿着钱消失。可当他今夜开门见到我们时，他就知道自己已经走投无路了，所以他决定设法逃跑。他知道班森受到盘问时就会说出真相，尽管客栈老板的供述不会直接牵涉到他，他还是能公平看待我们的通常智力，相信通过他的受骗者的供述，我们就会找出真相。"

图书在版编目（CIP）数据

尖叫的深坑／（澳）亚瑟·里斯著；吴宝康译．——
上海：上海文艺出版社，2024
（域外故事会科幻小说系列）
ISBN 978-7-5321-8909-0

Ⅰ．①尖… Ⅱ．①亚… ②吴… Ⅲ．①幻想小说-澳
大利亚-现代 Ⅳ．① I611.45

中国国家版本馆 CIP 数据核字（2023）第 225288 号

尖叫的深坑

著　　者：[澳] 亚瑟·里斯
译　　者：吴宝康
责任编辑：胡　捷
装帧设计：周艳梅
责任督印：张　凯

出　　版：上海文艺出版社
出　　品：上海故事会文化传媒有限公司
　　　　　（201101 上海市闵行区号景路159弄A座3楼 www.storychina.cn）
发　　行：上海文艺出版社发行中心
　　　　　（上海市闵行区号景路159弄A座2楼206室）
印　　刷：上海中华印刷有限公司
开　　本：889毫米x1194毫米　1/32　印张11.75
版　　次：2024年1月第1版　2024年1月第1次印刷
I S B N：978-7-5321-8909-0/I·7019
定　　价：45.00元

故事会　大众文化出版基地　www.storychina.cn

上海故事会文化传媒有限公司 出品（01172）www.storychina.cn

想看更多精彩故事？
扫码下载故事会APP

上海故事会文化传媒有限公司所有图书可办理邮购，免收邮费(挂号除外)
汇款地址：上海市闵行区号景路159弄A座2楼206室（201101）
收款人：上海故事会文化传媒有限公司出版发行部
联系电话：021-53204159
如发现本书有质量问题，请与印刷厂质量科联系 T:021-60829062